소 년 은
늙 지
않 는 다

김경욱은 1993년 작가세계 신인상에 중편소설 「아웃사이더」가 당선되어 작품 활동을 시작했다. 소설집 『바그다드 카페에는 커피가 없다』『베티를 만나러 가다』『누가 커트 코베인을 죽였는가』『장국영이 죽었다고?』『위험한 독서』『신에게는 손자가 없다』, 장편소설 『아크로폴리스』『모리슨 호텔』『황금 사과』『천년의 왕국』『동화처럼』『야구란 무엇인가』가 있다. 한국일보문학상, 현대문학상, 동인문학상을 수상했다.

김경욱 소설집

소년은 늙지 않는다

초판 1쇄 발행 2014년 10월 24일
초판 4쇄 발행 2020년 10월 26일

지은이 김경욱
펴낸이 이광호
펴낸곳 ㈜**문학과지성사**
등록번호 제1993-000098호
주소 04034 서울 마포구 잔다리로7길 18(서교동 377-20)
전화 02)338-7224
팩스 02)323-4180(편집) 02)338-7221(영업)
전자우편 moonji@moonji.com
홈페이지 www.moonji.com

ⓒ 김경욱, 2014. Printed in Seoul, Korea

ISBN 978-89-320-2666-4

소년은
늙지
않는다

김경욱 소설집

문학과지성사
2014

차례

스프레이

그가 남의 택배 상자를 들고 온 것은 실수였다. 무심코 송장을 보았을 때는 이미 포장 테이프를 반쯤 떼어낸 뒤였다. 109호. 상자 옆면에 매직펜으로 휘갈겨진 숫자를 확인하는 그의 얼굴이 굳어졌다. 경비가 적어놓은 숫자는 709로 보이기도 했다. 새로 온 경비라 필체가 눈에 설었다. 게다가 필요한 물건을 대부분 인터넷으로 주문하는 그는 퇴근길에 빈손으로 올라오는 날이 드물었다. 납득 못 할 실수는 아니었다. 하지만 그로서는 자신의 부주의한 행동이 의아스러웠다. 문자메시지조차 퇴고해서 보내는 그였다. 평소 같으면 포장 테이프를 떼기 전에 송장부터 체크했을 것이다. 뭔가 헝클어진 기분이었다. 축축한 손을 잡고 있는 것처럼 불쾌했다.

사실 축축해진 것은 그의 손이었다. 긴장할 때면 어김없이 나타나는 증상이었다. 첫사랑에게 차인 것도 축축해진 손 때문이 분명했다. 손을 처음 잡고 며칠 뒤 돌연 결별 통보를 받았으니 다른 이유를 찾을 수 없었다. 그 뒤로 여자의 손을 잡아본 적은 한 번도 없었다. 발이라면 셀 수도 없이 만져보았지만. 오늘만도 스물한 명의 발을 상대했다. 그는 유명 백화점 숙녀화 매장의 매니저였다. 한쪽 무릎을 꿇고 고객의 발에 구두를 신기고 앞코와 뒤꿈치를 확인하는 게 일이었다. 고객에게도 가급적 손은 멀리했다. 카드를 받거나 물건을 건넬 때 손이 닿지 않도록 주의했다. 어쩌다 스치기만 해도 그는 불에 덴 듯 화들짝 놀랐다. 손은 앞발일 뿐이라고 주문을 걸어도 별 효과가 없었다.

그는 손을 바지에 문지르며 뭐가 잘못됐는지 따져보기 시작했다. 손이 축축해진 것은 남의 집 택배를 들고 왔기 때문이고 남의 집 택배를 들고 온 것은 집중력이 떨어졌기 때문이고 집중력이 떨어진 것은 피로감 때문이고 피로감은 밤잠을 설쳤기 때문이고 밤잠을 설친 것은 옆집 고양이의 울음소리 때문이었다.

실수의 원인이 밝혀지자 마음이 한결 가벼워졌다. 같은 실수를 되풀이할 확률이 크게 줄었기 때문이다. 축축한 손에 관해서도 마찬가지였다. 그는 여자의 손을 멀리함으로써 같은 실수를 반복하지 않을 수 있었다. 첫사랑에게 차인 이유를 찾아내지 못했다면 불가능한 일이었다. 사랑을 얻는 것보다 실수를 피하는 게 더 중요했다. 그가 실수를 저지르면 아버지는 버럭 소리부터 질렀다. 넌 대체 뭐 하는 놈이냐? 그는 꿀 먹은 벙어리가 되곤 했다. 그러면 아버지는 혀를 차며 중얼거렸다. 축축한 놈.

그는 반쯤 떼어낸 테이프 위에 새로 테이프를 붙였다. 어설퍼 보였지만 어쩔 수 없었다. 뜯어본 것을 눈치채더라도 누군지는 짐작도 못 할 것이었다. 본래 자리에 돌려놓기만 하면 그만이었다. 그는 상자를 들고 서둘러 집을 나섰다.

경비실에 앉아 있는 경비를 본 순간 그는 멈칫했다. 택배 상자들은 경비실 맞은편 벽에 차곡차곡 쌓여 있었다. 경비의 눈을 피해 상자를 갖다 놓을 방법은 없었다. 잘못 집어 갔다는 구구한 변명은 불가피했다. 남의 택배나 뜯어보는 사람 취급받기는 싫었다. 번거롭겠지만 경비가 없는 틈에 갖다 놓는 게 낫겠다 싶었다. 그는 발길을 돌렸다.

다음 날 퇴근길, 아파트 입구로 들어서던 그는 경비를 다그치는 한 중년 여자의 모습에 흠칫했다. 그는 택배 상자들을 살피는 척하면서 여자의 말에 귀를 기울였다.

상자에 발이라도 달렸단 말인가요?

109호가 분명했다.

귀중품이라도 들어 있습니까?

경비가 기어드는 목소리로 물었다.

사소한 거라면 이렇게 흥분하겠어요? 이래서 CCTV를 설치하자고 했던 건데 몇 푼이나 된다고 그걸 반대해. 절이 싫으면 중이 떠나야지, 거지 같은 아파트.

경비는 입을 꾹 다문 채 모자챙만 만지작거렸다.

그는 709호라고 적힌 상자를 집어 들고 잰걸음으로 엘리베이터로 향했다. 뒤통수가 따가웠다. 109호의 택배를 돌려놓을 수 없게 되었다. 실수를 만회할 기회가 영영 날아가버린 것이다. 모두 그놈의 고양이 때문이었다. 엘리베이터의 닫힘 버튼을 누르는 그의 손이 축축해졌다.

그는 옆집 문 앞에 놓인 검은 비닐봉지를 걷어찼다. 플라스틱 그릇들이 비어져 나오는가 싶더니 먹다 남은 짜장면 가닥과 단무지가 바닥에 쏟아졌다. 그는 뒤를 돌아보았다. 복도는 텅 비어 있었다.

문을 열다 말고 그는 바닥에 쏟아진 음식 찌꺼기를 바라보았다. 한숨이 나왔다. 그는 주방에서 일회용 비닐장갑을 챙겨 다시 밖으로 나갔다. 비닐장갑을 낀 손으로 음식 찌꺼기를 그릇에 담고 항균 물티슈로 바닥을 박박 닦았다. 비닐봉지를 걷어찼다는 사실을 아는 사람은 이 세상에 그뿐이었다. 그 사실이 조금은 위안이 되었다.

돌려줄 수 없게 된 택배 상자를 한참 노려보다 그는 포장 테이프를 거칠게 뜯었다. 상자의 종이가 테이프에 딸려 북 찢어질 때는 짜릿한 쾌감에 몸을 떨었다. 전에 느껴본 적 없는 뜻밖의 쾌감에 그는 당황했다.

첫사랑과의 술자리가 문득 떠올랐다. 첫사랑의 손을 처음 잡던 날이었다. 꽤 마셨을 것이다. 자리에서 일어설 때 여자애가 말했다. 이 컵 예쁘다. 갖고 싶어. 그가 보기에는 평범한 유리컵에 불과했지만 세상에서 가장 귀하고 아름다운 컵이라도 되는 양 호들갑이었다. 취기 때문이었을까. 그는 컵을 점퍼 주머니에 슬쩍 집어넣었다. 가슴이 벌렁거렸다. 뭔가를 저지른 것처럼 흥분됐고 들통 날까 봐 겁도 났다. 카운터에 컵을 올려놓은 뒤 그는 목소리를 낮춰 종업원에게 물었다. 이 컵, 얼마 드리면 됩니까?

그는 택배 상자를 열었다. 화장 솜부터 매니큐어까지, 잡다한 미용 용품들이 가득 들어 있었다. 쓸 만한 것은 땀냄새 제거용 스프레이뿐이었다. 겨드랑이에 뿌리는 스프레이. 그는 스프레이를 허공에 뿌려보았다. 라벤더향이 났다. 스프레이만 빼고 모두 쓰레기통에 버렸다.

그가 또다시 남의 집 택배를 들고 온 것은 실수가 아니었다. 다른 사람의 택배 상자를 뜯을 때의 쾌감을 잊을 수 없었다. 이번에는 옆 동에서 가져왔다. 경비가 자리를 비운 틈을 노렸고 들고 오기 편하게 작은 상자를 택했다.

그는 엘리베이터를 기다리며 내용물을 상상했다. 상상은 오래가지 못했다. 바지 자락이 축축하다 싶더니 지린내가 진동했다. 돌아보니 고양이가 한 마리 있었다. 옆집 고양이였다. 언젠가 옆집 여자가 안고 가는 걸 봤다. 평범하기 그지없는 얼룩 고양이였지만 자신을 바라보던 거만한 표정은 잊을 수 없었다. 더 잊을 수 없는 것은 여자의 뒤태였다. 스커트 아래로 쭉 뻗은 다리가 인상적이었다. 그의 손이 축축해졌다. 지린내도 지린내거니와 내내 뒤척였던 간밤의 기억이 새삼스러웠다. 고양이는 잠잠해지나 싶다가도 다시 울어댔다. 당최 눈을 붙일 수 없었다. 여자의 구두 소리가 들려온 것은 언제나처럼 새벽 5시쯤이었다. 그는 밤을 꼴딱 새운 것이다. 여자는 늘 그 시간에 퇴근했고 그는 같은 시간에 눈을 떴다. 여자의 구두 소리가 달갑지 않은 그였다. 그 소리만 아니면 한두 시간은 더 잘 수 있을 테니까. 귀가 남달리 예민한 것은 아닌데 이상하게도 옆집 여자의 구두 소리만 들리면 눈이 번쩍 뜨였다. 좋든 싫든 그는 여자의 샤워 소리를 들으며 똥을 누고, 여자가 켠 라디오 소리를 들으며 넥타이를 매고, 여자가 고양이를 어르는 소리를 들으며 집을 나서야 했다.

평소처럼 여자의 샤워 소리를 들으며 변기 위에 앉아 있었지만 그는 똥을 누지 못했다. 잠을 설친 탓이었다. 하루가 엉망이 될 조짐이었다. 습관적으로 물을 내리는데 울컥 부아가 치밀었다. 화장실에서 나오자마자 인터폰 수화기를 집어 들고 옆집 번호를 눌렀다. 지루하게 울리는 신호음을 들으며 그는 마른침을 삼켰다. 옆집 여자와의 통화는 처음이었다.

여보세요?

옆집입니다.

무슨 일이세요?

여자의 목소리에는 경계심이 징처럼 박혀 있었다.

고양이 울음 때문에 한숨도 못 잤습니다.

그는 정중히 말했다.

어머, 정말로요?

정말입니다.

이상하다. 우리 애기는 안 우는데.

분명히 울었습니다. 게다가 이번이 처음은 아닙니다.

잠시 침묵이 흐른 뒤 옆집 여자가 물었다.

몇 호시죠?

그는 움찔했다. 손이 축축해졌다.

709홉니다.

손바닥을 바지에 문지르며 그가 대답했다.

다른 집에서는 아무 말 없었는데.

밤새 한숨도 못 잤단 말입니다.

그의 목소리가 높아졌다.

아홉 켤레나 신어보고 그냥 돌아선 고객에게도 깍듯이 인사하는 그였다. 적막한 집 안에 울려 퍼지는 자신의 날 선 목소리가 낯설었다.

알겠어요.

그게 다였다. 미안하다거나, 조심하겠다는 말은 없었다. 딸각, 전화가 끊겼다. 수화기를 맥없이 내려놓으며 그는 나지막하게 중얼거렸다. 알겠어요. 손은 차갑게 식어 있었다.

그는 고양이를 노려보았다. 야옹. 고양이가 꼬리를 살랑거리더니 휴대폰으로 통화 중인 젊은 여자의 발을 핥았다. 옆집 여자였다. 고양이가 저지른 짓을 항의하려던 그는 여자가 자신을 바라보는 순간 황급히 고개를 돌렸다. 그는 손바닥을 바지에 문지르며 곁눈질로 여자를 살폈다. 오늘은 일을 나가지 않은 건가? 여자는 분홍색 트레이닝복 차림이었다. 엉덩이에는 분홍을 뜻하는 영어 철자가 프린트되어 있었다. 그가 딱 싫어하는 스타일이었다. 말 엉덩이에 찍힌 낙인이 떠올랐다. 뭐랄까, 저속했다.

옆집 여자는 통화하면서 엘리베이터에 올라탔다. 그는 여자의 뒤를 따랐다. 옆집 여자는 엘리베이터에 부착된 거울을 보느라 등을 보인 채 서 있었다. 고양이가 엘리베이터 구석을 향해 돌아서는가 싶더니 털을 곤두세우고 꼬리를 바짝 치켜든 채 분비물을 찍 발사했다.

엘리베이터 문이 열리자 고양이가 먼저 내렸다. 그는 맨 나중에 내렸다. 여자는 여태 통화 중이었다. 그는 옆집 여자의 뒤태를 감상하며 천천히 걸었다. 고양이가 복도 한쪽에 세워진 자전거 바퀴에 대고 다시 분비물을 발사했다. 그는 자신의 바지 자락에 묻은 얼룩을 새삼 내려다보며 눈살을 찌푸렸다.

집에 들어온 그는 바지부터 빨았다. 세제를 듬뿍 풀었지만 지린내는 좀체 가시지 않았다. 그는 바지를 건조대에 널고 얼룩이 졌던 자리에 땀냄새 제거용 스프레이를 잔뜩 뿌렸다. 고양이의 분비물이 몸에 묻기라도 한 듯 꼼꼼하게 샤워도 했다.

옆 동에서 집어 온 택배 상자를 앞에 두고서야 그의 표정이 누그러졌다. 테이프를 뜯을 때는 어김없이 강렬한 쾌감을 맛보았다. 숨통을 조이던 넥타이를 풀어 던진 것 같은 해방감이었다. 상자에 담긴 것은 플라스틱으로 만든 강아지 모양의 장난감이었다. 태엽도 달려 있었다. 태엽을 감아주자 멍멍 짖으며 앞으로 걸어가다 꼬리를 풍차처럼 돌리며 옆으로 굴렀다. 태엽이 다 풀렸을 때 강아지는 배를 드러낸 채 누워 있었다.

그가 강아지를 집어 들고 쓰레기통 쪽으로 걸어가는데 초인종 소리가 들렸다. 옆집 초인종이었다. 그는 출입문에 바짝 붙어 귀를 기울였다. 나야. 사내의 굵은 목소리. 자물쇠가 풀리는 소리와 문을 여닫는 소리가 차례로 들렸다.

그는 문을 열고 밖으로 나갔다. 밖은 이제 어둑어둑해졌다. 그는 복도 난간에 기대어 아래를 내려다보다가 강아지의 태엽을 감아 난간 턱에 올려놓았다. 강아지는 멍멍 짖으며 앞으로 걸어갔다. 난간 끝을 향해. 그가 손을 뻗었지만 강아지는 난간 너머로 떨어지고 말았다. 강아지의 꼬리가 허공에서도 풍차처럼 돌아갔다. 강아지가 박살나는 소리가 짜릿했다. 그는 주위를 둘러보았다. 복도에도 아래에도 인적은 없었다.

옆집 현관문 열리는 소리가 들린 것은 한 시간쯤 뒤였다. 그는 옆집 문이 닫히는 소리를 확인하고 슬그머니 밖을 내다보았다. 저만치 걸어가고 있는 사내는 트레이닝복 차림이었다. 그날 밤에는 고양이 울음소리가 들리지 않았다.

그가 또다시 남의 택배 상자를 들고 온 것은 역시 실수가 아니었다. 그는 실수를 되풀이하는 사람이 아니었다. 다음도, 그다음도 마찬가지였다. 동을 바꿔가며 택배 상자를 집어 왔다. 한 번 들른 곳에는 다시 가지 않았다. 깜박할까 봐 아파트 단지 지도에 표시까지 했다.

그에게 택배의 내용물은 관심거리가 아니었다. 중요한 것은 남의 택배 상자를 거칠게 뜯을 때 느끼는 해방감이었다. 그러나 옆집 택배 상자를 들고 온 것은 해방감을 위해서가 아니라 호기심 때문이었다.

백화점 정기 세일 첫날이었다. 허리를 펼 새가 없을 정도로 손님이 밀어닥쳤다. 퇴근길에는 어서 씻고 침대에 누울 생각뿐이었지만 택배 상자들을 그냥 지나치지는 못했다. 상자에 휘갈겨진 숫자를 일별하던 그의 눈이 커졌다. 그는 숫자를 재차 확인했다. 108호가 아니라 708호가 분명했다. 옆집의 택배 상자를 보기는 처음이었다. 정확히 말하자면 그가 남의 집 택배를 집어 오게 된 이후로 처음이었다.

경비는 졸고 있었다. 그는 옆집의 택배 상자를 집어 들었다. 호기심도 호기심이었지만 분노 때문이기도 했다. 고양이 울음소리 때문에 잠을 설치는 밤이 잦아졌다. 고양이는 여자가 없을 때만 울어댔다. 여자가 집에 돌아오면 언제 그랬냐는 듯 잠잠해졌다. 그래서인지 그의 항의는 번번이 묵살되었다. 여자는 언성을 높이기도 했다. 적반하장이 따로 없었다. 여자는 부쩍 신경이 날카로워진 듯했다. 주말 저녁에 잠깐 다녀가는 사내와도 자주 다투는 눈치였다. 신경이 예민해져서 사내와 다투는 것인지 사내와 다퉈서 신경이 예민해진 것인지 알 수 없었다. 그가 확실히 말할 수 있는 것은 사내의 옷차림이었다. 사내는 언제나 트레이닝복 차림이었다. 사내의 뒷모습이 복도 저쪽 비상계단 통로로 사라지는 것을 지켜보는 것은 언제나 그의 몫이었다.

상자는 크지 않았지만 가볍지도 않았다. 그는 뒤도 돌아보지 않고 엘리베이터로 향했다. 엘리베이터는 15층에 서 있었다. 늘 그랬다. 망할 놈의 엘리베이터. 모두 꼭대기 층에만 몰려 사는 것 같았다. 그는 비상계단을 성큼성큼 올라가기 시작했다. 온몸의 근육이 팽팽해지는 느낌이었다. 간만에 느끼는 활력이었다.

현관문을 닫았을 때 그는 땀에 푹 절어 있었다. 긴장이 풀리면서 나른한 피로감이 밀려왔다. 그는 더운물을 채운 욕조에 몸을 담근 채 상자의 내용물을 상상했다. 부피에 비해 묵직한 걸 보니 책인가? 어떤 책일까? 상상의 톱니바퀴는 매끄럽게 돌아가지 못했다. 그는 상상에 서툴렀다. 분석이라면 누구에게도 밀리지 않을 자신이 있었지만.

욕조에서 나온 뒤에도 그는 택배 상자를 뜯어보지 않았다. 라면을 끓여먹고 차까지 마셨다. 맛난 음식을 아껴 먹으려는 것처럼 결정적인 순간을 최대한 늦췄다. 아버지는 입버릇처럼 말했다. 세상에는 두 부류의 인간이 있다. 가장 맛있는 것을 먼저 해치우는 인간과 맨 나중에 먹는 인간. 너는 가장 맛있는 것부터 해치우는 인간이 되어야 한다. 한계효용이 가장 클 때 가장 맛난 걸 먹어야 해. 맛있는 것을 아낀답시고 맛없는 것만 꾸역꾸역 먹는 멍청이가 되면 안 돼. 아버지는 둘만 알고 셋은 몰랐다. 세상에는 두 부류의 인간과 그가 있었다. 그는 가장 맛있는 것을 입에 대는 순간을 위해 마지막까지 굶었다. 그러니까, 한계효용을 한계까지 끌어올렸다.

그는 새로 장만한 잠옷으로 갈아입은 뒤 아껴두었던 샴페인까지 한잔 걸치고서야 택배 상자를 탁자로 옮겨왔다. 택배 상자를 느긋하게 들여다보던 그의 미간이 좁아졌다. 이상했다. 송장이 붙어 있지 않았다. 뜯어낸 흔적도 없었다. 매직펜으로 호수만 크게 적혀 있었다. 상자 옆면에 적힌 것과 같은 필체였다. 그는 어제 배달된 자신의 택배 상자를 가져와 대조해보았다. 필체가 달랐다. 경비의 필체가 아니었다. 불길한 기운이 명치끝에서부터 심장 쪽으로 빠르게 치고 올라왔다. 시한폭탄이라도 앞에 둔 것처럼 그는 진땀을 흘렸다. 아무래도 찜찜했다.

본능은 어서 빨리 그 수상쩍은 물건을 돌려놓으라고 경고했지만 그는 자신도 모르게 테이프를 뜯어내고 있었다. 상자에는 검은 비닐봉지가 담겨 있었다. 비닐봉지 주둥이는 나일론 끈으로 묶인 채였다.

그는 끈을 풀었다. 비닐봉지를 들여다보던 그의 얼굴이 일그러졌다. 봉지에 담긴 것은 고양이였다. 옆집 고양이. 정확히 말하자면 옆집 고양이의 시체. 그의 손이 축축해졌다. 고양이는 입꼬리가 치켜 올라간 게 웃고 있는 것처럼 보였다.

그의 머릿속이 분주해졌다. 대체 누구 짓일까? 죽은 고양이를 보낸 이유가 뭘까? 그는 몸을 부르르 떨었다. 죽은 고양이를 주인에게 돌려주려는 행동에 담긴 어두운 의도 때문이었다. 옆집 여자에게 타격을 주려는 의도 말이다. 그것은 그가 이 상자를 발견했을 때 품었던 생각과 다르지 않았다.

그는 상자를 덮고 테이프를 새로 붙였다. 실수로 109호의 택배 상자를 들고 왔을 때처럼. 돌려놓고 오면 그만이라고 생각하니 기분이 나아졌다. 당연히 그날 밤에는 고양이 울음소리가 들리지 않았다. 간만에 그는 푹 잘 수 있었다.

다음 날 아침, 그는 문제의 상자를 쇼핑백에 담았다. 상자에는 옆집 호수가 너무 크게 적혀 있었다. 괜히 이목을 끌 필요는 없었다. 그는 식탁 위에 있던 적십자회비 고지서도 챙겼다. 오늘이 마감일이었다. 그는 적십자회비를 한 번도 빠뜨린 적이 없었다. 누가 뭐래도 그는 건실한 시민이었다.

엘리베이터에서 내린 순간 그의 눈이 가늘어졌다. 경비실에 경비가 버티고 앉아 있는 게 아닌가. 낭패였다. 내용물이 내용물인지라 상자를 갖고 있는 것조차 들키면 안 되었다. 경비실을 지나치는 순간, 쇼핑백을 든 그의 손에 잔뜩 힘이 들어갔다.

제자리에 갖다 놓지 못한 상자가 눈에 밟혀 그는 일이 손에 잡히지 않았다. 물품 창고에 감춰뒀지만 마음이 놓이지 않았다. 창고에서 고양이 울음소리가 들려올 것만 같았다. 퇴근 때까지 버텨야 한다는 사실이 더 견디기 힘들었다. 퇴근길에 몰래 돌려놓을 수 있을지 장담할 수 없기도 했다.

그는 배가 아픈 척했다. 잠시 병원에 다녀오겠다며 자리를 떴다. 쇼핑백은 그새 더 묵직해진 듯했고 불쾌한 냄새도 나는 듯했다.

그는 차를 몰고 우체국에 갔다. 가까운 편의점에서 일반 택배로 발송할 수도 있었지만 그는 확실한 배달을 원했다. 우체국 택배가 가장 믿음직스러웠다.

그는 송장의 수신자 란에 옆집 주소를 적어 넣고 옆집 여자의 이름도 적었다. 옆집 여자의 이름을 거침없이 적는 자신이 놀라웠다. 그는 정신을 집중하고 기억을 더듬었다. 언젠가 자신의 우편함에 잘못 꽂힌 우편물에서 보았던 사실이 떠올랐다. 발신자 란에는 가짜 주소와 가공의 이름을 적었다. 애당초 그는 이 물건과 무관한 사람이었다. 그의 호기심 때문에 배달이 잠시 늦춰진 것뿐.

상자에 담긴 게 뭡니까?

그가 상자를 전자저울에 올려놓자 우체국 직원이 물었다. 예상치 못한 질문이었다.

고양이입니다.

얼결에 나온 말이었다. 아차, 싶었지만 주워 담을 수는 없었다. 그는 손바닥을 바지에 문질렀다.

설마 검은 고양이는 아니겠죠?

우체국 직원이 피식 웃으며 말했다.

네.

그가 미소를 쥐어짜내며 대꾸했다.

월요일에나 배달될 겁니다.

알겠습니다.

그가 힘겹게 중얼거렸다.

신경쇠약으로 요절한 미국 작가에게 감사하며 그는 우체국을 나섰다. 적십자회비를 납부하는 것도 잊지 않았다.

이제 그의 단잠을 방해할 것은 없었다. 고양이를 해치운 장본인이 궁금했지만 중요한 것은 고양이가 더는 울지 못한다는 사실이었다. 울지 못하는 고양이. 그걸로 족했다. 고양이가 울지 않으면 잠을 푹 잘 것이고 잠을 푹 자면 집중력이 떨어지는 일도 없을 것이고 집중력이 떨어지지 않으면 남의 택배를 들고 오는 실수 따위도 안녕이다. 남의 집 택배 상자에 생각이 미치자 그의 입가에 희미하게 걸려 있던 미소가 사라졌다. 더는 남의 택배 상자를 집어 올 수 없다니 슬퍼졌다.

그는 수면양말을 신고 가습기를 켠 뒤 침대에 누웠다. 옆집 여자의 구두 소리에 눈을 뜰 때까지 한 번도 잠에서 깨지 않았다. 구두 소리가 반가울 지경이었다.

다시 그를 찾아온 밤의 평화는 하루 만에 등을 돌리고 말았다. 이튿날이 정기 휴일이라 홀가분한 마음으로 눈을 붙였지만 도중에 깨고 말았다. 옆집의 소란 때문이었다. 격렬하게 다투는 소리가 벽을 날카롭게 두드려댔다. 악다구니를 쓰는 쪽은 여자였다. 사기꾼, 배신, 단물. 이런 말들이 유리처럼 부서졌다. 실제로 뭔가가 부서지기도 했다. 사내의 목소리도 들려왔다. 트레이닝복일 터였다. 트레이닝복의 입에서 터져 나온 소리는 한결같았다. 씨팔. 가끔은 아이, 씨팔이라고도 했다. 다툼은 잦아드는가 싶더니 다시 거칠어졌다. 고양이 울음보다 더 시끄럽고 거슬렸다. 트레이닝복이 문을 쾅 닫고 나간 뒤에야 잠잠해졌다.

그는 머리맡의 스탠드를 켜고 자명종을 확인했다. 새벽 2시였다. 아침에 출근하지 않아도 되는 게 그나마 다행이었지만 뭔가를 도둑맞은 기분은 어쩔 수 없었다. 그는 우유를 데워 마시고 다시 잠을 청했다.

겨우 잠이 들 무렵 그는 다시 눈을 떴다. 옆집에서 우당탕, 하는 소리가 들려왔다. 여자가 세간을 닥치는 대로 집어 던지고 있었다. 그는 소리만으로도 무엇이 부서지고 깨지는지 짐작할 수 있었다. 시계가 부서지고 접시가 깨졌다. 유리컵도 깨졌다. 부서지는 소리는 견딜 수 있었지만 깨지는 소리는 참기 힘들었다. 여자는 자꾸만 깨고, 깨고, 또 깼다. 그의 손이 축축해졌다. 발도 축축해졌다.

그는 수면양말을 벗어던졌다. 발이 축축해진 것은 드문 일이었다. 여자는 세상의 모든 밤을 깨뜨릴 기세였다. 누군가는 여자를 막아야 했다. 고양이 시체가 담긴 상자를 여자 앞으로 부치길 잘했다고 생각하며 그는 침대에서 빠져나왔다. 인터폰의 수화기를 집어 드는 그의 얼굴이 잔뜩 굳어 있었다. 신호음이 한참 울린 뒤에야 여자가 수화기를 들었다.

지금이 몇 신 줄 아십니까?

그가 정중히 물었다.

여자는 아무 말이 없었다. 그는 손바닥을 파자마에 닦았다.

지금이 몇 신 줄 아시냐고요?

그가 다시 정중히 물었다.

개자식.

여자가 싸늘한 목소리로 뇌까렸다.

그는 뒤통수를 세게 얻어맞은 기분이었다. 그런 심한 욕설을 듣기는 난생처음이었다. 그가 들었던 최악의 욕은 아버지의 입에서 나왔던 축축한 놈, 이라는 비난이 고작이었다. 카운터펀치를 얻어맞은 복서처럼 숨이 멎고 다리가 후들거렸다. 그는 수화기를 꽉 움켜쥐었다.

갑자기 여자가 울음을 터뜨렸다. 감정의 둑이 무너진 듯 여자는 서럽게 흐느꼈다. 여자는 오래오래 울었다. 여자의 울음은 수화기에서도, 벽 너머에서도 들려왔다.

그는 여자가 울음을 그치고 말없이 전화를 끊은 뒤에야 수화기를 내려놓았다. 여자의 손을 잡기라도 한 것처럼 손이 땀

에 흠뻑 젖어 있었다. 분노는 옛말이 되었다. 분노가 떠난 자리
에는 회한이 밀려들었다. 여자에게 못할 짓을 저지른 기분이었
다. 여자 앞에 무릎 꿇고 발을 어루만지고 싶었다. 여자의 집 앞
에 놓여 있던 빈 그릇을 걷어찬 게, 고양이를 미워한 게, 시끄럽
다고 전화한 게 후회스러웠다. 무엇보다 고양이 시체가 담긴 상
자를 부친 게 마음에 걸렸다. 복수심에 눈이 멀어 그만…… 그
래도 여자가 고양이의 시체를 보는 일만은 막아야 했다. 더 이
상 울지도 못하는 고양이 아닌가.

　그는 아침을 먹자마자 아파트 건물 입구가 마주 보이는 자리
로 차를 옮긴 뒤 운전석에 눌러 앉았다. 우체국 차량이 언제 들
이닥칠지 알 수 없었다. 졸음을 몰아내기 위해 보온병에 담아온
커피를 거푸 들이켰다. 점심은 역시 집에서 챙겨 온 빵과 우유
로 때웠다. 잠시도 자리를 비울 수 없었다. 오줌조차 빈 생수병
에 해결했다. 잠복근무 중인 형사라도 된 기분이었다.
　잠복 중인 그를 괴롭힌 것은 졸음이나 요의가 아니라 불쑥불
쑥 떠오르는 자괴감이었다. 내가 대체 뭘 하고 있는 거지? 옆집
여자가 고양이 시체를 보든 말든 자신과는 상관없는 일이었다.
그는 맥이 풀리고 속이 상했다. 옆집 여자가 수고를 알아줄 리
만무하다는 점 때문이었다. 그래도 그는 자리를 뜨지 않았다.
내친걸음이었고 기왕의 수고를 헛되게 할 수는 없었다. 괜한 오
기도 생겼다.

그는 옆집 여자가 집을 비우기를 바랐다. 그래야 우체부가 택배를 경비실에 맡길 것이고 그쪽이 일을 처리하기가 수월할 터였다. 경비가 자리를 비운 틈을 타 슬쩍할 수도 있을 테고 경비가 자리를 지키더라도 실수를 가장해 들고 갈 수도 있을 테니. 우체부가 직접 올라가면 골치 아플 것이었다. 그런데 옆집 여자는 집에서 꿈쩍도 하지 않았다.

우체국 차량이 나타난 것은 오후 4시 반경이었고 그가 잠복한 지 여덟 시간 만이었다. 우체국 차량이 눈에 들어오자 가슴이 세차게 방망이질했다. 그는 경비실 쪽을 확인했다. 내내 자리를 지키고 있던 경비가 보이지 않았다. 그는 모자를 눌러쓰고 마스크를 착용한 뒤 차에서 내렸다.

우체국 차량이 그의 동 앞에 멈춰 서고 우체부가 운전석에서 내렸다. 날렵하고 다부진 인상이었다. 우체부는 재빠른 동작으로 차 뒤쪽으로 돌아가 짐칸에서 상자를 꺼냈다. 그가 부친 상자였다. 고양이 시체가 담긴 상자.

우체부는 곧장 아파트 입구로 향했다. 그는 발소리를 죽이며 뒤를 따랐다. 손이 축축해졌다. 어떻게든 우체부를 막아야 했다.

우체부는 엘리베이터 앞에 서 있었다. 언제나처럼 엘리베이터는 15층에 머물러 있었다. 우체부는 주저 없이 비상계단을 오르기 시작했다. 그도 뒤를 따랐다. 우체부는 계단을 빠르게 올랐다. 그도 처지지 않기 위해 이를 악물었다. 우체부를 놓치면 끝장이었다. 그는 호시탐탐 기회를 엿보며 우체부의 뒤를 바짝

쫓았다.

그에게 기회가 찾아온 것은 6층 계단참에서였다. 휴대폰이 울렸고 우체부가 거짓말처럼 걸음을 멈추고 상자를 내려놓았다. 우체부가 점퍼 주머니에서 휴대폰을 꺼내든 순간 그는 상자를 냉큼 집어 들고 6층 복도로 내달렸다.

야! 거기 안 서?

등 뒤에서 고함이 들려왔다. 그는 반대쪽 비상계단을 향해 달렸다. 엘리베이터는 1층에 내려가 있었다. 그는 사력을 다해 계단을 내려가기 시작했다.

우체부가 그를 따라잡는 데는 그리 오래 걸리지 않았다. 그가 느린 게 아니라 우체부가 너무 빨랐다. 5층과 4층 사이의 층계에서 우체부가 그의 뒷덜미를 낚아챘다. 그 서슬에 그의 몸이 빙글 돌아갔다.

내놔.

우체부가 상자를 뺏으려 하자 그는 필사적으로 저항했다. 상자가 뜯겨나갈 것 같았다. 그는 손아귀에 더욱 힘을 주고 상자를 좌우로 흔들어댔다. 우체부의 상체가 함께 요동쳤다. 우체부는 가벼웠다. 우체부가 상자를 놓치는 바람에 상자가 허공으로 날아갔다. 벽에 부딪힌 상자는 계단으로 떨어져 굴렀다. 우체부가 계단 난간을 짚고 몸을 내밀어 아래를 내려다보았다. 그도 상자의 행방을 눈으로 좇았다. 상자는 4층 복도 입구까지 굴러 내려갔다.

너, 대체 뭐 하는 놈이야?

우체부가 그의 멱살을 움켜쥐고 소리쳤다.

그는 숨이 막혔다. 위에서 짓누르는 우체부의 서슬이 퍼랬다. 그의 상체가 난간 너머로 휘청 꺾였다. 일단 숨통을 터야 했다. 그는 우체부의 허리춤을 잡아챘다. 우체부의 몸이 기우뚱하면서 그의 다리에 걸리고 말았다. 우체부는 중심을 잃고 구르다가 계단참 구석에 처박혔다. 우체부는 비명조차 지르지 못했다. 비명을 지른 쪽은 그였다.

우체부는 미동도 하지 않았다. 목이 꺾인 듯했다. 설마. 그는 더럭 겁에 질려 자신도 모르게 목을 매만졌다. 우체부는 꿈쩍도 안 했다. 죽은 것 같았다. 그는 부들부들 떨었다. 머릿속은 하얗고 눈앞은 캄캄했다. 세상이 무너지는 기분이었다. 진짜로 무너지는 것은 그의 의식이었다.

정신을 차렸을 때 그는 집에 돌아와 있었다. 그는 자신에게 닥친 불행을 믿을 수 없었다. 대체 무슨 일이 벌어진 것인지 이해할 수도 없었다. 심장이 여태 벌렁거렸다. 심장은 무슨 일이 일어났는지 죄다 알고 있었다. 심장은 블랙박스였다. 그는 심장을 꺼내서 좀 전의 상황을 재생시켜보고 싶은 충동에 사로잡혔다. 왜 우체부를 뒤쫓았지? 그제야 고양이의 시체가 담긴 상자가 떠올랐다.

그는 뭔가에 홀린 듯 밖으로 뛰쳐나갔다. 상자를 치워야 했다. 고양이 시체만 치우면 모든 게 제대로 굴러갈 것 같았다. 그는 4층으로 내려간 뒤 상자가 굴러 떨어진 장소로 갔다. 상자가 보이지 않았다. 그는 출구 윗벽에 적힌 층수를 확인했다. 틀림없이 그 자리였다. 누가 가져간 걸까? 조금 전 일은 모두 헛것이었을까? 과민해진 신경이 빚어낸 악몽이었을까? 바로 위 층계참에 쓰러져 있는 우체부를 본 순간 그의 희망은 꺾이고 말았다.

집에 돌아온 그는 신고를 할지 말지 고민했다. 우체부가 죽었다고 확신할 수는 없었다. 병원에 제때 도착하면 목숨을 건질 수 있을지도 몰랐다. 이미 죽었다면? 긁어 부스럼이었다. 그가 고민하는 사이 사이렌 소리가 들려왔다. 그는 창으로 밖을 내려다보았다. 구급차가 아니라 경찰차였다. 우체부는 죽은 게 분명했다. 이제 그는 자수를 고민하기 시작했다. 자수하면 얼마나 감형 받을 수 있을까?

그는 과실치사의 형량을 인터넷으로 검색해보았다. 2년 이하의 금고 또는 7백만 원 이하의 벌금. 사람 목숨 값은 의외로 헐했다. 다섯 달 뒤 만기인 적금을 헐면 4백만 원은 마련할 수 있었다. 몰고 있는 차가 오래되긴 했지만 2백만 원은 가능할 터였다. 그는 중고차 사이트에 접속해 시세를 알아보았다. 모델명, 연식, 주행거리를 입력했더니 120만 원이라는 결과가 떴다.

날강도들!

그가 책상을 주먹으로 내리치며 버럭 소리쳤다.

경찰이 집으로 찾아온 것은 다음 날 저녁이었다. 그가 부른 것은 아니었다. 여전히 그는 자수를 망설이고 있었다. 2년의 금고나 7백만 원의 벌금은 겁나지 않았다. 축축한 놈,이라는 아버지의 힐난이 두려웠다. 우체부의 얼굴은 가물가물했지만 드잡이할 때 외쳤던 말은 쟁쟁했다. 너, 대체 뭐 하는 놈이야? 아버지 말이 맞았다. 그는 축축한 놈이었다.

　문밖에 서 있는 사람이 경찰이라고 하자 그의 손이 축축해졌다. 올 것이 오고야 말았다. 그것도 예상보다 빨리. 곧장 자수했어야 했다. 그는 자포자기의 심정으로 문을 열었다. 늦었지만 이제라도 모든 것을 털어놓아야 했다.

　고양이를 죽였습니까?

　경찰이 현관에 버티고 선 채 물었다.

　네?

　옆집 고양이를 죽였습니까?

　아니요.

　고양이 울음 때문에 옆집에 항의하신 적 있죠?

　네.

　정말 죽이지 않았습니까?

　네.

　경찰은 그를 물끄러미 바라보았다. 경찰의 눈이 거짓말탐지기처럼 보였다. 그는 경찰의 눈을 피할 수 없었다. 경찰은 수사에 나서게 된 경위를 설명하며 주위를 둘러보았다.

땀이 많으신가 봅니다?

경찰이 은근한 목소리로 물었다.

네?

우리도 저걸 애용하거든요.

경찰이 신발장 위에 놓인 스프레이를 턱으로 가리키며 말했다. 땀냄새 제거용 스프레이. 실수로 들고 온 택배 상자에 들어 있던 물건.

제가 좀, 축축해서요.

그가 머리를 긁적이며 말했다.

경찰은 협조해줘서 고맙다는 인사를 건네고 물러갔다. 문을 닫으며 그는 안도의 숨을 내쉬었다. 고양이 건에 관해서라면 그는 결백했다. 하지만 마냥 좋아할 수만은 없었다. 고양이의 시체가 옆집 여자에게 전해지고 만 것이다. 이제 그에게는 또 다른 걱정거리가 생겼다. 고양이 시체가 담긴 상자를 부친 게 탄로 날 수도 있었다. 고양이를 죽이지 않았다는 것을 밝히려면 상자를 몰래 가져왔다는 사실을 실토해야 했다. 그동안 택배 상자를 훔쳐왔다는 사실까지 까발려질지 몰랐다.

그는 인터넷으로 절도죄의 형량을 찾아보았다. 단순절도는 6년 이하의 징역이나 천만 원 이하의 벌금이었다. 과실치사보다 엄했다. 게다가 그는 상습범이었다. 그는 아파트 단지 지도를 펴보았다. 가위표는 모두 아홉 개였다. 정상참작의 여지는 없었다. 고양이를 죽인 죄까지 덤터기를 쓰게 될 수도 있었다.

그는 반려동물 살해죄의 형량도 뒤져보았다. 동물보호법 위반으로 5백만 원 이하의 벌금을 물어야 했고 재물 손괴죄에 따른 3년 이하의 징역이나 7백만 원 이하의 벌금을 감수해야 했다. 세 가지 죄에 대한 벌을 모두 합치면 인생은 끝장이었다. 자수한다면? 이러나저러나 축축한 인생이 될 게 뻔했다. 그는 혀를 깨물고 싶은 심정이었다.

뉴스를 검색하던 그는 우체부에 관한 소식을 찾아냈다. 어제 오후 서울의 모 아파트 계단에서 우체부가 쓰러진 채 발견되어 병원으로 실려갔으나 여태 의식불명이었다. 경찰은 과로에 의한 실족에 무게를 뒀다. 우체부의 목숨이 붙어 있다는 사실에 그는 가슴을 쓸어내렸다.

그날 밤 옆집에서는 아무 소리도 들리지 않았다. 다음 날도, 그다음 날도 쥐죽은 듯 조용했다. 새벽 5시면 어김없이 들리던 구두 소리도 들리지 않았다. 하루도 거르지 않고 문 앞에 나와 있던 빈 그릇도 보이지 않았다. 우체부는 여전히 혼수상태였다.

그는 인터폰으로 경비실에 전화했다.

709홉니다.

무슨 일이십니까?

옆집이 조용해서요.

그런데요?

옆집이 너무 조용합니다.

그게 문제라도 됩니까?

아닙니다.

그는 수화기를 내려놓았다.

밖에서 쿵, 하는 소리가 들린 것은 그가 수화기를 다시 집어 들고 옆집 번호를 누를지 말지 고민하고 있을 때였다. 그는 수화기를 내려놓고 베란다로 나가 아래를 내려다보았다. 화단에 누군가 엎어져 있었다. 핑크색 트레이닝복, 늘씬한 뒤태. 옆집 여자였다. 사람들이 하나둘 여자 주위로 모여들었다. 경비도 보였다. 경비가 고개를 들어 위를 올려다보았다. 다른 사람들도 고개를 들었다. 그는 황급히 몸을 숨겼다.

한참 뒤 그는 다시 아래를 내려다보았다. 사람들은 여전히 여자를 둘러싼 채 웅성거리고 있었다. 어디론가 전화를 거는 사람도 있었다. 위를 올려다보는 사람은 없었다. 그는 여자의 옆얼굴을 찬찬히 내려다보았다. 옆집 여자의 얼굴은 처음이었다. 손이 축축해졌다. 소파도, 탁자도, 침대도, 옷장도, 신발도, 컴퓨터도, 접시도, 형광등도 축축해졌다. 그는 땀냄새 제거용 스프레이를 손바닥에 뿌렸다. 소파에도, 탁자에도, 침대에도, 옷장에도, 신발에도, 컴퓨터에도, 접시에도, 형광등에도 뿌렸다. 라벤더향이 진동했다. 109호의 겨드랑이에서 나야 했을 향기였다.

개의 맛

안이 김을 찾아가기로 마음먹은 것은 간밤의 꿈 때문이었다. 어르신이 꿈에 나타나기는 처음이었다. 올가미 밧줄 뒤에 서 있던 모습이 자꾸 눈에 밟혔다. 그것도 실오라기 하나 걸치지 않은 알몸으로. 무슨 변고라도 생긴 걸까. 유감스럽게도 안은 어르신의 행방을 몰랐다. 장이라면 혹시? 하지만 장의 행방도 몰랐다. 일이 있을 때면 장이 찾아왔다. 매번 안이 김을 찾아간 것처럼. 김은 장의 행방을 알까? 김을 마지막으로 찾아간 것은 6년 전이었다. 빨갱이의 씨를 말리려 했다는 죄 아닌 죄로 어르신이 억울하게 옥살이를 하고 출감했을 때였다. 이제부터는 저희가 모시겠습니다. 장이 주먹을 불끈 쥐며 울먹였던가. 어르신은 허리를 꼿꼿이 펴고 말했다. 나를 찾지 마라. 때가 되면 너희를 찾아갈 것이니 녹슬지 않게 잘 갈아둬라. 마침내, 어르신이 우리를 찾으신 건가. 우리를 쓸 일이 있어 어둡고 어두운 꿈속까지 맨몸으로 찾아오신 것인가.

　마지막 수강생은 음대생인 듯했다. 턱을 뻣뻣이 들고 있는 걸 보니 바이올린? 안은 척 보면 알았다. 여자애가 잘 부탁드립니다,라고 인사했다. 요즘 애들답지 않게 싹싹했다. 안은 여대생을 태우고 주행 시험 출발지로 갔다. 먼저 온 차들이 대기 중이었다. 안은 차를 세우고 여대생과 자리를 바꿨다.
　여대생이 운전을 곧잘 해서 안은 길만 안내해주면 됐다. 삼거리에서 우회전, 다리 건너 직진, 다음 교차로에서 좌회전. 여대생은 길눈도 밝았다. 반환점을 돈 뒤에는 깜박이도 알아서 척척 넣고 차선도 쓱쓱 바꿨다. 편하긴 했지만 할 일을 빼앗긴 기분이 들기도 했다.
　"운전 잘하네."
　"아, 정말요?"
　"당장 시험 쳐도 문제없겠어."
　"정말요? 감사함다. 실은…… 아빠 차로 연습 좀 했거덩요."
　코맹맹이 소리에 말본새까지 덩치만 어른이지 애나 다름없었다. 요즘 것들, 덩치는 산만 한데 정신력은 좁쌀만 하지.
　"어느 대학?"
　"네?"
　"어느 대학교에 다녀?"

"대학생으로 보여용? 아, 감사함다. 실은 요번에 수능쳤어용."

안의 얼굴이 굳어졌다. 머리에 피도 안 마른 애가 차를 몰겠다는 게, 머리에 피도 안 마른 애가 차를 능숙하게 모는 게, 머리에 피도 안 마른 애가 차를 능숙하게 몰면서 잘 부탁한다며 능청을 떤 게 영 못마땅했다. 그러니까 머리에 피도 안 마른 게.

안은 노여움을 감추기 위해 입을 꾹 다물었다. A코스를 마치고 B코스를 달리는 내내 말을 붙이지 않았다. 학원에 도착해 여자애가 차에서 내리면서 수고하셨슴다, 라고 인사할 때도 마지못해 고개만 까딱했다.

"아무리 봐도 여대생인데."

안은 여대생, 아니 여고생이 주차장에서 대기 중이던 아우디에 오르는 것을 망연히 바라보며 중얼거렸다.

"뭘 그렇게 쳐다봐요?"

원장이었다.

"그런 게 아니라……"

"양치질 좀 잘하고 다니세요."

"양치질이요?"

안이 어리둥절한 얼굴로 물었다. 새파란 놈이 아비한테 원장 자리를 물려받아 거들먹거리는 꼴이 같잖았지만 내색할 수는 없었다.

"입냄새 땜에 선생을 바꿔달라잖아요."

안은 얼굴이 후끈 달아올랐다. 사무실에 있는 사람들이 모두 자신을 쳐다보는 것 같았다.

"누가요?"

안이 기어 들어가는 목소리로 물었다.

원장이 턱으로 아우디를 가리켰다. 안은 모멸감에 머리꼭지가 뜨거워졌다. 버르장머리 없는 계집애보다 공개적으로 망신을 주는 원장이 더 혐오스러웠다. 개새끼. 안은 원장의 목을 조르고 싶었다. 안 자신도 놀랄 만큼 맹렬한 분노였다. 가뜩이나 경영이 어려운데 어쩌고저쩌고 구시렁거리는 원장을 뒤로하고 안은 도망치듯 사무실을 빠져나갔다.

안은 길 잃은 사람처럼 주위를 두리번거렸다. 안이 잃어버린 것은 길이 아니라 김이었다. 김의 구두 수선 가게였다. 말이 가게지 고가 기둥 밑에 새시로 엮은 가건물이었다. 허리를 펴면 머리에 알전구가 부딪히고, 작업 의자에 쭈그리고 앉아서도 출입문을 여닫을 수 있는 코딱지만 한 공간에서 김은 붙박이 어둠처럼 웅크린 채 구두와 씨름했다. 김은 구두를 흐릿한 알전구 불빛에 이리저리 비춰본 뒤 만족스러우면 침을 뱉곤 했다.

안은 당황했다. 안이 찾아갔을 때 자리를 한 번도 비운 적이 없던 김이었다. 그래서 도청의 위험이 있는 전화를 굳이 사용할 필요가 없었던 것이다. 김이 없다. 김의 구두 수선점이 온데간데없다. 안은 주변을 둘러보았다. 말보로 광고판을 내건 담배 가게. 못 보던 건물과 가게가 새로 들어서긴 했지만 예전 그 자리가 틀림없었다. 안은 길을 건너 담배 가게로 향했다.

담배 가게 노인이 읽고 있던 신문에 안이 올려놓은 것은 껌이었다. 박하향 껌.

"저기 있던 구두 수선점은 어찌 된 겁니까?"

안이 지폐를 내밀며 물었다.

"그러게. 한 달 전쯤인가. 어느 날 아침에 보니까 감쪽같이 없어졌더라고."

노인이 잔돈을 헤아리며 대답했다.

"김 부장, 아니 김가는 어디로 갔는지 아세요?"

"김 씨? 나도 궁금해. 그런데 김 씨랑은 어떻게 아는 사이여?"

노인이 동전을 다시 헤아리며 물었다.

"친구예요."

"친구라면서 어디서 뭐 하는지도 몰라?"

노인이 동전을 또다시 헤아리며 물었다. 계산이 맞을 리 없다고 여기는 사람처럼, 계산이 틀려야 멈출 것처럼 몇 개 안 되는 동전을 헤아리고 또 헤아렸다.

"먹고살기 바쁘다 보니…… 계산 맞는데요."

"맞아?"

"네."

노인은 그제야 동전을 내밀었다.

"잠깐."

노인이 카운터 서랍을 열고 더듬더듬 뭔가를 찾았다. 노인이 서랍에서 꺼낸 것은 틀니였다.

"김 씨가 수선해달라고 부탁한 거여. 내 질부가 싸게 잘해주거든. 만나거든 전해줘."

노인은 신문을 찢어 틀니를 쌌다.

"김 씨가 쓰던 건가요?"

안은 틀니가 든 비닐봉지를 받아 들며 물었다.

"암만. 꼭 전해줘."

노인은 묵은 짐을 던 듯한 얼굴이었다.

안은 근처 벤치에 앉은 뒤 비닐봉지에서 틀니를 꺼냈다. 김 부장이 치아가 부실했던가. 안은 김에 대해 아는 것이 거의 없었다. 이름도 몰랐으니 충치가 몇 개인지는 알 턱이 없었다. 모르는 게 약이다. 조직을 보위하기 위한 고육책이 아니더라도 안은 김의 신상에 대해 별 관심이 없었다. 궁금한 게 하나 있긴 했지만……

안은 틀니를 손에 쥐고 눈을 감았다. 낯선 이미지가 서서히 떠올랐다. 안의 얼굴에 만족의 미소가 희미하게 피어났다. 아직 녹슬지 않았어. 안은 정신을 집중했다. 잿빛. 잿빛의 단단함. 광장인가? 여기저기 희끄무레한 얼룩. 이미지는 모호했다. 안은 눈을 질끈 감았다. 붉은 것들이 나타난다. 붉은 길. 종이의 질감을 가진 형체다. 글자와 사람 들. 글자를 읽어야 한다. 안의 미간이 좁아졌다. 이리저리 빠져나가던 글자가 미간에 갇힌다. 펄떡이는 글자의 몸통을 움켜쥔다. 글자가 뭉그러져 흘러내린다.

안의 얼굴이 일그러졌다. 숨이 끊어질 것 같은 고통이 엄습했다. 안은 물 위로 떠오른 사람처럼 입을 한껏 벌리고 공기를 허겁지겁 들이마셨다. 발작적으로 기침이 터져 나왔다. 폐가 밖으로 튀어나올 것 같았다.

기침이 멎은 뒤에도 안의 얼굴은 파랗게 질려 있었다. 고통 때문이 아니었다. 능력이 늙고 죽어가고 있다는 사실 때문이었다. 안은 다시 정신을 집중하려 했지만 여의치 않았다. 홍길동이라 불리며 신출귀몰하던 대학 운동권 괴수의 은신처를 라이터만으로 알아낸, 한창때의 실력을 기대한 것은 아니었다. 하지만 이 정도로 망가지다니. 어르신을 무슨 낯으로 뵐 것인가.

안은 문득 세상이 낯설고 무섭게 느껴졌다. 특별한 능력도 없는 사람들의 무심한 세상이 한없이 낯설고 무서웠다. 휴대폰만 들여다보며 길을 건너는 여자애, 앙금앙금 걸어가는 노파, 땅바닥만 바라보며 전봇대 밑을 에둘러 가는 중년 사내. 평범하기 짝이 없는 인간들. 자신이 저들과 다를 바 없다는 사실이 끔찍했다. 가만. 전봇대 밑이 희끄무레했다. 김의 틈니가 보여준 희끄무레한 얼룩이 뇌리를 스쳤다. 안은 전봇대 위를 올려다보았다. 전깃줄에 비둘기들이 떼로 모여 있었다. 잿빛 광장, 비둘기 똥, 바닥에 깔린 광고 포스터. 안은 기억 속의 한 장소를 떠올리며 벤치에서 일어났다.

소극장이 밀집해 있는 동네는 여전했다. 벽, 전봇대, 길바닥할 것 없이 연극 포스터로 도배가 되어 있었다. 안은 비둘기가 모여드는 광장으로 향했다. 광장이 가까워질수록 보도블록에 희끄무레한 얼룩이 많아졌다. 김이 근처에 있을 것이라는 추측은 점점 확신으로 변해갔다. 농구하는 애들, 배드민턴 치는 아줌마들, 초상화 그리는 길거리 화가들, 기타 줄을 튕기며 노래하는 길거리 가수들, 그리고 그만큼의 비둘기들. 광장은 사람 반 비둘기 반이었다. 안은 사람과 비둘기를 헤치며 김을 찾았다.

안이 벤치를 빙 둘러선 노인들을 발견한 것은 광장의 맞은편 끄트머리에 당도했을 때였다. 벤치에는 두 명의 사내가 장기판을 놓고 마주 앉아 있었다. 개중 한 명이 김인 듯했다. 꼽추처럼 웅크린 자세가 그랬다. 안은 점퍼 안주머니에서 돋보기를 꺼내 콧등에 걸쳤다. 김이 분명했다. 장기알 통에는 꾸깃꾸깃한 천 원 권 지폐가 수북이 쌓여 있었다.

안은 장기판의 형세를 가늠해보았다. 전력은 엇비슷했지만 김이 몰아붙이는 기세였다. 김이 거듭 장군을 부르자 상대는 밑지는 맞바꾸기로 근근이 버텼다. 김이 마를 움직여 다시 장군을 불렀다. 안은 고개를 갸웃거렸다. 차가 엄호하고 있기는 했지만 상대의 상에게 잡힐 수도 있었다. 뜻밖에 상대는 왕을 구석으로 옮겼다. 김은 그럴 줄 알았다는 듯 왕을 호위하던 포를 주저 없이 움직였다. 포를 적진의 심장부로 기동해 압박하면 항복을 받아낼 수 있을 터였다. 김의 승리가 확실했다. 상대가 맞바꾸기보다 왕을 피신시키는 쪽을 택할지 어떻게 예측했을까? 안은 새삼 김의 눈을 유심히 바라보았다. 뭐랄까, 꿰뚫어 보는 듯한 눈빛이었지. 그랬어. 그러고 보니 김은 늘 취조실에서 나왔던 것 같다.

상대가 차를 김의 왕 코앞으로 밀어 넣었다. 노인들 사이에서 탄식이 터졌다. 저 멀리 코끼리 부대가 버티고 있어서 전차 부대를 왕으로 제압할 수 없었다. 공격을 위해 옮겨둔 포병 부대에 막혀 왕이 피할 곳도 마땅치 않았다. 외통수였다. 왕을 구석으로 옮긴 것은 함정이었다. 상대가 지폐를 챙겨 일어서고 구경꾼들이 흩어지도록 김은 장기판에서 눈을 떼지 못했다. 어안이 벙벙하기는 안도 마찬가지였다. 속내를 꿰뚫어 보는 능력? 잘못 짚은 걸까? 안은 자신이 진 것만 같아 입이 썼다.

"오랜만일세."

안이 김의 맞은편에 앉으며 말했다.

그제야 김이 고개를 들었다. 김은 몰라보게 쭈글쭈글해졌다. 잔주름이 실금처럼 얼굴 전체로 퍼져 있었다. 평생 따가운 햇볕 아래 방치된 진흙 덩어리 같았다. 특히 입 주위가 심했다.

"안 부장?"

김의 눈이 휘둥그레졌다. 안이 김의 능력을 모르는 것처럼 안도 자신의 능력을 비밀에 부쳤다. 어르신의 명령이었다.

"이것부터."

안은 틀니가 담긴 비닐봉지를 내밀었다.

"이게 뭔가?"

김이 비닐봉지를 들여다보며 물었다.

"담배 가게 노인이 전해주라더군."

"아!"

김은 틀니를 꺼내 입안에 끼웠다. 입 주변의 주름이 없어지자 그나마 봐줄 만했다.

"구둣방은?"

"요즘은 다들 운동화를 신지 않는가. 직장에도 운동화를 신고 가는 희한한 세상이니 원."

안은 발을 벤치 밑으로 감추며 헛기침을 했다. 발목이 시큰거려 구두에서 운동화로 갈아탄 지 벌써 3년째였다.

"그런데 무슨 일로……"

"어르신께서 찾아오셨네."

"어르신께서?"

김의 얼굴이 돌연 팽팽해졌다.

"언제?"

"간밤 꿈에."

"꿈?"

김의 눈꼬리가 치켜 올라가자 안은 서둘러 간밤의 꿈을 털어놓았다. 알몸인 채였다는 것은 뺐다. 어르신의 알몸이라니, 입에 올리는 것조차 불경스러웠다. 꿈 얘기를 듣는 내내 김은 안을 빤히 쳐다보았다. 쭈글쭈글한 살덩이 속에 파묻힌 조그맣고 까만 눈이 구슬처럼 빤짝였다. 수선을 마친 구두를 흐릿한 알전구에 비춰보던 눈빛이었다. 안은 알몸, 아니 구두가 된 기분이었다. 속이 텅 빈 구두.

"불쑥 꿈에 찾아오셨다."

김이 팔짱을 낀 채 중얼거렸다. 반신반의하는 눈치였다.

"내가 이렇게 김 부장을 찾아낸 것처럼."

안은 자신의 능력을 밝힐 수 없어서 답답했다.

"그거야 구둣방에 늘 연극 포스터가 붙어 있었으니까……"

"나를 못 믿겠다는 건가?"

안이 노여운 목소리로 쏘아붙였다.

잠시 생각에 잠긴 듯하더니 김은 카악, 가래침을 바닥에 뱉고 장기알을 주섬주섬 통에 주워 담았다.

"잠깐 기다리게. 가게 좀 정리하고."

김이 벤치에서 일어서며 말했다.

벤치에 놓인 신문지가 안의 눈에 들어왔다. 틀니를 쌌던 신문지였다. 아파트 단지를 내려다보고 있는 사내의 뒷모습을 찍은 사진이 실려 있었다. 나이 때문에 해고된 아파트 경비가 고공 농성 중이라는 기사였다. 빨갱이 새끼들. 뻑 하면 기어 올라가서 데모질이지. 안은 혀를 차며 신문지를 구겨 비닐봉지에 담았다. 주변에는 쓰레기통이 보이지 않았다. 안은 비닐봉지를 점퍼 주머니에 쑤셔 넣었다.

김은 근처의 작은 천막으로 들어갔다. 천막에는 '타로점'이라고 큼지막하게 적혀 있었다.

다행히 김은 장의 행방을 알고 있었다. 김이 안을 데리고 간 곳은 시내 한복판이었다. 성당은 예전 그대로였다. 언덕 위에 우뚝 서 있는 붉은 벽돌 건물. 옛날에는 툭하면 저기 들어앉아서 농성질이었지. 안은 그때가 엊그제처럼 느껴졌다. 나라를 지키는 데 모든 것을 바쳤던 시절. 하지만 이제는…… 앞장선 김의 굽은 등에 자꾸만 눈이 갔다. 안은 걸음을 재촉해 김과 어깨를 맞췄다. 어느새 어둠이 내리고 있었다.

쇼핑의 거리에는 젊은 애들이 바글바글했다. 은행 점포가 몰려 있는 삼거리에 당도하자 김이 걸음을 늦췄다. 김은 피켓을 들고 있는 사내에게 다가갔다. 사내는 색색의 꼬마전구가 촘촘히 매달린 전깃줄을 몸통에 칭칭 감고 있었다. 꼬마전구의 절반 정도만 불이 들어왔는데 그마저도 낮잠 든 노인처럼 깜박깜박했다. 피켓에는 이런 문구가 적혀 있었다. 耶蘇 天國 不信 地獄.

길을 묻나 싶어 한쪽으로 비켜서 있던 안에게 김이 오라고 손짓했다. 안은 김에게 다가갔다.

"안 부장?"

꼬마전구를 매단 사내가 알은체했다. 안은 돋보기를 꺼내 쓰고 사내를 쳐다보았다. 어깨까지 치렁치렁 기른 반백의 머리카락이 깡마른 얼굴의 대부분을 가려 누군지 알아보기 힘들었다.

"장일세."

"장 부장?"

안이 조심스레 물었다.

"그래."

연방 깜박이는 부리부리한 눈하며 빠른 하관하며, 장이 맞는 것 같기도 했다.

"아, 장 부장. 대체 얼마 만인가."

단박에 몰라본 게 마음에 걸려 안은 악수를 청했지만 장은 멀뚱멀뚱 바라보기만 했다.

"아, 자네는……"

안은 말꼬리를 흐리며 손을 거둬들였다.

"어쩐 일인가?"

장이 김에게 물었다. 김이 안을 돌아보았다.

"어르신께서 찾아오셨네."

안이 목소리를 낮추며 말했다.

"어르신께서?"

장의 얼굴이 울긋불긋해졌다. 장의 몸에 매달린 꼬마전구가 하나도 빠짐없이 불을 밝히는가 싶더니 절반은 다시 죽고 살아남은 절반도 도로 깜박깜박했다.

안은 간밤의 꿈 얘기를 들려주었다. 이번에도 알몸이었다는 말은 하지 않았다.

"개새끼들."

장이 부르르 떨며 뇌까렸다.

"올가미가 목에 걸리진 않았네."

안이 변명투로 말했다.

"씹새끼들."

"계신 곳은 아나?"

김이 끼어들었다.

"외진 곳이라 차량이 필요한데……"

장이 말했다.

김은 대꾸가 없었다.

"나한테 방법이 있네."

안이 호기롭게 소리치며 앞장서는 순간 지나가던 여자와 어깨가 부딪혔다. 쇼핑백을 양손에 든 여자가 중국 말로 꿍얼댔다.

"중공 놈들."

김과 장이 동시에 중얼거렸다.

한겨울의 차갑고 단단한 어둠 속으로 깊이 들어갈수록 길을 안내하는 장의 목소리는 점점 작아졌다. 인적 없는 검은 국도를 헤맨 지 벌써 한 시간째였다. 안은 히터의 온도를 올렸다. 뒷자리의 김은 차에 올라탄 이후 한 번도 입을 열지 않았다. 할 말이 없기는 안도 마찬가지였다. 애당초 김이든 장이든 서로 어떤 삶을 살았는지 전혀 몰랐기에 새삼 궁금할 것도 없었다. 다만 그들의 비밀스러운 능력이 궁금할 따름이었다.

"저기!"

장이 소리쳤다.

저 멀리, 황량한 어둠 속에서 작은 불빛이 희미하게 빛나고 있었다. 주유소였다.

"저기에서 물어보세."

장이 말했다.

안은 주유기 옆에 차를 댔다. 사무실에서 중년의 뚱뚱한 사내가 어기적어기적 걸어 나왔다. 장이 창문을 내리자 기름 냄새가 훅 끼쳤다.

"얼마치 넣을까요?"

"기름은 됐고, 길 좀 물읍시다."

장이 지명을 대자 사내는 잠시 뜸을 들이더니 쭉 직진하다 갈림길에서 왼쪽으로 가라고 했다.

"은혜 받을 거요."

장이 인사를 건넸지만 사내는 이미 등을 돌린 뒤였다.

10분쯤 달리자 갈림길이 나타났다.

"오른쪽으로."

김이 간만에 입을 열었다.

"왼쪽이라고 했는데."

안이 백미러로 김을 쳐다보며 말했다. 김은 의자 깊이 몸을 묻은 채 앞을 노려보고 있었다.

"오른쪽이야."

김이 확신에 찬 목소리로 말했다.

"뚱땡이가 왼쪽이라고 했잖아."

장이 뒤를 돌아보며 말했다.

"거짓말이야."

"그걸 어떻게 알아?"

안과 장이 동시에 물었다. 김은 입을 다문 채 창 쪽으로 고개를 돌렸다. 차 안에 어색한 침묵이 흘렀다. 안은 장을 쳐다보았다. 장이 묘한 웃음을 지으며 고개를 끄덕였다. 역시, 추측한 대로였다.

"김 부장이 그렇다면야."

장이 시치미를 떼는 말투로 말했다.

"저기, 저, 젖통처럼 생긴 산으로."

장이 소리를 지른 것은 오른쪽 길로 접어든 지 20분 뒤였다.

안은 국도를 버리고 산으로 난 비탈길에 올라탔다. 비포장인데다 군데군데 남아 있는 눈이 얼어붙어 차가 엉금엉금 기어가야 했다. 아무리 둘러봐도 인가라고는 찾아볼 수 없었다. 산에 다가갈수록 어둠은 더 짙어졌다. 산짐승이라도 튀어나올 것 같았다.

"어르신이 계신 곳은?"

안이 물었다.

"저 가슴골까지 올라가."

장이 대답했다.

두 개의 봉우리가 만나는 곳까지 올라가니 과연 컨테이너가 보였다. 컨테이너 지붕에 커다란 십자가가 서 있었다.

"다 왔네."

장의 목소리가 떨렸다.

안은 컨테이너 앞에 차를 세웠다. 칠흑 같은 어둠이 차 주위로 몰려들었다. 안은 전조등을 상향등으로 바꾸고 차에서 내렸다. 차가운 바람이 얼굴을 때렸다. 컹컹. 어둠 속에서 개 짖는 소리가 들려왔다. 앞다리 하나를 잃은 누렁이가 절뚝이며 다가왔다. 누렁이는 꼬리를 흔들며 김 주변을 어슬렁거리더니 김의 구두를 핥았다.

"이 개새끼가!"

김이 질색하며 누렁이를 걷어찼다. 누렁이는 입맛을 다시며 낑낑댔다. 김은 돌멩이를 던져 누렁이를 쫓아내고 구두를 잡풀에 신경질적으로 비벼댔다.

"어르신."

장이 컨테이너 문 앞에서 외쳤다. 반응이 없었다.

"어르신."

이번에는 문을 두드리며 외쳤지만 역시 반응이 없었다. 장이 손잡이를 잡아당기자 문이 스르르 열렸다. 장이 컨테이너로 들어갔다. 안은 장의 뒤를 따랐다.

컨테이너는 버려진 지 오래된 듯했다. 발을 옮길 때마다 얼굴에는 거미줄이 들러붙었고 발밑에서는 먼지가 풀썩였다. 창을 통해 들이친 차의 전조등 빛이 겨우 시야를 밝혀주었다. 안쪽

벽 상단에 십자가가 걸려 있고 그 밑에 현판이 붙어 있었다. 현판에는 이런 글이 적혀 있었다. 하나님의 나라는 절대로 당신의 충성을 배반하지 않는다.

"어르신!"

장이 현판을 손으로 쓸며 탄식했다. 현판에서 먼지가 부스스 떨어졌다.

안은 현판에 손을 대고 눈을 감았다. 아무것도 떠오르지 않았다. 더 결정적인 것이 필요했다. 먼지를 뒤집어쓴 방석이 눈에 들어왔다. 안은 방석에 가부좌를 하고 앉아 눈을 감았다. 역시 아무것도 떠오르지 않았다.

"이제 어쩌지?"

장이 낙심한 목소리로 물었다.

"잠깐 혼자 있게 해주게."

안이 말했다.

"이 와중에 명상이라도 하겠다는 건가?"

장이 목소리를 높였다.

김이 장의 팔을 잡아끌었다.

"잠깐."

장이 김의 손을 뿌리치고 바닥에 뒹굴던 솥단지를 집어 들었다.

"그건 왜?"

안이 물었다.

"스뎅은 키로에 1,400원이야."

장이 대답했다.

안은 컨테이너를 샅샅이 뒤졌다. 찢어진 달력은 패스. 부탄 가스통도 패스. 라면 봉지도 패스. 고무장갑? 안은 고무장갑 한 짝을 챙겼다. 구석에서 돌돌 뭉쳐진 헝겊 쪼가리를 발견했다. 양말 한 짝이었다. 우산이 수놓인 양말. 어르신이 즐겨 신던 상표였다. 안은 고무장갑을 끼고 양말을 신은 뒤 방석 위에 가부좌를 하고 앉았다.

안은 천천히 눈을 감았다. 파랗다. 온통 파랗다. 바다? 솜사탕이 보인다. 구름? 아, 바다가 아니라 하늘이다. 높다. 아주 높다. 비행기? 천국? 비행기의 천국? 파란 하늘에 걸린 붉은 다리. 하늘이 붉은 다리 밑으로 흘러간다. 저것은 하늘이 아니라 강이다. 강을 따라 늘어선 잿빛 성냥갑. 뭔가 적혀 있다. 글자 같다. 안의 미간에 팬 골이 깊어졌다. 글자가 뭉개진다. 잿빛 성냥갑이 허물어진다. 파랗게 뭉개지고 새파랗게 허물어진다. 안의 얼굴이 시퍼렇게 질렸다. 숨이 막혔다. 안은 입을 크게 벌리고 거칠게 숨을 몰아쉬었다. 호흡이 평온을 되찾기까지는 한참이 걸렸다. 안은 비틀거리며 일어나 밖으로 나갔다. 김과 장은 차에 올라타 있었다.

"안 부장, 안색이……"

장이 안을 쳐다보며 말했다.

안은 히터를 높였다.

"무엇을 알아냈나?"

김이 물었다.

"어르신은 높은 곳에 계시네."

"다시 나라의 부름을 받으신 겐가?"

장이 물었다.

"그런 게 아니라, 고공에 계시네."

"고공?"

"바다 같은 강이 내려다보이는…… 높은 곳일세."

"바다 같은 강이라."

"성냥갑처럼 생긴 회색 건물들이 다닥다닥 붙어 있는 곳."

"성냥갑이라."

"성냥갑에 글자가 적혀 있었는데……"

"뭐라고 적혀 있었나?"

김이 끼어들었다.

안은 힘없이 고개를 저었다.

"아, 어르신."

장이 탄식을 내뱉었다.

"손에 낀 건 뭔가?"

김이 물었다.

안은 고무장갑을 황급히 벗어 점퍼 주머니에 쑤셔 넣었다. 한동안 침묵이 이어졌다. 아무도 입을 열지 않았다. 꼬르륵. 침묵을 깬 것은 안의 위장이었다. 허기가 졌다. 저녁때를 넘긴 지 한

56

참이었다. 잊고 있던 허기가 갑자기 맹렬해졌다.

"위궤양이 있어서……"

안이 배를 움켜쥐며 말했다.

"일단 요기부터 하세."

김이 말했다.

"이 시간에 문을 연 곳이 있을까?"

안이 물었다.

"어르신의 안위가 백척간두인데 어찌 배가 고플 수 있단 말인가?"

장이 소리쳤다.

"위궤양이라니까 그러네."

안이 중얼거렸다.

"일단 출발하지. 여기서는 더 나올 게 없어. 허탕이야."

김이 말했다.

"전에는 분명히 계셨는데. 충성심을 배반하지 않는 나라, 하나님의 나라로 나를 인도하셨는데."

장의 목소리에 물기가 어렸다.

"안 가나?"

김이 다그쳤다.

"그, 그래 일단 출발하자고."

안은 액셀을 밟았다. 비탈길인데도 속력을 늦추지 않은 것은 배 속에서 나는 꼬르륵 소리 때문이었다. 위장의 아우성은 차가 덜커덩거리는 소리에 묻혔다. 배만 든든했다면 어르신의 행방을 확실히 알아낼 수 있었을 텐데. 기력이 달리기 때문이라고 생각하니 더 안타깝고 분했다. 읽어내지 못한 글자가 눈앞에서 뱅글뱅글 맴돌았다.

"안 부장!"

장이 소리쳤다.

안은 급히 브레이크를 밟았다. 뭔가가 차에 부딪히는 소리가 났다. 장이 맨 먼저 밖으로 튀어 나갔다. 안도 황망히 차에서 내렸다. 누렁이였다. 절름발이 누렁이. 누렁이가 혀를 길게 빼문 채 쓰러져 있었다. 장이 누렁이의 눈을 까보았다.

"살아 있나?"

"숨이 붙어 있긴 한데……일단 트렁크에 싣지."

장이 누렁이를 안고 일어섰다.

"트렁크에?"

"어르신이 기르던 놈일지도 모르잖나."

"근처에 동물병원이 있을까?"

"동물병원이 없다면 병원이라도 찾아봐야지."

"병원? 그, 그래야지."

장이 누렁이를 트렁크에 뉘었다.

안은 급히 차에 올랐다.

"저기 좀 들르지."

장이 주유소 불빛을 가리키며 말했다.

"저기는 또 왜?"

안이 물었다.

"병원이 어디에 붙어 있는지 알아봐야지."

"바른 대로 말할까?"

"이번에는 거짓말을 못 할걸세."

안은 핸들을 꺾어 길 건너편 주유소로 향했다.

"나 혼자면 충분하니 여기들 있게."

차에서 내린 장은 반백의 긴 머리칼을 휘날리며 주유소 사무실로 걸어갔다. 장의 몸통에 달린 꼬마전구가 하나둘 깜박였다. 안도 차에서 내렸다. 볼일이 급했다. 주유소 건물 한구석에 화장실이 보였다. 망할, 문이 잠겨 있었다. 안은 건물 벽을 향해 서둘러 지퍼를 내렸다.

"30분은 가야 한다는군."

장이 주유소 사무실에서 나오며 말했다.

"또 거짓말하는 거 아냐?"

안이 물었다.

"뚱땡이."

장이 뒤를 돌아보며 말했다.

"이번에는 틀, 틀림없으시지 말입니다."

주유소 사내가 잔뜩 겁에 질린 얼굴로 말했다. 눈이 부시도록 새하얀 타일이 깔린 '목간'에서 익히 보았던 표정이었다. 그곳에 붙들려가면 누구라도 목이 간당간당해서 '목간'이었지. 어르신은 타일을 손수 박박 닦으며 말하곤 했다. 세상에서 제일 무서운 것은 자신의 피를 보는 거야. 꼬마들을 봐. 씩씩하게 싸우다가도 손등에 묻은 제 코피만 보면 울음부터 터뜨리잖아. 피는 무서운 상상을 부르거든. 피가 새빨갛게 보이도록 타일을 반짝반짝 닦아야 해. 상상력의 방아쇠를 잘 조여놓아야 한다고. 장은 대체 어떻게 한 것일까? 피를 본 것 같지는 않았다. 구타의 흔적도 없었다. 완력이라면 주유소 사내에게 상대가 안 될 텐데. 안은 장의 능력이 새삼 궁금했다.

"이분께 길을 일러드려."

장이 주유소 사내를 쳐다보며 말했다.

"소용없네. 개는 이미…… 상황 종료일세."

김이 말했다.

"하나님 아버지."

장이 성호를 그으며 탄식했다.

"먹을 것 좀 있는지 물어보게."

김이 말했다.

"먹을 것 좀 있어? 우리가 아직 저녁 전이거든."

장이 물었다.

"컵라면이 있으시지 말입니다."

"다른 건 없나 물어보게."

김이 이마를 찌푸리며 말했다.

"다른 건 없어?"

"지금은 그것뿐이시지 말입니다."

"요리는 할 줄 아는지 물어보게."

"요리 말씀이십니까? 제가 취사병이었지 말입니다."

주유소 사내가 장이 묻기도 전에 대답했다.

"요리는 왜? 설마……"

장의 눈이 가늘어졌다.

"어르신이 기르던 개를 버릴 분이라고 생각하는 건 아니겠지?"

김이 특유의 꿰뚫어 보는 듯한 눈빛으로 장을 쳐다보며 말했다.

"이 맛이 아닌데."

장이 입맛을 다시며 중얼거렸다.

"먹을 만한데?"

안이 국물을 후후 불며 말했다. 김은 벌써 넓적다리를 뜯고 있었다.

"괜찮으시지 말이죠? 제가 사단 최고 취사병이었지 말입니다."

장 옆에 무릎 꿇고 엎드린 채 반성문을 쓰던 주유소 사내가 고개를 들며 말했다.

"너 이 새끼, 빨갱이야?"

"네?"

주유소 사내가 눈을 동그랗게 뜨고 물었다.

"다른 색깔은 없어?"

장이 반성문을 들여다보며 소리쳤다. 주유소 사내는 허둥지둥 주머니를 뒤지더니 검정 볼펜을 꺼냈다.

"처음부터 새로 써. 이 빨갱이 새끼야."

장이 국자를 쳐들자 주유소 사내는 머리를 무릎에 파묻고 바들바들 떨었다.

"어르신께서 손수 끓여주시던 그 맛이 아니잖아."

장이 국자를 솥에 내려놓으며 말했다.

"감히 어디에 비교를…… 어르신의 솜씨는 예술이었지."

안이 정색했다.

"맞아. 예술이었지."

장이 감회 어린 표정으로 맞장구쳤다.

"국물도 국물이지만 국물 맛이 촉촉이 밴 살점이 일품이었지. 맛이 어떤가?"

안이 김에게 물었다.

김은 말없이 살점을 뜯어먹었다.

장이 다리를 집어 들었다. 안도 남은 다리를 집어 들었다. 어르신이 함께였다면 우리에게 양보하셨겠지. 틀림없이 그러셨을 거야. 안은 어르신의 빈자리가 새삼 사무쳤다.

"주여, 저희 목숨을 칼과 개들의 발에서 구하소서."

장이 기도했다.

안은 넓적다리께의 살을 한입 뜯어 먹었다. 어르신의 예술적인 솜씨에 비할 바는 아니었지만 그럭저럭 괜찮았다. 살점을 뜯는 안의 입이 분주해졌다. 살점을 채 씹지도 않고 꿀꺽 삼킨 뒤 다시 살점을 뜯었다. 순식간에 뼈만 남았다. 안은 다리뼈를 바닥에 깔아놓은 신문지 위에 던지려다 멈칫했다. 신문에 실린 사진이 눈에 익었다. 안은 사진을 들여다보았다. 갑자기 현기증이 엄습했다. 눈앞이 파래졌다. 파란 하늘. 파란 하늘 아래 더 파란 강물. 이쪽의 잿빛 성냥갑들. 안 부장, 왜 그래? 장의 목소리. 쉿. 조용. 김의 목소리. 다시 잿빛 성냥갑들. 성냥갑에 적힌 글자. 지난번에 읽어내지 못한 글자. 고무장갑과 양말과 방석으로는 읽어내지 못한 글자. 金. 김? 글자가 하나 더 있다. 글자가 망막 위에서 미끄러진다. 흔들린다. 안은 눈알에 힘을 줬다. 눈알이 쓰렸다. 馬. 金馬. 숫자도 딸려 온다. 108. 안은 번쩍 눈을 떴다.

"어르신이 계신 곳이 어딘지 알겠네."

"어디야?"

장이 소리쳤다.

안이 턱으로 주유소 사내를 가리켰다. 억울한 옥살이 전에도 11년이나 숨어 지내야 했던 어르신이었다. 지금도 어르신을 노리는 자들이 많을 것이다. 안은 장의 귀에 대고 속삭였다.

"어르신, 제가 지금 갑니다."

장이 뜯어 먹던 다리를 내던지고 벌떡 일어섰다.

돌연 차가 멈춰 선 것은 국도를 거의 다 빠져나올 무렵이었다. 기름은 아직 남아 있었다. 안은 열쇠를 돌려 시동을 걸었다. 차는 꿈쩍도 안 했다. 열쇠를 다시 돌려봐도 마찬가지였다.

"뭔가?"

장이 물었다.

"빳데리가 나갔나?"

안이 중얼거렸다.

"일각이 급한데."

장이 대시보드를 주먹으로 내리치며 소리쳤다.

"보험 회사에 응급 서비스를 신청하게."

김이 말했다.

안의 얼굴이 창백해졌다. 보험 회사에 알리면 원장의 귀에도 들어갈 것이었다. 학원 차를 몰래 끌고 나온 것이 발각되면 끝장이었다. 배터리 문제라면 지나가는 차의 도움을 받으면 될 텐데. 안은 배터리 방전 때문이길 간절히 바랐다.

"빳데리가 어디 있어?"

장이 콘솔박스를 열어보며 말했다.

"밖에 있는데……"

"어디?"

장이 차에서 내리며 물었다.

안은 쭈뼛쭈뼛 차에서 내려 보닛을 들어 올리고 배터리를 가리켰다.

"안 부장은 들어가 있게."

"어쩌려고?"

"여기는 나한테 맡겨두고. 어서."

"아, 알겠네."

안은 혹시나 싶어 시동을 걸어보았지만 기별이 없었다. 기별이 없기는 장도 마찬가지였다. 가끔 끙, 하는 소리만 들려왔다. 안은 차에서 내리고 싶어 엉덩이가 근질근질했다. 장의 능력을 두 눈으로 직접 확인할 수 있는 절호의 기회였다. 언젠가 장이 취조실에 들어가자마자 '공장' 전체의 전기가 다운되었지. 한사코 악수를 피한 것도?

안은 차 문을 열었다. 김이 안의 어깨를 붙잡았다. 안이 돌아보자 김은 단호하게 고개를 저었다. 어둠과 추위 때문일까. 김은 유난히 늙고 피로해 보였다. 안은 엉덩이를 의자에 다시 붙였다. 안이 정작 알고 싶은 것은 따로 있었다. 장도 예전 같지 않은지, 능력이 녹슬었는지 궁금했다.

안은 다시 시동을 걸어보았다. 반응이 없었다. 그래도 안은 멈추지 않았다. 타이어 하나 가는 데도 벌벌 떠는 짠돌이 원장을 저주하며 거칠게 열쇠를 돌렸다. 열쇠를 돌릴수록 화가 치밀었다. 돌아가는 것은 열쇤데 자신이 돌아버릴 것 같았다. 염병할 차 열쇠가, 염병할 도로 주행 연습용 차가, 염병할 세상이 자신을 무시하는 것 같아 심장에서 지글거리는 소리가 들렸다. 이

몸이 목숨 걸고 나라 지킬 적에 지 애비 좆물 주머니에서 고물거리던 새끼가, 양치질이 뭐? 입냄새가 뭐?

부르릉. 차가 거짓말처럼 되살아났다.

"어이구."

보닛 너머에서 신음이 들려왔다. 안이 김을 돌아보았다. 김이 고개를 끄덕였다. 안은 득달같이 차에서 내려 장에게 달려갔다. 장은 진땀 범벅인 얼굴로 차 앞에 주저앉아 있었다.

"장 부장, 괜찮나?"

"끄떡없네."

장이 안의 손을 뿌리치고 일어서려다 다시 주저앉고 말았다. 안은 장을 부축해 차에 태웠다.

안은 장의 능력이 신통하기만 했다. 수고했다는 말을 하려다 입을 다물었다. 그래야 할 것 같았다. 아니, 그래야 했다. 이제 와서 규칙을 깰 수는 없었다. 안은 아무 일도 없었다는 듯 태연히 차를 몰았다. 김도 다시 몸을 의자 깊숙이 묻고 창밖을 바라보았다. 장도 묵묵히 얼굴의 땀을 소매로 훔쳤다. 콧방울께에서 내려오는 팔자 주름이 한층 깊고 길어진 듯했다. 아무도 입을 열지 않았다. 히터가 미지근한 숨을 억지로 토해내는 소리만 들릴 뿐이었다.

안이 졸음을 몰아내기 위해 주머니에서 껌을 꺼낸 것은 떠나왔던 도시로 들어설 즈음이었다.

"껍질 좀 벗겨……"

곁을 돌아보던 안은 입을 다물었다. 장은 차창에 머리를 기
댄 채 졸고 있었다. 안은 백미러를 들여다보았다. 김도 팔짱을
낀 채 꾸벅거렸다. 안은 차를 갓길에 대고 껍질을 벗겨 껌을 입
안에 넣은 뒤 다시 차를 출발시켰다. 박하향이 머릿속에 가득
찬 안개를 걷어내는 기분이었지만 잠시뿐이었다. 단물이 빠지
자마자 졸음이 다시 달려들었다. 그때마다 안은 차를 세우고 새
껌을 입에 넣었다. 눈도 침침하고 어깨도 뻐근했다. 잠깐 눈을
붙이고 싶은 마음이 굴뚝같았지만 어르신의 얼굴이, 올가미가
자꾸 어른거렸다. 어르신이 무사하기만을 빌며 안은 액셀을 꾹
밟았다.

차가 다시 까무러친 것은 금마 아파트 단지를 눈앞에 두고서
였다. 열쇠를 몇 번이고 돌려보았지만 허사였다. 가장자리 차선
이었고 차량이 뜸해서 그나마 다행이었다.

"장 부장."

안이 장의 어깨를 흔들었다.

"무슨 일인가?"

김이 물었다.

"차가 또 죽었네."

"장 부장."

안은 장의 어깨를 다시 흔들었다.

"으음."

장이 신음을 토하며 눈을 떴다. 눈이 퀭했다.

"자네 입가에……"

장이 손등으로 침을 닦았다. 손이 부들부들 떨렸다. 한 번 더 능력을 사용하는 것은 무리일 듯했다.

"빳데리가 또 말썽인가?"

장이 물었다.

"아닐세. 엔진이 맛이 갔네. 워낙 고물이라 여기까지 온 게 기적이지."

안이 백미러를 흘깃 쳐다보며 말했다. 거짓말이었다. 배터리가 문제라고 하면 장은 또 보닛을 열겠다고 덤빌 게 분명했다. 안은 장이 용쓰는 모습을 보고 싶지 않았다. 실은 용을 써도 소용이 없을까 봐 두려웠다.

"아직 멀었나?"

김이 물었다.

"아파트 단지 입구가 요 앞이네."

안이 대답했다.

"내려서 밀면 되겠군."

김이 차에서 내렸다.

"장 부장, 자네는 핸들을 잡고 있게. 내가 나갈 테니."

안이 말했다.

"쓸데없는 소리."

장은 손사래를 쳤다.

"정말 괜찮겠나?"

"괜찮다는데 왜 자꾸 묻는 거야?"

장이 버럭 소리쳤다.

김과 장이 뒤에서 밀자 차가 천천히 움직였다. 하지만 얼마 못 가 다시 멈춰 서고 말았다.

"하나, 둘."

장의 기합 소리였다. 이번에도 차가 조금 나아가다 말았다.

"안 부장, 내려보게."

김의 목소리였다.

안은 차에서 내려 함께 밀었다.

온몸이 땀에 흠뻑 젖고서야 차를 아파트 단지 안으로 밀어 넣을 수 있었다. 땀이 식으면서 오한이 들었다. 강 쪽에서 불어오는 바람이 얼음 회초리 같았다. 불이 켜진 집은 하나도 없었다. 모두 단단한 벽 아래, 뜨뜻한 바닥 위에 누워 잠들어 있을 것이었다.

"어디야?"

장이 이를 딱딱거리며 물었다.

"105동, 106동…… 저쪽이네."

안이 108동 쪽을 가리키며 말했다.

김이 어깨를 잔뜩 움츠린 채 앞장섰다. 그새 등이 더 굽은 것 같았다. 장도 걸음을 재촉했다. 장의 몸에 매달린 꼬마전구들이 맥없이 달싹였다.

"어디야? 어르신 계신 데가?"

장이 주위를 두리번거리며 말했다.

"높은 곳, 높은 곳인데."

안이 중얼거렸다.

"어!"

김이었다.

안은 김이 바라보는 곳으로 시선을 던졌다. 저만치 검은 하늘을 배경으로 거대한 굴뚝이 희끄무레하게 서 있었다.

"저기 사람이 올라가 있네."

김이 철제 난간이 설치된 굴뚝 허리께를 가리키며 말했다.

김의 말대로 철제 난간 너머에 누군가 웅크리고 있었다. 어쩌자고 저 높은 곳에. 자세히 보니 굴뚝에 줄줄이 박아놓은 받침대 양편으로 펼침막이 드리워져 있었다.

"어르신!"

장이 소리치며 굴뚝을 향해 달렸다. 김도 달렸다. 안도 뛰기 시작했다. 장과 김은 단거리 경주하듯 달렸다. 앞서거니 뒤서거니 각축을 벌였다. 안도 뒤질세라 힘껏 달렸다. 안이 점점 뒤처졌다.

안은 허벅지에 두 손을 얹고 숨을 몰아쉬었다. 껌을 뱉기 위해 점퍼 주머니를 뒤졌다. 비닐봉지가 손에 잡혔다. 안은 비닐봉지에 담긴 신문지를 꺼냈다. 김의 틀니를 쌌던 것이었다. 안은 꼬깃꼬깃 뭉친 신문지를 폈다. 안의 눈이 커졌다. 성냥갑처럼 늘어선 잿빛 건물. 사진 속 풍경이 눈에 익었다. 사진 속 잿빛 건물에 적힌 글자가 어렴풋했다. 안은 돋보기를 꺼내 콧등에 걸쳤다. 金馬. 그 아래 적힌 숫자는 108.

안은 저도 모르게 침을 꿀꺽 삼켰다. 껌이 목구멍으로 내려가는 게 아프도록 또렷하게 느껴졌다. 아, 어르신. 안은 굴뚝 쪽을 바라보았다. 장은 벌써 굴뚝을 기어오르고 있었다. 장의 몸에 매달린 꼬마전구들이 다투어 불을 밝혔다. 펼침막의 글자들이 하나둘 어둠 속에서 화들짝 튀어나왔다.

일 우
방 리
적 는
해 아
고 직
는 일
살 할
인 수
이 있
다 다

빅브라더

형이 맨 처음 하늘을 난 것은 내가 일곱 살 때의 일이다.

벽돌 공장 부지였던 공터에 어느 날 서커스단이 들어왔다.

우라지게 크네.

형이 잇새로 침을 찍 뱉으며 말했다.

나와 단둘이 있을 때면 형은 학교 뒷담 언저리에서 아이들에게 삥 뜯는 나쁜 형들처럼 말했다. 그럴 때면 나는 형이 몹시 부러웠다. 껄렁한 말투는 몰라도 잇새로 침 뱉는 건 흉내조차 낼수 없었다.

학교에서 돌아온 형은 가방을 내던지기 무섭게 서커스 얘기에 열을 올렸다.

사자들이 줄지어 링을 통과한대.

난쟁이가 줄 위에서 외발자전거를 몬대.

인형처럼 예쁜 쌍둥이 자매가 맞은편 공중그네로 새처럼 몸을 날린대.

디테일은 매번 달라졌다. 사자들은 불이 붙은 링을 통과하기도 했고 난쟁이는 눈을 가린 채 외발자전거를 타기도 했으며 인형처럼 예쁜 쌍둥이 자매는 공중제비를 돌며 맞은편 공중그네로 몸을 날리기도 했다. 하지만 인간 대포알 묘기만큼은 직접 본 것처럼 토씨 하나 바꾸지 않고 말했다.

어마어마한 대포야. 어른이 들어갈 정도로 커.

어른이?

형은 내가 이렇게 되묻는 것을 좋아했다. 자신이 대포를 만들기라도 한 것처럼 형은 자부심에 찬 얼굴로 고개를 끄덕였다.

인간 대포알이 들어가면 어디선가 북소리가 울려. 둥둥둥. 번쩍이는 구슬이 주렁주렁 달린 옷을 입은 사회자가 열부터 거꾸로 세면 북소리가 점점 빨라져. 두두두두두. 마침내 열을 다 세면 뻥 소리와 함께 인간 대포알이 높이높이 날아가.

인간 대포알이 세상에서 가장 아름다운 포물선을 그리며 날아가는 모습을 묘사하던 형의 표정을 잊을 수 없다. 정수리가 찡할 정도로 달콤한 초콜릿을 한입 베어 문 것 같은 얼굴이었다.

서커스 입장료는 녹록지 않았다. 어차피 형과 나는 무일푼이었지만. 아버지의 사전에 용돈이란 없었다. 아니, 아버지의 성경에 용돈이란 단어는 없었다.

다윗이 솔로몬에게 용돈을 주었다는 얘기가 있더냐? 아버지 말씀.

다윗은 솔로몬에게 나라를 주지 않았습니까? 형의 대꾸.

형은 집에서 아버지에게 대꾸하는 유일한 사람이었다. 할아버지조차 아버지 말이라면 껌뻑 죽었고 동네 사람들은 입만 열면 심판에 대한 무시무시한 말을 쏟아내는 아버지를 어려워했다.

언젠가 아버지는 말했다.

사람들이 나를 어려워하는 것은 그들이 지은 죄 때문이란다.

아버지 말씀에 따르면 형이 아버지를 어려워하지 않는 건 죄를 짓지 않았기 때문이다. 내가 아버지를 어려워하는 건 죄를 지었기 때문이고.

아버지는 이런 말도 했다.

용서받을 수 있는 죄와 용서받을 수 없는 죄가 따로 있다고 믿는 사람들 때문에 골치 아프구나. 그런 자들은 구원조차 흥정하려 들지만 천국에는 주판도 저울도 없단다. 구원에 경중이 없는 것과 마찬가지로 죄악에도 경중이 없다. 사소한 구원이나 엄청난 구원이 없듯 시시한 죄악이나 무시무시한 죄악이라는 것은 없다. 모든 구원이 공평하게 구원인 것처럼 모든 죄악은 공평하게 죄악이다.

아버지 말씀대로라면 아버지를 어려워하는 건 내가 죄를 지었다는 증거이고 그 죄가 무엇이든 나는 천국에 갈 수 없었다. 그러니까 내가 천국에 가지 못하는 건 순전히 아버지를 어려워하기 때문이었다.

어쨌거나 아버지에게 대꾸할 때 형은 어른 같았다. 형처럼 해보고 싶었지만 아버지의 얼굴을 똑바로 쳐다볼 배짱조차 없던 나에게는 잇새로 침을 뱉는 것만큼이나 힘든 일이었다.

그 누구에게도 말대꾸를 허락하지 않는 아버지였지만 형만큼은 예외였다. 심지어 미소를 보여주기까지 했다. 아버지는 형에게 이런 말도 했다.

아들아, 내가 죽으면 교회는 네 것이다.

형의 얼굴은 흙빛이 되었고 내 얼굴은 납빛이 되었다. 아! 아버지의 나라는 형이 물려받는구나. 성가대도, 부활절 달걀도, 성탄 트리도, 헌금함도 모두모두 형 차지구나. 하긴 형은 내가 갖지 못한 것들로만 빚어진 듯했다. 귀티 나는 곱슬머리, 초롱초롱한 눈, 잘 익은 사과 같은 볼, 거침없는 언변. 지나가던 어른이 머리를 쓰다듬으며 아버지는 뭐 하는 분이냐고 물으면 형은 서슴없이 목수라고 답했다. 매번 그랬다. 왜 거짓말을 하느냐고 따졌더니 이렇게 대꾸했다.

예수님도 목수였잖아.

거짓말조차 형의 입에서 나오면 아름다웠다. 질문도 범상치 않았다.

하느님이 스스로의 형상을 본떠 인간을 빚으셨다면 왜 인간은 하늘을 날 수 없습니까?

형이 아버지에게 물었다.

생김새만 본뜨셔서 그렇다. 18K 금 같은 것이지. 서양에 이런 속담이 있다. 반짝인다고 모두 금은 아니다. 그리고 하느님이 아니라 하나님이란다.

애국가에서도 하느님이라고 하는데 왜 자꾸 하나님이라고 하십니까?

단 하나뿐인 분이시니 하나님이란다.

아버지는 금이빨을 반짝이며 대답했다.

아버지도 이 우주에 하나뿐이니 하나님이시겠습니다?

아들, 신성을 모독했으니 벌을 받아야겠다. 레위기를 두 번 옮겨 적어라.

무엇 때문인지 아버지는 레위기만 베끼게 했다. 형은 연필 두 자루를 스카치테이프로 나란히 붙여 한 번에 해치웠다.

유감스럽게도 아버지에게는 서커스도 신성모독이었다. 심지어 서커스단을 사탄의 무리로 몰아붙였다. 주일 아침 예배 설교에서였다.

사탄의 종자들이 만든 곡마단이 가증스런 눈속임과 천박한 볼거리로 어린 양들을 현혹하고 있습니다. 한 줌도 안 되는 사탄의 어릿광대들이 갖은 흑마술로 온 동네를 타락시키고 있습니다.

아버지는 세상의 모든 고통을 짊어진 표정으로 핏대를 올렸다. 배꼽을 드러낸 채 웃음을 파는 처녀들, 피리 소리에 맞춰 망측하게 몸을 꼬는 뱀들, 지옥의 마왕처럼 불을 토하는 이교도들어쩌고저쩌고. 아버지의 설교를 들을수록 나는 서커스가 보고 싶어 견딜 수 없었다. 아버지는 요한 계시록을 인용하며 설교를 마쳤다.

비겁한 자와 믿음이 없는 자와 흉측스러운 자와 살인자와 간음한 자와 마술쟁이와 우상 숭배자와 모든 거짓말쟁이들이 차지할 곳은 불과 유황이 타오르는 바다뿐입니다.

나는 움찔했지만 형은 눈 하나 깜짝하지 않았다. 형은 주머니에서 포켓판 국어사전을 꺼내 펼쳤다. 한 손에는 빨간 펜을 쥐고서. 서커스를 구경하게 되리라 나는 확신했다. 형이 원하면 뭐든 현실이 되곤 했으니까. 이번에는 형이 장애물을 어떻게 처리할지 궁금했다. 형과 나에게는 팔아먹을 장난감도 없었으니까. 장난감이라야 아버지가 나무를 깎아 만든 말이나 자동차가 고작이었다. 아이들이 탐내는 게 아주 없지는 않았다. 탁구대역시 아버지 솜씨였다. 탁구장에 있는 챔피언 탁구대 못지않았다. 형의 거짓말대로 아버지는 목사가 아니라 목수가 되었어도될 뻔했다. 서커스를 보고 싶은 마음이야 굴뚝같았지만 탁구대를 처분할 수는 없었다.

서커스단의 마지막 공연 날은 주일이었다. 예배가 끝나고 사람들이 모두 밖으로 빠져나가자 형은 소매에서 철사를 빼내더니 껌을 뱉어 끝에 붙였다. 아버지가 설교하는 내내 껌을 씹고 있었던 것이다! 형이 껌을 붙인 철사로 헌금함 구멍을 쑤석거리는 동안 나는 망을 보았다. 아버지와 어머니는 나란히 서서 신도들과 일일이 인사를 나누고 있었다. 심장이 방망이질했다. 서커스를 보고 싶은 마음만큼이나 아버지가 별안간 들이닥치기를, 그리하여 형의 죄악이 백일하에 드러나기를 바라는 마음 또한 간절했다.

서커스를 구경하면서도 나는 가슴을 졸였다. 외발자전거를 탄 난쟁이가 줄에서 떨어질까 봐, 인형처럼 예쁜 쌍둥이 자매가 공중그네를 놓칠까 봐 그런 건 아니었다. 객석에 신도들이 있을까 봐 조마조마했다. 마지막 공연 기념으로 관객 중에서 인간 대포알을 모시겠다는 사회자의 말에 형이 번쩍 손을 들자 나는 숨이 멎는 줄 알았다. 형이 대포에 들어갈 때도, 어마어마한 폭음과 함께 날아올랐을 때도, 사회자의 손을 잡고 만세를 부를 때도 내 머릿속은 어서 빨리 집에 돌아가고 싶다는 생각뿐이었다. 형이 밉기도 했다. 내가 미워한 것은 죄악을 저지른 형도, 동생을 죄악의 구렁텅이에 끌어들인 형도 아니었다. 내가 떨리는 마음으로 미워한 것은 죄를 짓고도 태연하게 하늘을 난 형이었다. 하늘을 나는 기분이 얼마나 근사한지 주절주절 늘어놓는 형에게 나는 울상이 되어 소리쳤다.

신도들이 보면 어쩌려고 그래?

형은 빙긋 미소를 지으며 말했다.

겁먹을 필요 없어. 아버지에게 이르지는 못할 거야. 자기도 여기 왔다는 사실을 인정해야 할 테니까.

나는 구원이라도 받은 듯 홀가분해졌다.

그때 형은 열 살이었다.

형이 두번째로 하늘을 난 것은 내가 열 살 때의 일이다. 아이들 사이에서 형의 첫 비행은 전설이 되었다. 천막을 뚫고 하늘로 솟구쳤대. 구름 위로 사라졌다가 다시 나타났대. 아이들은 풍문의 진위를 나에게 확인하려 들었다. 천막을 뚫고 날아간 게 정말이야? 구름 위로 사라졌다는 건 뻥이지? 사실대로 말하면 형을 깎아내린다는 오해를 살 테고 시인하면 형의 주가만 더 올라갈 터였다. 이럴 수도 저럴 수도 없어 입을 다물어버렸지만 아이들은 내 침묵을 뜸 들이는 걸로 착각하기 십상이었다. 아이들의 성화에 몰릴 대로 몰리면 형한테 직접 물어보라고 쏘아붙였다. 치사하다며 입을 삐죽이던 녀석들 중에서 형에게 직접 물어본 애는 한 명도 없었다.

어른들이 아버지를 어려워하듯 아이들은 형을 함부로 대하지 못했다. 또래는 물론 나이가 더 많은 축들도 그랬다. 그들이 죄를 지어서가 아니라 형의 덩치 때문이었다. 형은 4학년 때 이미 어지간한 중학생만 했다. 비실비실해 두 살 때부터 녹용을 먹였다는 할아버지의 말이 믿기지 않았다. 할아버지는 형을 '칠성장군'이라 불렀다. 형을 잉태할 무렵 어머니는 북두칠성이 치마폭으로 쏟아지는 꿈을 꿨단다.

저는요?

나는 어머니에게 물었다.

넌 배 속에 들어선 줄도 몰랐다.

태몽도 없이 태어나는 사람이 있다. 바로 나다. 아브라함의 아내 사라가 이삭을 가졌을 때 태몽을 꿨다는 기록이 있나 없나 살펴본 사람도 나다.

별이 자그마치 일곱 개!

할아버지는 손가락을 펼쳐 보이며 말했다.

1·4후퇴 때 흥남부두를 떠나는 상륙함에 혈혈단신으로 오른 할아버지는 형을 공군사관학교에 보내고 싶어 했다. 전쟁이 터지면 가장 안전한 곳이 군대인데 개중 공군이 가장 안전하다는 것이었다.

할아버지는 입버릇처럼 말했다.

종전이 아니라 휴전이야. 싸우다 잠깐 숨을 고르는 거라고. 30년을 쉬어도 백 년을 쉬어도 휴전은 휴전이지. 백만 년을 쉰다고 휴전이 저절로 종전이 되는 건 아니야. 전쟁을 끝내는 것은 협상이 아니라 더 큰 전쟁이지. 성경에도 나와 있듯 최후의 대전쟁만이 전쟁의 연대기에 종지부를 찍을 수 있어.

할아버지는 아버지도 공군사관학교에 보내려 했었지만 실패했다. 시력이 발목을 잡은 것이다. 대신 신학대에 보냈다. 목사를 만들기 위해서였다. 양키들과 친하면 전쟁 통에도 무사할 수 있는데 민간인의 직업 중에서 양키들의 호감을 얻기에 그만한 게 없다는 믿음에서였다. 맨주먹으로 월남해 고물상으로 남부럽지 않은 부를 일군 할아버지는 장래의 목사를 위해 서울 변두리의 개척교회를 사들이기까지 했다.

아들을 위한 교회를 물색하던 할아버지는 용하다는 점쟁이를 찾아갔다. 점쟁이는 한자성어를 적어주었다. 桑田碧海. 할아버지는 뽕나무밭 언저리의 개척교회를 사들였다. 뽕나무밭이 아파트의 바다가 될 거라고는 꿈에도 모른 채.

그때 점쟁이가 써준 한자성어는 액자에 담겨 거실 벽에 걸려 있다. 액자를 바라볼 때마다 할아버지는 중얼거렸다. 세상은 어떻게 될지 알 수가 없어. 그래서였을까. 할아버지는 신도들의 신상정보를 두툼한 노트에 꼼꼼히 기록했다. 어디로 튈지 모르는 세상의 손금을 그려 넣는 것처럼.

초등학교 입학 선물로 나에게 몽블랑 만년필을 사주며 할아버지는 말했다.

이 만년필이 너에게 귀한 친구를 만들어줄 거다. 만년필을 가진 아이는 만년필을 가진 또 다른 아이를 알아보는 법이다. 만년필이 만년필을 부르는 게지. 명심해라. 너를 부러워하는 아이는 멀리하고 네가 부러운 아이를 가까이해라.

할아버지 말대로라면 나는 영원히 친구를 사귈 수 없었다. 내가 부러워하는 아이는 형뿐이었으니까.

할아버지는 술에 취하면 형과 나를 나란히 앉혀놓고 이런 말도 했다.

부자가 천국에 가는 게 낙타가 바늘구멍을 통과하는 것보다 어려운 이유가 뭔 줄 아냐? 천국에는 친구가 없기 때문이다. 부자들의 친구는 죄다 지옥에 있거든. 천국이 거지, 부랑자투성이라면 나는 차라리 지옥에 가겠다.

하지만 할아버지는 주일 아침만 되면 맨 먼저 일어나 교회에 갈 차비를 했다. 할아버지가 가장 좋아하는 성경 구절은 이랬다. 나 야훼 너희의 하느님은 질투하는 신이다. 나를 싫어하는 자에게는 아비의 죄를 후손 삼대까지 갚는다. 그러나 나를 사랑하여 나의 명령을 지키는 사람에게는 그 후손 수천 대에 이르기까지 한결같은 사랑을 베푼다.

솔직하고 화끈하지 않습메?

평소 완벽한 표준말을 구사하는 할아버지였지만 이때만큼은 사투리를 썼다. 그러고는 형과 나에게 「고향의 봄」을 부르게 했다.

아버지를 공군사관학교에 보내지 못한 걸 못내 아쉬워한 할아버지는 거실 한쪽 벽에 시력 검사표를 붙여놓고 형의 시력을 수시로 체크했다. 할아버지가 지목하는 숫자를 형 어깨너머로 본 나는 속으로 중얼거리곤 했다. 나도 형처럼 양쪽 모두 1.5였다. 안경을 쓰고 있을 때만큼은.

할아버지는 나를 '막둥이'라 불렀다. '칠성장군'이 멋진 별명이라는 것을 아는 사람은 '막둥이'가 별명도 뭣도 아니라는 것을 모를 리 없다. 나는 집에서는 막둥이였고 교회에서는 목사님 둘째 아들이었다. 그리고 동네 아이들 사이에서는 하늘을 난 아이의 동생이었다.

동네 아이들은 나를 보면 껄렁한 목소리로 지분거렸다. 어이, 목사 아들. 하느님은 안녕하시냐? 물론 교회에 나오지 않는 부류였다.

아이들의 놀림에 속상해하는 나에게 할아버지는 말했다.

믿음이 뭔지도 모르는 아이들의 말에는 신경 쓰지 마라. 하느님과 부처님이 싸우면 누가 이길지 내기를 거는 아이들 아니냐. 허황된 내기에 목숨을 거는 어리석음으로 자신보다 강한 자들에게 죽을 때까지 복종하며 살아갈 영혼들이니 불쌍히 여겨라.

할아버지는 이런 말도 했다.

세상에는 사람 수만큼의 정의가 있어서 강한 자의 정의는 법이 되고 약한 자의 정의는 밥이 된다. 약한 자들은 자신의 정의를 밥과 바꾸기 때문이다.

숫기가 없어 남 앞에 나서는 것조차 꺼리던 내가 반장 선거에 출마한 것은 형 때문이었다. 초등학교 3학년 때였다. 형이 하는 것은 나도 할 수 있다는 걸 보여주고 싶었지만 뜻대로 되지는 않았다. 반장으로 뽑힌 애는 중국집 아들이었다. 반 아이들에게 짜장면을 공짜로 먹였다는 사실을 나만 모르고 있었다. 할아버지의 말은 대체로 옳았다. 짜장면 한 그릇과 자신의 정의를 바꾼 아이들에게 지상의 천국은 교회가 아니라 중국집이었다. 교회보다 중국집이 더 많던 시절이었다. 이제는 교회의 수가 중국집 수의 갑절이다. 상전벽해. 세상은 어떻게 될 지 알 수가 없다. 형이었다면 중국집 아들에게 지는 일은 없었을 것이다. 형은 하늘을 난 아이였으니까. 잇새로 침을 뱉는 아이들조차 형을 좋아했으니까. 중국집 아이는 중국집 수만큼이나 많을 테지만 하늘을 난 아이는 형뿐이었으니까.

나에게도 별명은 있었다. 잇새로 침을 뱉는 아이들은 나를 '예수쟁이 샌님'이라고 놀렸다. 할아버지의 충고대로 그냥 무시했다. 가난하고 고통받지만 믿음이 없기 때문에 천국에 갈 수 없는 가여운 영혼들. 나는 공부 잘하고 아버지의 직업이 번듯하며 교회에 다니는 아이들하고만 어울렸다. 의도한 것은 아니지만 결과적으로 그리되었다. 하지만 형은 달랐다. 형은 반성문을 일기보다 자주 쓰는 아이들과 어울렸다. 교실에 가만히 앉아 있느니 차라리 학교 담장 위를 걷는 게 낫다고 떠드는 아이들, 종아리나 손바닥에 매 자국이 가실 날 없는 아이들, 담임 선생의 면담 요청에 부모가 먹고살기 바빠서 할머니나 이모가 대신 오는 아이들, 상스럽고 거칠고 제멋대로인 아이들. 물론 교회에 다니면서 아버지의 직업이 번듯하고 공부 잘하는 아이들도 형의 친구였다. 형은 모두와 잘 지냈다. 하늘을 난 아이와는 누구나 친해지고 싶어 했으니까.

형이 두번째로 하늘을 난 것은 동네 조무래기들 때문이었다. 누가 멀리 오줌을 갈기나 내기를 거는 아이들. 할아버지가 얘기하지 않았던가. 허황된 내기에 목숨을 거는 어리석음으로 자신보다 강한 자들에게 죽을 때까지 복종하며 살아갈 가여운 영혼들이 있다고. 그런 애들은 엉터리 내기에 목숨을 걸기도 한다.

2층 높이의 축대 위에서, 빨간 보자기를 두르거나 스파이더맨 가면을 쓴 채.

스파이더맨이 더 세.

헛소리, 슈퍼맨이 더 세.

슈퍼맨은 하늘을 날잖아. 저 형도 하늘을 날아서 대장 먹은 거야.

네가 봤어? 저 형이 하늘을 나는 걸 직접 봤냐고?

빨간 보자기를 두른 아이는 꿀 먹은 벙어리가 되었다. 쏟아지는 비웃음. 울음을 터뜨릴 듯 코끝이 빨개진 아이.

정말이죠?

뜬금없이 형에게로 향하는 화살. 팽팽해진 공기. 살얼음의 침묵 아래서 들끓는 흥분. 형에게 직접 묻는 건 처음이었다. 형은 전설이었으니까. 전설은 다른 사람의 입을 통해서만 얘기되니까. 진위를 의심받는 이야기에 전설이라는 면류관을 씌울 수는 없으니까.

현실로 끌려 나온 전설, 형의 얼굴이 돌이라도 씹은 것처럼 굳어졌다. 형의 명예는 축대 끝으로 내몰렸다. 아이들의 눈빛은 집단이 부추기는 익명의 잔인함으로 번들거렸다. 두려움을 감추기 위한 잔인함.

형의 시선이 축대 밑으로 향했다. 맙소사! 형은 정말 뛰어내릴 작정이었다. 내가 나섰다면, 두 눈으로 똑똑히 봤다고 증언했다면 아이들이 물러섰을까? 아이들은 이제 기대에 찬 눈빛으로 형을 주시하고 있었다. 자신들의 어리석음과 죄악을 사해줄 존재를 갈망하면서. 아이들은 기적을 원했고 형에게는 기적이 필요했다. 나는 형을 말릴 수 없었다. 말리고 싶지 않았는지도 모르겠다. 아니다. 애당초 예수쟁이 샌님에게는 하늘을 난 아이를 말릴 재간이 없었다.

나는 들고 있던 우산을 내밀었다.

병신, 쪽팔리게.

형이 눈을 흘기며 쏘아붙이자 아이들 사이에서 와락 웃음이 터졌다. 나는 얼굴이 화끈거렸다. 아슬아슬한 묘기를 앞두고 긴장감을 슬쩍 풀어주기 위해 등장한 어릿광대라도 된 기분이었다. 형은 우산 대신 빨간 보자기를 택했다. 역시 형은 천재였다.

형은 축대 끝에 발을 모으고 양팔을 벌렸다. 경건한 침묵이 거대한 담요처럼 하늘에서 내려와 모두의 머리를 덮었다. 그 순간 형이 하늘을 날 수 있을지도 모른다는 망상에 사로잡힌 것은 무엇 때문이었을까? 돌연 숙연해진 분위기 때문에? 의외로 담담한 형 때문에? 이도 저도 아니라면 형의 등에 매달린 빨간 보자기 때문에? 어쨌거나 형이라면 할 수 있을 것 같았다. 그러니까 형이라면.

형은 팔을 벌린 채 상체를 앞으로 기울였다. 빨간 보자기가 펄럭이는가 싶더니 형이 눈앞에서 사라졌다. 모두들 축대 끝으로 몰려갔다. 형은 비명조차 지르지 못했다. 기적의 반대말은 만유인력이다. 형은 머리를 꿰매야 했다. 일곱 바늘. 밤하늘을 밝히던 북두칠성은 형의 머리 가죽에 흉터로 내려앉았다.

　형이 세번째로 하늘을 날았을 때 나는 신학 대학생이었다. 아버지가 그랬듯 시력이 나빠 공군사관학교는 엄두도 못냈다. 할아버지에게는 미안한 일이지만 애당초 나는 파일럿에 흥미가 없었다. 신학대에 진학한 것은 아버지의 교회를 물려받기 위해서였다. 내가 죽으면 네 것이라고 아버지가 형에게 입버릇처럼 말하던 바로 그 교회 말이다. 언제부턴가 아버지는 그 말을 입밖에 내지 않았다. 형의 성적표가 날아오는 날이면 집 안 공기가 돌덩이처럼 무거워지면서부터였을 것이다. 초등학교 때는 그럭저럭 중위권을 유지하던 형의 성적이 중학교에 진학한 뒤부터는 바닥으로 떨어졌다. 아버지의 새벽기도도 어머니가 붙여준 비밀과외도 할아버지가 지어 온 한약도 추락하는 형의 성적에 날개를 달지는 못했다.

　형은 시도 때도 없이 졸았다. 책상 앞에서는 물론, 예배 중에도, 텔레비전을 보다가도, 화장실에서도 졸았다. 정신이 말똥말똥할 때는 식탁 앞에서뿐이었다. 할아버지는 너무 어렸을 때 녹용을 먹인 탓이라고 자책했고 아버지는 영혼에 마귀가 들러붙은 게 아닌지 의심했고 어머니는 모유를 먹이지 못한 탓이라며 가슴을 쳤지만 내 생각은 달랐다. 과학 시간에 배운 자유낙하의 법칙에 의하면 낙하속도는 무게와 상관없지만 공기 저항이 개입되면 얘기가 달라진다. 같은 크기의 고무공과 쇠공이 떨어지는 속도는 같다. 그러나 무게가 같은 멀쩡한 종이와 구겨진 종이의 낙하속도는 다르다. 구겨진 종이가 더 빨리 떨어진다. 공기 저항을 덜 받기 때문이다. 형은 내가 건넨 우산을 사양하지 말았어야 했다. 그랬다면 두세 바늘쯤은 덜 꿰맸을 테고 시도 때도 없이 졸지는 않았을 것이다. 물론 나만 아는 이야기다. 이 사실을 알면 모두 나를 원망할 테니까.

형이 고등학교 입시에도 낙방해 실업계 고등학교에 가게 되자 집안의 기대는 고스란히 내 몫이 되었다. 아버지는 더 이상 형을 위해 기도하지 않았고 어머니는 모유 타령을 접었다. 심지어 아버지와 어머니는 주일 아침 예배에도 형을 데려가지 않았다. 하지만 할아버지는 형에 대한 기대를 차마 버리지 못했다. 아버지와 어머니에게 아들은 둘이었지만 할아버지에게 칠성장군은 하나뿐이었다. 할아버지는 만취한 날이면 형을 저만치 세워두고 시력 검사표를 짚곤 했다. 한번은 형이 한창때의 시력을 보여줘 할아버지를 깜짝 놀라게 했다. 할아버지가 방에 들어가자 형은 씩 웃으며 말했다.

술 취하면 만날 같은 데만 짚으신다.

그때만큼은 왕년의 형으로 돌아온 듯했다. 그러고 나서 형은 짜장라면 세 봉지를 한꺼번에 삶아 먹었다. 어머니가 내 태몽을 꾸지 않은 이유를 알 것 같았다. 나는 옷을 물려받듯 형의 태몽을 물려받을 운명이었던 것이다.

결국 형은 있으나 마나 한 존재가 되었다. 고등학생이 되어서도 먹는 것 외에는 도무지 흥미를 보이지 않았다. 식탐은 갈수록 심해졌다. 먹고 또 먹고. 뭔가를 우물거리지 않을 때는 똥을 누거나 잠을 잘 때뿐이었다. 형은 희박해진 존재감을 덩치로 만회하려는 것처럼 무지막지하게 먹어댔지만 덩치가 커질수록 존재감은 더 희박해졌다.

형이 고등학교 2학년 때였다. 나는 잠을 자다 부스럭거리는 소리에 눈을 떴다. 아직 한밤중이었다. 어둠에 눈이 익자 저쪽에 시커먼 덩어리가 꼼지락거리는 게 보였다. 형이었다. 형은 배낭을 꼭 끌어안은 채 소풍을 위해 준비한 과자를 먹어치우고 있었다. 그새를 못 참고 말이다. 하늘을 난 아이는 대책 없는 뚱땡이가 되어버렸다.

데이트에 형을 데리고 간 것은 여자친구의 성화 때문이었다. 여자친구는 '진도'가 나갈 때마다 내 주변 인물을 보고 싶어 했다. 첫 키스를 허락한 뒤에는 가장 친한 친구를 보여달라고 하더니 첫 섹스 뒤에는 형을 보여달라는 것이었다. 친구를 보여주는 거야 어렵지 않았지만 형은 곤란했다. 이런저런 핑계를 대자 여자친구는 냉랭해졌다. 형을 보여주지 않으면 헤어지기라도 할 태세였다. 나는 여자친구를 놓치고 싶지 않았다. 형이 별나다고 미리 운을 떼놓았으며, 괜찮다고, 사랑하는 사람끼리는 감추는 게 없어야 한다는 말도 들었지만 마음 한구석이 영 찜찜했다. 언젠가는 부딪혀야 할 일이라고, 매도 빨리 맞는 게 낫다고 스스로를 위로해도 소용없었다.

형은 내 부탁에 선선히 응했다. 뜻밖이었다. 사람들 상대하는 게 피곤하다며 고등학교도 자퇴하고 집에만 틀어박힌 형이 아니던가. 약속 장소로 가는 내내 나는 형에게 주의사항을 일러주었다.

너무 많이 먹으면 안 돼. 소리 내 먹으면 안 돼. 여자친구가 먹을 때 빤히 쳐다보면 안 돼. 갑자기 소리 지르면 안 돼. 묻는 말에만 답하되 가급적 짧게 해. 큰 소리로 대답하면 안 돼. 신사처럼 굴어야 해. 깍듯하게. 다시 한 번 말하지만 너무 많이 먹으면 안 돼.

형은 수시로 발길을 멈추고 어리둥절한 표정으로 어딘가를 바라볼 뿐 듣는 둥 마는 둥 했다. 마찬가지로 형이 무엇을 바라보는지, 무엇을 신기해하는지는 내 관심 밖이었다. 이 난처한 이벤트를 어떻게든 무사히 마쳐야 한다는 생각뿐이었다. 나는 무리에서 떨어져 나온 소를 단속하듯 형을 약속 장소로 몰아갔다.

여자친구와 마주 앉은 형은 의외로 잘해나갔다. 평소 사족을 못 쓰던 닭튀김을 본체만체했고 콜라는 소리 죽여 마셨으며 여자친구의 질문에는 부드러운 목소리로 짧게 답했다.

좋아하는 음식이 뭐예요?

굽이 두 쪽으로 갈라지고 새김질하는 짐승.

하하하.

여자친구가 소리 내어 웃었다. 예의상 웃어주는 게 아니었다. 진심으로 즐거워하고 있었다.

베스트 프렌드는 누구예요?

요조.

요조가 누구죠?

형은 자기 컴퓨터를 그리 불러.

내가 끼어들었다.

귀여워라. 그런데 요조는 무슨 뜻인가요?

여자친구가 미소를 지으며 물었다.

컴퓨터를 살 때는 요모조모 따져봐야 합니다.

형이 대답했다.

어쩜.

여자친구는 재밌어죽겠다는 얼굴이었다. 나에게는 보여준 적 없는 얼굴.

동생, 어렸을 때는 어땠어요?

마침내 화제가 나에게로 옮겨왔다. 나는 기대 반 우려 반의 심정으로 형의 대답을 기다렸다.

나만 졸졸 따라다녔습니다.

형이 코를 벌름거리며 말했다.

마뜩잖은 통과의례를 슬슬 끝낼 시점이었다.

그만 일어날까?

나는 여자친구를 향해 말했다.

취미는 뭐예요?

여자친구는 내 말에는 아랑곳 않고 형에게 다시 질문을 던

94

졌다.

하늘 날기.

정말요?

여자친구는 눈을 반짝였고 형은 씩씩하게 고개를 끄덕였다.

나도 번지점프를 해보는 게 소원인데.

여자친구가 두 손을 모으며 말했다.

나도 하고 싶다.

형이 헤벌쭉 웃으며 말했다.

여자친구와 형은 미팅에서 눈이 맞은 커플처럼 죽이 잘 맞았다.

일어나자고.

내 목소리가 커졌다.

벌써?

여자친구가 놀란 표정으로 물었다.

형이 무리했어. 덩치는 코끼리 같지만 사람들하고 조금만 얘기해도 금세 녹초가 돼. 스트레스를 엄청 받거든. 마음이 약해서 상대의 말을 자르지도 못해.

난 괜찮아.

내 말이 떨어지기 무섭게 형이 손사래를 치며 소리쳤다.

사이비 종교 신도한테 걸려 두 시간 동안이나 꼼짝 못하고 얘기 듣느라 바지에 오줌을 지렸잖아.

내가 쏘아붙이자 형은 얼굴을 붉히며 입을 꾹 다물었다.

잠시 어색한 침묵이 흐른 뒤 형은 자리에서 엉거주춤 일어
섰다.

이제 가도 돼.

거리로 나오자마자 나는 형의 귀에 대고 속삭였다.

형은 시무룩한 표정으로 땅만 쳐다볼 뿐이었다.

약속했잖아. 신사답게 굴기로.

나는 다시 속삭였다.

형은 꿈쩍도 안 했다.

나는 도움을 청하는 눈빛으로 여자친구를 바라보았지만 그녀
는 내 기대를 저버렸다.

번지점프 하러 갈래요?

여자친구는 형의 팔짱을 끼며 짐짓 쾌활한 목소리로 말했다.

형은 반색하며 턱살이 출렁이도록 고개를 힘차게 끄덕였다.

번지점프대에 오르자 형은 상기된 얼굴로 콧구멍을 연방 벌
렁거렸다. 흥분한 기색이 역력했다.

누가 먼저 뛰어내릴 겁니까?

안전요원이 사무적인 말투로 물었다.

나는 여자친구를 쳐다보았다. 여자친구는 망설이는 눈치였다.

형이 앞으로 나섰다.

규정상 백 킬로그램이 넘으면 점프를 할 수 없습니다.

안전요원이 형을 위아래로 훑어보며 말했다.

형의 얼굴이 붉으락푸르락해졌다.

규정상 어쩔 수 없습니다. 안전요원은 여전히 사무적으로 말했다.

싫어.

형이 소리쳤다.

안전요원이 다시 규정을 들먹였지만 형은 고삐 풀린 망아지처럼 방방 뛰며 고함쳤다.

싫어. 싫어. 싫어. 싫단 말이야.

점프대가 무너질 것처럼 요동쳤다. 나는 주저앉으며 난간을 붙들었다.

그러지 마, 형.

내 목소리는 날카롭게 윙윙거리는 바람 소리에 묻히고 말았다.

좋아요. 좋아요. 씨팔.

안전요원이 팔을 휘휘 내저으며 외쳤다.

발목에 밧줄을 묶고 점프대 끝에 선 형은 고개를 돌려 의기양양한 표정을 지어 보였다. 심지어 윙크까지 날렸다. 형은 팔을 벌린 채 몸뚱이를 허공에 내맡겼다. 형이 하늘을 나는 모습은 보지 못했다. 나는 내내 난간을 붙든 채 바닥에 주저앉아 있었다.

안전요원이 누가 먼저 뛰어내릴 거냐고 또다시 물었을 때 선뜻 나선 쪽은 여자친구였다. 저 아래에서 형이 어서 뛰라고 손짓을 해댔다.

괜찮겠어?

내가 물었지만 여자친구는 뒤도 돌아보지 않았다.

나는 엉금엉금 기다시피 점프대에서 내려왔다.

그날 이후 여자친구는 내 전화를 받지 않았다. 집 앞으로 찾아갔더니 차가운 얼굴로 말했다.

아무래도 안 되겠어.

그녀는 내 첫 여자였다. 나는 가끔 그녀를 떠올릴 때마다 자문한다. 그때 점프대에서 뛰어내렸다면 그녀에게 차이지 않았을까? 형처럼 뛰어내렸다면? 컴퓨터를 살 때는 요모조모 따져봐야 한다고? 정말이지 형의 너스레는 아무도 못 말린다. 여자친구가 형을 보고 싶다고 했을 때 내키지 않았던 이유는 따로 있었는지 모른다. 형을 여자친구에게 보여주기 싫었던 게 아니라 여자친구를 형에게 보여주기 싫었던 게 아닐까? 하늘을 나는 데다 유머도 만점인 형에게 말이다.

형이 네번째로 하늘을 난 것은 아버지가 땅에 묻히던 날의 일이다. 아버지는 폐암으로 돌아가셨다. 암 진단을 받은 지 열흘 만이었다. 아버지의 책상 서랍에는 우황청심환이 가득했다. 아버지는 주일 아침의 설교 준비를 위해 수시로 서재에 틀어박히곤 했다. 아버지에게는 무대공포증이 있었던 게 틀림없다. 나는 아버지의 우황청심환을 한 개도 빠짐없이 챙겼다.

나에게도 무대공포증이 있다. 정확히 말하자면 고소공포증이다. 나는 다른 사람들보다 한 치만 더 높이 올라도 무릎이 후들거린다. 형과 번지점프대에 올라간 뒤부터였을 것이다. 내가 물려받게 될 교회 연단의 높이는 20센티미터다. 무시무시한 높이다. 우황청심환은 필수다.

교회에서 치러진 아버지의 장례식에 형은 나타나지 않았다. 목수가 되겠다며 집을 나가 연락이 끊긴 지 5년째였다. 기별이 닿지 않은 형이 나타날 리 만무했지만 어머니는 출입문 쪽을 자꾸만 흘금거렸다. 아버지의 시신은 할아버지가 생전에 마련한 용인의 선산으로 옮겨졌다.

형이 모습을 드러낸 것은 아버지의 관 위에 흙을 뿌리고 있을 때였다. 조문객 사이에서 어, 하는 탄성이 터져 나오는가 싶더니 성가대의 찬송가도 뚝 끊겼다. 나는 삽질을 중단하고 조문객 쪽을 쳐다보았다. 조문객들은 모두 손차양한 채 아래쪽을 내려다보고 있었다.

검은 물체가 빠른 속도로 다가오고 있었다. 쨍쨍한 가을 햇살이 눈을 콕콕 쪼아댔다. 손으로 햇살을 가리자 검은 물체의 정체가 드러났다. 검은 양복의 솔기가 금방이라도 뜯겨나갈 것만 같은 거구. 형이었다. 형은 그새 더 거대해졌다. 갑자기 세상이 비좁아진 느낌이었다. 형은 성난 코끼리처럼 달려왔다. 한 손을 번쩍 치켜든 채. 세상을 멈춰 세울 기세였다. 연인을 잃은 슈퍼맨이 그랬던 것처럼.

형의 출렁이는 턱살이 손에 잡힐 듯 선명해지던 순간, 형의 눈이 휘둥그레지는가 싶더니 거짓말처럼 붕 떠올랐다. 돌부리에 걸린 형은 제 속도를 이기지 못하고 허공에 굵직한 포물선을 그렸다. 중력도 형의 몸뚱이를 붙들지는 못했다. 아, 형이 또 하늘을 나는구나! 나는 뭔가에 홀린 기분이었다. 이번에 형을 받쳐준 것은 안전 그물이 아니라 아버지의 관이었다. 아니, 형의 몸뚱이가 아버지의 관을 덮쳤다.

할렐루야.

누군가 외치자 모두가 입을 모아 복창했다. 모두는 아니었다. 나는 벌어진 입을 다물지 못했다.

형은 구덩이에 꽉 끼어 움쭉달싹 못했다. 인부들은 심각한 표정으로 머리를 맞댔다. 기중기를 불러야 한다는 주장까지 튀어나온 난상 토론 끝에 구덩이를 넓히는 데 겨우 의견을 모았다. 인부들이 삽으로 흙을 조심조심 파내는 동안 형은 아버지를 껴안고 있어야 했다. 마지막 포옹이었다. 구덩이가 조금만 작거나 컸어도 불가능했을 한 시간 동안의 포옹. 만유인력의 반대말은 구덩이다. 살아남은 자에게 꽉 끼는 죽은 자의 구덩이. 죽은 자가 살아남은 자를 위해 마련한 구덩이.

아버지는 나를 안아준 적이 한 번도 없었다. 신학대에 합격했을 때도, 첫 설교를 했을 때도 안아주지 않았다. 아버지가 장만한 구덩이는 나에겐 너무 컸다. 아니, 아버지가 장만한 구덩이에 비해 나는 너무 작았다. 만유인력의 반대말은 구덩이지만 구덩이의 반대말은 질투다. 질투는 열등감을 두 자로 줄인 것이고. 나는 아무리 먹어도 살이 찌지 않는 체질이다. 아버지처럼. 어깨는 좁고 팔은 긴 특이한 체형의 소유자였던 아버지는 평생

기성복이라고는 입을 수 없었다. 하지만 아버지는 죽음으로써 단박에 몸집을 불릴 수 있었다. 관은 아버지가 입은 최초의 기성복이었다.

형이 마지막으로 하늘을 난 것은 죽어서였다. 공사판을 전전하던 형은 어이없는 사고로 목숨을 잃었다. 철근을 옮기다 전복된 기중기에 깔려 죽은 것이다. 향년 45세.

형이 남긴 유품은 내복 상자 한 개가 고작이었다. 상자에는 포켓판 국어사전, 공책, 빨간 보자기, 편지 봉투 하나가 담겨 있었다.

나는 낡아빠진 포켓판 국어사전을 들춰보았다. 형이 아버지의 설교를 들으며 펼쳐보던 사전에는 여기저기 빨간 줄이 그어져 있었다. 이런 대목들. 간음. 부부가 아닌 남녀가 성관계를 맺는 일. 간통. 배우자가 있는 사람이 배우자 이외의 이성과 성관계를 가지는 일. 형의 국어사전은 죄악의 사전 같았다.

공책에는 레위기가 반복해서 적혀 있었다. 맨 뒷장은 삐뚤삐뚤한 선 좌우에 적힌, 먹을 수 있는 것과 먹을 수 없는 것들의 목록으로 빽빽했다.

먹을 수 있는 것. 굽이 두 쪽으로 갈라지고 새김질하는 짐승, 지느러미와 비늘이 있는 생선, 네 발로 걸으며 날개가 돋친 곤충 가운데 발뿐 아니라 다리도 있어서 땅에서 뛰어오를 수 있는 것들, 메뚜기, 방아깨비, 귀뚜라미.

먹을 수 없는 것. 낙타, 토끼, 돼지, 지느러미와 비늘이 없는 생선, 독수리, 까마귀, 타조, 올빼미, 갈매기, 매, 부엉이, 따오기, 백조, 펠리컨, 고니, 오디새, 박쥐, 네 발로 걸으며 날개가 돋친 곤충, 발바닥으로 걸어 다니는 동물, 땅을 기어 다니는 길짐승 중 두더쥐, 쥐, 육지악어, 도마뱀, 카멜레온. 부정한 것들.

레위기 11장이었다. 레위기가 아니었다면 형의 몸은 두 배로 불었을 것이다.

편지 봉투에서 나온 것은 형이 축대에서 뛰어내리던 무렵 최고의 인기를 구가하던 여배우의 수영복 사진과 유서였다. 유서는 형이 초등학교 4학년 때 갔던 극기 캠프에서 숙제로 쓴 것이었다.

저를 화장해주십시오. 세상 가장 높은 곳에서 뿌려주십시오. 하늘을 오래오래 날 수 있도록. 할아버지, 아버지, 어머니 만수무강하십시오.

빨간 보자기에는 핏자국이 선명했다. 땅바닥으로 곤두박질친 북두칠성이 흘린 핏자국이었다.

유서에 적힌 대로 나는 형의 시신을 화장했다. 포켓판 국어사전, 레위기만 가득 적힌 공책, 왕년의 여배우 비키니 사진, 유서도 함께 태웠다. 빨간 보자기는 유골함을 싸는 데 썼다.

나는 유골함을 들고 형이 빨간 보자기를 두른 채 뛰어내렸던 축대를 찾아갔다. 축대가 있던 자리에는 상가 건물이 들어서 있었다. 1층은 뼈다귀해장국집이었고 맨 위층은 안마시술소였다.

나는 옥상에 올라가 형을 뿌렸다. 때마침 분 바람 덕에 형은 높이 멀리 날았다.

언젠가 형이 교회에 찾아온 적이 있었다. 그때 나는 설교 중이었다. 형은 엉뚱한 곳에 발을 들인 사람처럼 주뼛거리며 맨 뒷자리에 앉았다. 나는 죄악과 심판에 대해 무시무시한 말을 쏟아내고 있었다. 아버지가 그랬던 것처럼. 그래야 나이 든 신도들조차 나를 우습게 여기지 못할 테니까. 그들의 죄의식은 나의 권위를 떠받치는 기둥. 혹 무고한 자가 있다면 죄의식을 심어주어야 했다. 마침 그날 설교의 주제는 원죄였다.

우리는 모두 태어나면서부터 죄인입니다. 더한 죄인도 덜한 죄인도 없이 똑같은 죄인입니다.

형이 눈에 들어온 순간부터였다. 나는 식은땀을 흘렸고 같은 말을 반복하거나 꼭 해야 할 말을 빠뜨렸다. 어쩌면 형이 미소를 지었을 때부터인지도, 이 세상에 존재하기도 전에 저질렀다는 죄악을 되새기느라 파랗게 질린 얼굴들 뒤에서 홀로 씩 웃어 보였을 때부터인지도 모르겠다. 서커스를 보기 위해 헌금함을 털 때, 인간 대포알이 된 것을 본 신도가 있더라도 아버지에게 일러바치지 못할 거라고 자신할 때, 할아버지는 술에 취하면 늘 같은 숫자만 짚는다고 귀띔할 때, 번지점프대 끝에서 돌아볼 때 보여주었던 바로 그 미소. 내 두려움과 불안과 질투를, 꼭꼭 감춰둔 어둠을 어루만지는 것 같던 서늘한 미소.

나는 더 이상 연단에 버티고 서 있을 수도, 죄악과 심판에 대해 떠들 수도 없었다. 설교를 어떻게 마무리했는지 기억나지 않는다. 그날만큼은 우황청심환도 나를 구원하지 못했다. 정신을 수습했을 때 형은 온데간데없었다. 내가 본 형의 마지막 모습이었다.

　아직도 나는 잇새로 침을 뱉지 못하고 연단에 오르기 위해서는 우황청심환을 깨물어 먹어야 한다. 그러니까 나는 문을 걸어 잠근 서재에 처박혀 설교를 준비하다 신경이 곤두서면 잇새로 침 뱉는 연습을 하고, 우황청심환에 의지해 연단에 오르는 순간까지도 어떤 말로 사람들을 휘어잡을까 고민한다. 형이라면 어떻게 했을까. 만약에 형이라면. 그리고 또 생각한다. 마지막으로 본 형의 모습은 어쩌면 환영이었는지도 모른다고.

소년은
늙지
않는다

소년은 고막을 들쑤시는 날카로운 기계음에 소스라치며 눈을 떴다. 꿈이 달콤했던 건 아니었다. 언제나처럼 헐벗고 시린 꿈이었다. 꿈이 현실과 반대라는 말은 헛소리였다. 꿈은 추웠고 현실은 더 추웠다. 소년은 더럽고 부르튼 손으로 눈곱을 떼어내고 난로를 들여다보았다. 드럼통으로 만든 난로 안에서는 새까맣게 타들어간 장작이 마지막 불꽃을 토해내고 있었다. 소년은 페인트 통에서 장작을 꺼내 불꽃 위에 올렸다. 새 장작에 불이 옮겨붙는 것을 확인한 뒤 소파 쪽으로 고개를 돌렸다. 할아버지는 여태 눈을 붙이고 있었다. 불씨와 할아버지. 소년이 얼어 죽지 않고 눈을 뜰 때마다 확인하는 것이었다. 불씨가 먼저일 때도 있었고 할아버지가 먼저일 때도 있었지만 하나라도 빼먹은 적은 없었다.

소년은 거실로 나갔다. 하품을 하자 입김이 모락모락 새어 나왔다. 성에 낀 베란다 창문 너머로 뭔가가 어른거렸다. 사다리 차였다. 사다리차가 세간을 실어 내리고 있었다. 사다리가 움직일 때마다 창틀이 부들부들 떨었다. 소년은 침울한 얼굴로 창밖을 바라보다 안방으로 돌아갔다. 문을 꼭 닫은 뒤 개다리소반 앞에 앉아 연필을 쥐고 도화지에 그림을 그렸다. 선이 생길 때마다 사각사각 소리가 났다. 세상에서 두번째로 좋아하는 소리였다.

마침내 날개를 펼친 채 활공하는 익룡의 당당한 자태가 드러났다. 소년은 눈을 가늘게 뜨고 중생대 백악기의 날짐승을 바라보았다. 뭔가 허전했다. 익룡의 머리 위에 구름을 그렸다. 보기에 좋았다. 소년은 다시 눈을 가늘게 뜨고 그림을 응시했다. 이번에는 꼬리 아래에 뭉게구름을 그려 넣었다. 보기에 더 좋았다. 소년은 도화지를 뒤집어 글자를 적기 시작했다. 두번째 글자를 쓰다 연필심이 부러졌다. 기관차 모양의 연필깎이에 연필을 끼웠지만 연필이 몽당해 손잡이가 헛돌았다. 연필을 빼내 면도칼로 깎았다. 거스러미를 모아서 깡통에 담고 글자를 마저 적었다. 오르니토케이루스. 소년은 도화지를 돌돌 만 뒤 붉은 털실로 묶고 리본 모양으로 매듭을 졌다.

현관문 두드리는 소리에 소년은 기다렸다는 듯 안방을 나섰다. 돌돌 만 도화지를 쥐고서. 소년은 신발장에 딸린 거울 앞에

섰다. 세월의 더께가 꾸덕꾸덕한 거울은 반투명 유리처럼 뿌옜다. 삐죽빼죽한 머리카락을 침 묻힌 손으로 수습한 뒤 현관문을 열었다. 문밖에는 504호 아줌마가 서 있었다. 혼자였다. 소년의 얼굴에 그늘이 졌다.

할아버지는?

주무세요.

또?

깨울까요?

아니다. 이거나 전해드려.

여자는 발치의 사과 박스를 현관으로 밀어 넣었다. 여자는 소년의 머리 너머로 안쪽을 흘깃거렸고 소년은 그런 여자에게서 시선을 떼지 못했다. 여자는 소년을 물끄러미 바라보더니 무슨 말을 하려는 듯 입술을 달싹이다 말고 돌아섰다. 소년은 뒤춤에 감춘 도화지만 만지작거렸다.

잠시 후, 차 소리가 들리자 소년은 밖으로 튀어 나가 쓰레기가 나뒹구는 더럽고 침침한 계단을 쏜살같이 내려갔다. 소년이 밖으로 나섰을 때 사다리차와 탑차는 단단해진 눈 위에 바퀴 자국을 내며 아파트 숲을 빠져나가고 있었다. 소년은 바퀴 자국을 따라 달렸다. 잿빛 아파트들이 공동묘지의 묘석처럼 다닥다닥 붙어선 거대한 단지 안에서 움직이는 거라고는 소년뿐이었다. 차는 큰길 쪽으로 사라져 보이지 않았다. 소년은 담벼락을 등지고 쭈그려 앉은 채 헐떡이다 하늘을 올려다보았다. 수억만 송이의 눈을 품은 잿빛 구름이 이마에 닿을 듯 낮게 드리워져 있었다. 소년의 얼굴 가득 수심이 피어났다. 폭설이라면 휴교령이 내려질지도 몰랐다. 늑대보다 더 무서운 게 휴교령이었다.

소년은 외투 주머니에서 담뱃갑을 꺼냈다. 새빨간 원이 새겨진 담뱃갑이었다. 소년이 태어나기 전에 세상을 비추었다던 태양을 그린 붉은 동그라미. 할아버지가 즐겨 피우던 담배였다. 담배를 피울 때면 할아버지는 아득한 눈빛이 되어 옛날얘기를 들려주곤 했다. 봄이면 온 산에 개나리가 흐드러지게 피고 여름이면 개울이 넘치도록 비가 내리고 가을이면 나뭇잎이 타는 듯 붉게 물들었다는, 공상과학영화나 동화에서나 가능할 법한 이야기. 아빠가 차 사고로 죽고 엄마가 돈을 벌기 위해 바다를 건너기 전 이야기.

할아버지의 이야기가 끝나면 소년은 잊지 않고 물었다. 엄마는 언제 돌아와? 할아버지의 대답은 한결같았다. 꽃이 피면. 눈이 녹고 꽃이 피면. 소년은 또 물었다. 무슨 꽃? 할아버지의 대답은 매번 달랐다. 목련이라고도 했고 라일락이라고도 했으며 아카시아라고도 했다. 모두 생소한 이름이었다. 소년은 또다시 물었다. 엄마가 나를 알아볼까? 할아버지는 주저 없이 대답했다. 네 어미는 이 집에서 널 낳았다. 이 집에서 첫 옹알이를 들었고 이 집에서 첫 걸음마를 지켜보았지. 네 어미는 이 집을 알아보듯 널 알아볼 거야. 단박에 알아볼 거야. '어미'라는 말을 들을 때마다 소년은 부르르 몸을 떨었다.

꽁초를 빠는 소년의 볼에 보조개가 파였다. 실타래처럼 엉기며 벽을 타고 오르던 담배 연기는 재난관리청에서 붙인 표지판 아래에서 뿔뿔이 흩어졌다.

이 건축물은 외부 균열, 철근 부식 등의 이유로 붕괴 위험이 현저한 바 재난 관리법 시행령 제32조 제2항에 의거 재난 위험시설로 지정되었습니다. 이 건축물 주변을 통행하시는 분께서는 각별히 주의하시기 바랍니다.

아파트 입구에 들어서던 소년은 걸음을 멈췄다. 우편함에 편지 봉투가 꽂혀 있었다. 소년은 편지 봉투를 꺼냈다. 봉투에는 낯선 주소가 적힌 쪽지와 호루라기가 들어 있었다. 슬기가 목에 걸고 다니던 호루라기였다. 늑대가 나타나면 불라며 504호 아저씨가 챙겨준 빨간 호루라기. 뒷산에서 내려온 늑대가 놀이터에서 놀던 아이를 물어갔다는 소문이 돌 무렵이었을 것이다. 소년은 호루라기를 목에 걸고 504호로 향했다. 슬기네는 텅 비어 있었다. 불현듯 요의를 느낀 소년은 거실 벽에 대고 오래오래 오줌을 눴다.

504호 아줌마가 준 사과 박스에는 감자가 담겨 있었다. 하나같이 자잘했고 말라비틀어진 것도 적지 않았다. 서른다섯 개. 한 알로 하루를 버티면 방학을 나고도 네 개가 남을 양이었다. 이번 방학에는 구걸하거나 훔치지 않아도 될 터였다. 구걸이나

도둑질은 겁나지 않았지만 붙들려 난민 수용소에 끌려가는 건 두려웠다. 할아버지가 죽는 것만큼이나 두려웠다. 그러면 집을 지킬 수도 엄마를 기다릴 수도 없을 테니까.

소년은 장작불에 감자 한 알을 구워 먹은 뒤 배를 깔고 엎드린 채 지리부도를 펼쳤다. 쪽지에 적힌 주소를 찾아보았다. '땅끝마을'은 남쪽 끝에 있는 도시의 아파트 단지였다. 바닷가라면 따뜻할 것이었다. 늑대 울음도 들리지 않을 그곳에서는 꽃이 필지도 몰랐다. 어둠을 재촉하는 늑대 울음을 들으며 소년은 까무룩 잠들었다.

등교를 위해 소년이 집을 나선 것은 잔별이 남아 있는 어스름 새벽이었다. 물러가는 어둠의 뒤꿈치가 간밤에 쏟아진 눈으로 희끗희끗했다. 무심코 504호로 향하던 소년은 4층 층계참에서 맥없이 발길을 돌렸다. 목에 건 호루라기를 매만지며 계단을 터덜터덜 내려갔다. 엘리베이터는 멈춘 지 오래였다. 멈춘 것은 엘리베이터만이 아니었다. 전기가 멎고 수돗물이 멎었으며 마을버스도 멎었다. 불길한 풍문조차 발을 끊은 이곳에 이제 찾아오는 것은 눈과 바람뿐이었다.

아파트 밖으로 나서자 매서운 바람이 볼을 때렸다. 소년은 스키용 고글과 마스크를 착용했다. 눈은 발목을 삼킬 정도로 쌓여 있었다. 쌓인 눈은 녹지 않아서 단단해졌고 단단해진 눈 위에 또 눈이 쌓이고 있었다. 공룡의 시체 위에 켜켜이 내려앉은 다른 시대의 흙처럼.

할아버지는 말했다. 인간이 만든 기계를 움직이는 검은 기름
은 공룡의 시체에서 나온 것이라고. 할아버지 말대로라면 비행
기를 움직이는 것은 오르니토케이루스의 시체, 제설차를 움직
이는 것은 티라노사우루스의 시체일 터였다.

소년은 손잡이를 떼어낸 배드민턴 라켓 두 개를 배낭에서 꺼
내 신발 바닥에 대고 나일론 끈으로 묶었다. 소년은 생소한 중
력의 별을 탐험하는 우주인처럼 뒤뚱거리며 나아갔다.

등굣길은 멀고 추웠다. 올해 전학 간 학교는 아파트 숲을 빠
져나가 큰길을 다섯 번이나 건너야 했다. 소년은 학교를 자주
옮겼다. 같은 학교를 계속 다닐 수는 없었다. 바로 전에 다녔던
학교는 학생 수가 줄어 폐교되었다.

소년이 학교에 도착했을 때도 날은 아직 밝지 않았다. 학교에
는 아무도 없었다. 언제나 소년이 일착이었다. 이제껏 다녔던
학교에서도 그랬다. 어둡고 싸늘한 복도를 지나 소년은 교무실
건너편 화장실로 들어갔다. 교직원 전용 화장실이었다. 소년은
세면대 가득 온수를 받았다. 빨간 밸브를 끝까지 돌려도 물은
미지근했고 녹이 섞여 있기 일쑤였다. 그나마 차갑지 않은 물을
만질 수 있는 유일한 곳이었다. 소년은 머리를 감고 세수를 한
뒤 배낭에서 꺼낸 수건으로 물기를 훔쳤다. 바닥에 떨어진 꽁초
두 개를 집어 담뱃갑에 담고 물통에 물을 가득 채우고서야 화장
실에서 나왔다.

수업 내내 소년은 연습장에 공룡만 그렸다. 국어 시간에는 사르코스쿠스, 수학 시간에는 켄트로사우루스, 영어 시간에는 스피노사우루스, 과학 시간에는 티라노사우루스.

엊그제 전학 온 짝은 그림에서 눈을 떼지 못했다. 역시 다니던 학교가 문을 닫아 전학 온 녀석이었다.

갖고 싶어?

소년이 묻자 짝은 반색하며 고개를 끄덕였다.

맨입으로?

말이 떨어지기 무섭게 짝이 주머니에서 뭔가를 꺼냈다. 구슬이었다. 공기 방울이 별무리처럼 오종종 박혀 있는 푸른 구슬. 소년이 고개를 젓자 짝은 다시 주머니에 손을 집어넣었다. 이번에는 각설탕이었다. 소년은 눈을 반짝이며 고개를 끄덕였다. 짝은 티라노사우루스를 골랐다. 소년이 가장 좋아하는 공룡은 오르니토케이루스였다. 날개만 있다면 땡전 한 푼 없어도 제주도에 갈 수 있을 텐데. 길가에 야자수가 줄줄이 늘어서 있고 노인의 형상을 한 검은 거석이 곳곳에 서 있다는 따뜻한 섬. 할아버지가 신혼여행을 다녀온 곳. 이제는 선택받은 자들만 살 수 있는 땅.

짝이 굳은 얼굴로 소년의 옆구리를 찔렀다. 머리가 벗겨진 선생이 소년을 노려보고 있었다.

태양계에서 가장 큰 행성이 뭐라고 했지?

목성이라고 하셨습니다.

가장 작은 행성은?

수성이라고 하셨습니다.

태양과 지구 사이의 거리는?

1억 5천만 킬로미터라고 하셨습니다.

태양의 크기는?

지구 지름의 109배라고 하셨습니다, 선생님.

선생은 얼굴을 붉힌 채 입술을 실룩거렸고 짝은 헤벌쭉 벌어진 입을 다물지 못했다. 선생이 칠판을 향해 돌아서자 소년은 다시 공룡을 그리기 시작했다.

마침내 기다리던 급식 시간이었다. 옥수수빵, 시래기죽, 콩자반이 오늘의 메뉴였다. 소년은 옥수수빵을 조금씩 뜯어 시래기죽에 적셔 먹었다. 짝은 콩자반부터 해치웠다.

공룡이 왜 멸종했는지 알아?

짝이 비밀이라도 털어놓는 듯 목소리를 낮춰 말했다.

멸종이겠지.

공룡이 왜 멸종했는지 알아?

혜성이 지구에 부딪혀서.

아니야. 얼어 죽었대. 우리도 결국 얼어 죽을 거래. 시간문제일 뿐이래.

누가 그래?

아빠가. 울 아빠 술만 마시면 무지 똑똑해지거든. 고수망태가 되어 한 말이니 틀림없어.

고주망태겠지.

고주망태가 되어 한 말이니 틀림없어.

빵은 안 먹어?

지겨워.

내가 먹어도 돼?

맨입으로?

켄트로사우루스는 어때?

짝이 턱짓으로 소년의 목에 걸린 호루라기를 가리켰다.

이건 안 돼.

짝이 입을 삐죽였다. 소년은 돌돌 말린 도화지를 배낭에서 꺼내 붉은 털실을 풀고 펼쳐 보였다.

와! 오르니토케이루스!

짝의 눈이 커졌다. 소년은 짝의 식판에 담긴 옥수수빵을 냉큼 집어 배낭에 넣었다.

소년은 제 집에 놀러 가자는 짝의 청을 뿌리치고 학교가 파하자마자 집으로 향했다. 낮은 짧았고 해야 할 일은 많았다. 배드민턴 라켓을 신발 밑창에 달고 발이 푹푹 빠지는 눈길을 어기적어기적 걸었다. 제설차들이 오갔지만 눈을 치우는 게 아니라 다지는 게 목적인 듯했다. 집이 가까워질수록 차도 인적도 드물어졌다. 소년은 길이 아니라 아파트만 보고 걸었다. 길을 감춘 것도 길을 열어준 것도 찍어낸 듯 똑같은 고층 아파트였다. 물푸레나무 마을을 지나 버드나무 마을을 끼고 느티나무 마을을 에두른 뒤 벚나무 마을을 가로지르면 커다란 인공 호수가 나났고 그 너머가 집이 있는 단지였다. 한 그루 나무를 심는 심정으로 마천루를 지어 올린 것일까. 아니면 나무를 뽑아낸 구덩이에 콘크리트를 부은 것일까. 아파트 단지들은 하나같이 나무 이름을 달고 있었다. 폐교를 종양처럼 품고 있는 아름다운 이름의 '마을'에는 남쪽으로 갈 돈이 없거나 남쪽에 친척이 없는 사람들만 핏기 없는 얼굴로 주저앉아 있었다.

곰이 그려진 아파트가 인공호수 건너 저 멀리 모습을 드러냈다. 곰바위 마을. 단지 뒷산 이름이 곰바위산이었다. 곰바위산에 곰은 없고 늑대만 득시글했다. 날이 저물면 먹이를 찾아 단지까지 내려왔다. 시베리아에만 서식하던 종(種)이라 했다. 추위가 늑대를 몰고 왔는지 늑대가 추위를 몰고 왔는지 알 수 없었다.

소년은 꽝꽝 얼어붙은 인공 호수를 건너갔다. 인공 호수는 학교 운동장 세 배 크기였다. 예전에는 썰매나 스케이트를 타는 아이들로 바글거렸다. 더 예전에는 분수가 솟구치고 알록달록한 물고기 떼가 노닐었다고 했다. 분수도 물고기도 아이들도 떠나버린 호수에는 얼음장을 덮은 눈과 새벽에 찍힌 소년의 발자국뿐이었다.

소년이 집 앞에 당도했을 때 웬 사내가 확성기에 대고 할아버지의 이름을 외치고 있었다. 곁에는 스노모빌이 세워져 있었다. 소년은 무슨 일이냐고 물었다. 사내는 누구냐고 되물었고 소년은 할아버지에게 볼일이 있느냐고 되물었다.

할아버지?

네.

아빠는?

돌아가셨어요.

할아버지는 어디 가셨니?

주무세요.

그걸 어떻게 알아?

이맘때는 늘 그러세요.

사내가 미심쩍다는 눈초리로 쳐다보았다.

집에 들어가보실래요?

아, 아니다.

사내는 손사래를 치더니 서류 가방에서 문서를 꺼냈다.

네가 대신 서명해라.

문서에는 이런 글이 적혀 있었다. 재난관리청에서 소개(疏開) 권고를 받았음을 확인합니다. 차후 건물 붕괴 등의 불상사로 인한 피해의 책임을 전적으로 감수하겠습니다. 그 아래에는 세 칸으로 나뉜 표가 있었다. 주소, 세대주, 서명이라고 적힌 칸 밑에 세 명이 기입했다. 주소는 모두 곰바위 마을이었다. 소년은 네번째 줄에 주소와 이름을 적었다.

할아버지 이름을 적어야지.

사내가 얼굴을 찌푸리며 말했다.

소년은 제 이름 위에 줄을 긋고 할아버지의 이름을 적었다.

네 이름 위에 줄을 하나 더 긋고 그 옆에 사인해라. 할아버지 사인 말이다.

소년은 사내가 주문한 대로 했다.

사내는 문서를 서류 가방에 담은 뒤 아파트를 올려다보며 중얼거렸다.

건기가 오면 눈이 녹아 갈라진 틈으로 스며들 텐데……

소년도 아파트를 올려다보았다. 칠이 벗겨지고 도처에 금이 가 흉물스러운 잿빛의 건물은 이미 기우뚱한 듯도 했다. 소년의 미간에 굵은 골이 파였다.

학교 다녀왔습니다.

소년은 안방 문을 열며 큰 소리로 말했다.

할아버지는 여전히 소파에 누워 자고 있었다. 소년은 배낭을 바닥에 내려놓고 현관으로 가 신발장에서 플라스틱 삽을 꺼내 들었다. 집을 나선 소년은 계단을 통해 옥상으로 올라갔다.

옥상은 눈 천지였다. 소년은 눈을 삽으로 떠 아래로 던졌다. 노래를 흥얼거리면서. 곰 세 마리가 한집에 있어 아빠 곰, 엄마 곰, 아기 곰. 아빠 곰은 뚱뚱해, 엄마 곰은 날씬해, 아기 곰은 아이 귀여워. 으쓱으쓱 잘한다. 소년은 팔이 으스러지도록 눈을 치웠다. 이마에는 땀이 송골송골했지만 손발은 꽁꽁 얼어붙었다.

소년이 가쁜 숨을 몰아쉬며 꽁초에 불을 붙일 때 시멘트 바닥이 드러난 자리는 안방 크기만 했다. 눈을 다 치우고 방수포를 깔면 좋을 텐데. 소년은 목을 빼 사위를 둘러보았다. 멀리 들판에 버려진 비닐하우스가 바람에 너풀거렸다.

주머니에서 각설탕을 꺼낸 소년은 종이 포장지를 조심조심 펼쳤다. 설탕은 눈보다 더 새하얬다. 세상의 마지막 설탕 조각인 양 신중하게 핥은 뒤 포장지를 여미고 주머니에 도로 집어넣었다.

소년은 눈밭에 오줌을 눴다. 오줌은 샛노랬다. 몸에서 나오는 것은 모두 노랬다. 눈곱도, 가래도, 똥도. 인간의 영혼은 노란색이 틀림없었다.

소년은 옥상에서 내려왔다. 날이 저물기 전에 해야 할 일이 또 있었다. 집으로 돌아가 삽을 놔두고 문간방에서 쇼핑 카트를 꺼냈다. 카트에는 손도끼와 나일론 끈 묶음이 담겨 있었다. 카트를 끌고 나간 소년은 세 개의 동을 지나친 뒤 놀이터 건너편 동의 두번째 출입구로 들어가 3층으로 올라갔다. 층계참을 사이에 두고 303호와 304호 현관문이 마주 보고 있었다. 소년은 303호로 들어갔다.

소년은 신발장부터 열어보았다. 가죽끈으로 얽은 기묘한 신발이 먼지를 뒤집어쓴 채 처박혀 있었다. 신발을 집어 들고 먼지를 털어낸 뒤 요리조리 뜯어보았다. 가죽은 닳고 닳아 희끄무레했다. 할아버지가 신혼여행 사진 속에서 신고 있던 물건과 흡사했다. 보물이라도 되는 양 조심스레 카트에 집어넣었다. 소년은 카트를 밀며 텅 빈 거실을 가로질러 부엌으로 갔다. 선반과 서랍을 샅샅이 뒤져 찾아낸 것은 깨진 접시 두 개와 종이컵 한 묶음이 고작이었다. 종이컵만 챙겼다. 소년은 안방과 문간방을 차례로 순례했다. 소득은 없었다. 순례의 마지막 코스는 화장실이었다. 화장실에도 비누 한 조각 남아 있지 않았다.

수색을 마친 소년은 서랍과 문짝을 남김없이 빼고 떼어내 바닥에 늘어놓은 뒤 손도끼로 하나씩 쪼갰다. 서랍 하나면 한 시간, 문짝 하나면 하루치의 한기를 감당할 수 있었다. 도끼를 내리칠 때마다 나무 쪼개지는 소리가 쩍쩍 울려 퍼졌다.

도끼질에 여념 없던 소년은 늑대 울음에 화들짝 놀라 밖을 바라보았다. 어느새 어둑어둑했다. 늑대들은 어둠을 틈타 산에서 내려오곤 했다. 소년은 쪼갠 나무를 나일론 끈으로 묶어 서둘러 카트에 담은 뒤 허둥지둥 밖으로 나섰다. 소년은 카트를 힘껏 밀며 놀이터를 가로질렀다. 녹슨 그넷줄이 바람에 흔들리며 끽끽거렸다.

소년은 새로 꺼낸 장작을 어슷하게 걸친 뒤 연필 거스러미를 뿌리고 불을 붙였다. 연습장으로 부채질하자 불꽃이 기세 좋게 일어났다. 학교에서 담아 온 물을 양철 냄비에 붓고 냄비를 난로 위에 올렸다. 연습장을 펼쳐 5동 303호,라고 적힌 칸에 가위표를 쳤다. 김이 오르기 시작하자 냄비를 내리고 물을 머그잔에 부었다. 각설탕을 조금 떼어내 물에 넣고 손가락으로 휘저었다. 손가락을 쪽 빨았다. 물이 달달했다. 소년의 볼에 보조개가 파였다.

잘 먹겠습니다.

소년은 짝에게 얻은 옥수수빵을 뜯어 설탕 녹인 물에 찍어 먹었다.

늑대 울음이 멀리서, 가까이에서 다시 멀리서 들려왔다. 먼 곳과 가까운 곳에서 동시에 들리기도 했다. 장작을 넉넉히 올린 뒤 담요를 목까지 끌어올리고 드러누운 소년은 탁탁, 불똥 튀는 소리를 들으며 눈을 감았다. 세상에서 가장 좋아하는 소리였다.

매일 새벽 소년을 깨운 것은 추위 아니면 늑대 울음이었다. 잠에서 깬 소년은 외투를 걸치고 배낭을 멘 채 아파트 숲을 빠져나가 인공 호수를 건너고 나무 이름의 마을들을 지나 학교에 갔다. 교사용 화장실에서 세수를 하고 수업 시간에는 공룡을 그리며 급식 시간을 기다렸다. 때로 선생의 기습적인 질문을 받았지만 답을 못한 적은 한 번도 없었다. 수업 내용은 눈 위에 쌓이는 눈처럼 익숙했다. 공룡이 얼어 죽었다는 짝의 말이 걸렸지만 급식을 받으면 잊어버렸다. 공룡 그림에 흥미를 잃었는지 짝은 호루라기에만 눈독을 들였다. 이틀치 옥수수빵을 제안했지만 거절했다. 다음 날에는 사흘치를 주겠다고 했다. 짝이 내건 옥수수빵의 개수는 하루에 하나씩 늘었다. 언제까지 버틸 수 있을

지 장담할 수 없었다. 슬기는 감감무소식이었다. 몇 번 편지를 쓰기는 했지만 부치지는 못했다. 우표 살 돈이 없었다. 우표를 얻기 위해 낯선 사내의 궁둥이를 핥는 꿈을 꾸기도 했다. 방과 후에는 지체 없이 집으로 향했다. 물푸레나무 마을을 지나 버드나무 마을을 끼고 느티나무 마을을 에두른 뒤 벚나무 마을을 가로지르고 커다란 인공 호수를 건너 집으로 갔다. 얼어붙은 호수를 건널 때마다 방학이 성큼성큼 다가왔다.

학교 다녀왔습니다.

소년은 안방 문을 열고 소리쳤다.

할아버지는 소파에 누워 눈을 붙이고 있었다. 소년은 플라스틱 삽을 챙겨 들고 옥상에 올라갔다. 안방만큼 드러났던 시멘트 바닥이 어제 내린 눈에 묻히고 말았다. 눈은 사흘이 멀다 하고 내렸다. 소년은 다시 눈을 치우기 시작했다. 가끔 허리를 펴고 눈의 세상을 무심히 바라보았다. 살아 움직이는 것은 보이지 않았다. 시계에 새겨진 숫자로는 헤아릴 수 없는 시간이 지난 뒤 안방 크기의 잿빛 시멘트 바닥이 재차 드러났다. 소년은 물탱크 곁에 뭉쳐둔 비닐을 끌고 와 바닥에 깔고 가장자리에 돌을 얹었다.

집으로 돌아간 소년은 카트를 끌고 다시 나왔다. 세 개의 동을 지나고 놀이터를 가로질러 세번째 출입구로 들어갔다. 소년은 405호 현관문 앞에 멈춰 섰다. 405호 팻말 아래 십자가 모양의 은빛 스티커가 붙어 있었다. 집 안으로 들어간 소년은 언제나처럼 신발장부터 살폈다. 신발이 몇 켤레 버려져 있었다. 뒤축이 구겨진 더러운 운동화, 밑창이 나간 부츠…… 끝이 뾰족하고 굽이 높은 구두를 발견한 소년의 눈이 커졌다. 낡았지만 굽은 멀쩡했다. 소년은 오른쪽만 카트에 담았다.

거실과 부엌에서 허탕을 친 소년은 카트를 밀고 안방으로 들어갔다. 장롱이 한쪽 벽을 통째 가린 채 서 있었다. 여닫이 문짝이 일곱 개나 달린 장롱이었다. 한 달은 족히 땔 만했다. 소년은 첫번째 문짝의 손잡이를 잡아당겼다. 안에는 아무것도 없었다. 세번째 문짝을 열었을 때도 다섯번째 문짝을 열었을 때도 마찬가지였다.

여섯번째와 일곱번째 문짝을 동시에 열려던 소년은 주춤 물러섰다. 장롱 안쪽에서 낑낑거리는 소리가 들렸다. 짐승의 새끼가 칭얼거리는 소리. 소년은 카트에 담긴 손도끼를 집어 들었다. 마른침을 삼킨 뒤 장롱 문을 벌컥 열어젖혔다. 구석에 시커먼 뭔가가 잔뜩 웅크리고 있었다. 짐승이 아니라 아이였다. 아니, 짐승 같은 아이였다. 아이는 눈을 감은 채 미동도 하지 않았다. 잠든 듯했다. 소년은 살금살금 다가가 아이를 찬찬히 뜯어보았다. 단발의 머리카락은 여기저기 뜯겨나가 이 빠진 톱날 같았고 얼굴은 굴뚝에서 기어 나온 듯 새까맸다. 사내애인지 계집애인지 가늠할 수도 없었다. 아이는 누더기 같은 담요를 덮고 있었다. 지붕도 바람막이도 깜부기불도 없이 수많은 밤을 건너

온 난쟁이 부랑자 같았다.

소년은 손도끼로 아이의 어깨를 건드려보았다. 번쩍 눈을 뜬 아이는 눈자위를 희번덕거리며 소년을 훑어보았다. 소년을 응시하는 아이의 눈빛은 경계심으로 팽팽했다. 아이의 눈길은 자꾸만 소년의 손에 들린 손도끼로 향했다.

걱정 마. 널 해치진 않아. 이건 땔감을 만들 때 쓰는 거야.

소년은 손도끼를 카트에 내려놓으며 말했다.

아이는 더 이상 눈을 희번덕거리지 않았지만 경계의 빛은 여전했다.

혼자니? 왜 거기 들어가 있는 거야?

아이는 대꾸가 없었다.

내 말이 안 들려? 말할 줄 몰라?

아이에게서 반응이 없자 소년은 수화로 말을 걸어보았다. 슬기에게 그랬던 것처럼. 아이는 소년의 손짓을 멀뚱멀뚱 쳐다볼 뿐이었다. 낑낑거리는 소리가 다시 들렸다. 아이가 누더기 같은 담요를 걷자 어린 짐승이 머리를 내밀었다. 새끼 늑대였다. 털이 눈처럼 새하얀 새끼 늑대.

늑대가 털을 곤두세우며 으르렁거렸다. 소년은 흠칫 물러서다 카트에 부딪히며 풀썩 주저앉았다. 아이는 누리끼리한 이를 드러내며 소리 없이 웃었다. 아이가 목덜미를 긁어주자 늑대는 잠잠해졌다. 아이는 늑대를 품에 안고 누더기 담요를 망토처럼 걸친 채 장롱에서 빠져나왔다.

소년이 문짝을 뜯어 잘게 쪼개는 동안 아이는 쭈그려 앉은 채 잠자코 소년만 주시했다. 도끼질을 쉴 때마다 말을 걸어보았지만 아이는 번번이 침묵했다. 벙어리에 귀머거리인지도 몰랐다. 새끼 늑대는 아이가 제 어미라도 되는 양 품에 안겨 내내 온순했다.

장작을 카트에 가득 채운 소년이 밖으로 나오자 아이도 뒤를 따랐다.

따라오지 마.

소년이 돌아보며 소리쳤다.

아이는 흠칫 멈춰 섰다. 하지만 미끄럼틀 밑에서 돌아보았을 때도 아파트 출입구에서 돌아보았을 때도 아이는 지척에 얼어붙은 듯 서 있었다. 할아버지와 했던 '무궁화 꽃이 피었습니다' 놀이 같았다.

따라오지 말랬잖아.

소년이 다시 소리쳤다. 이번에도 아이는 고개를 떨어뜨릴 뿐 대꾸가 없었다. 대신 아이의 품에 안긴 늑대가 고개를 쳐들고 으르렁거렸다.

소년이 집 앞에 다다랐을 때도 아이는 졸졸 따라왔다. 소년이 노려보자 아이는 다시 고개를 떨어뜨렸다. 바닥에 떨어진 뭔가를 찾는 것처럼. 소년은 현관으로 들어온 뒤 문을 쾅 닫았다. 문밖에서 늑대가 캉캉 짖어댔다.

소년은 한쪽 굽을 잃은 낡은 구두 한 켤레를 신발장에서 꺼냈다. 엄마의 구두였다. 기억 속에서도 가물가물한 엄마의 유일한 흔적. 소년은 엄마의 얼굴도 목소리도 기억하지 못했다. 엄마에 관해 아는 것은 발 크기뿐이었다. 소년은 카트에 담아 온 구두에서 굽을 떼어내 엄마의 구두에 대보았다. 모양이 딱 떨어지지는 않지만 높이는 엇비슷했다. 소년은 깔창을 뜯어내고 잔못을 박아 굽을 새로 달았다. 깔창을 접착제로 다시 붙인 뒤 입김을 불어가며 구두를 정성껏 닦았다. 검정 가죽이 반질반질해질 때까지. 손질을 끝낸 구두를 종이 상자에 담아 신발장에 넣어두었다. 얼굴도 목소리도 모르지만 엄마를 알아보는 방법이 없지는 않았다. 구두를 신겨보면 될 일이었다. 진짜 엄마라면 발에 꼭 맞을 테니까.

소년은 난로에 불을 지피고 냄비에 물을 데워 학교에서 남겨 온 옥수수빵을 적셔 먹었다. 어디선가 늑대 울음이 날아왔다. 소년은 빵을 씹다 말고 귀를 쫑긋 세웠다. 늑대 울음은 문 앞에서 들려왔다. 소년은 자리에서 일어나 걸쇠를 채운 채 현관문을 빠끔히 열어보았다. 아이가 쭈그려 앉은 채 이를 딱딱거리며 떨고 있었다. 소년은 걸쇠를 풀고 문을 열었다.

아이는 난로 곁에 바짝 붙어 앉아서도 바들바들 떨었다. 소년은 장작을 더 올렸다. 아이의 품에 안긴 늑대는 불꽃을 노려보며 으르렁거렸다. 소년은 빵을 다시 먹기 시작했다. 아이는 빵을 빤히 쳐다보았다. 소년은 빵을 반으로 나눠 아이에게 내밀었다. 아이는 빵 조각을 냉큼 채갔다. 아이는 반을 떼어내 늑대에게 먹이더니 나머지를 한입에 삼켰다. 아이가 캑캑거리자 소년은 따뜻한 물이 담긴 머그잔을 건넸다. 아이는 오므린 손바닥에 물을 붓고 늑대의 코앞에 들이밀었다. 늑대는 아이의 우묵한 손바닥에 고인 물을 핥았다. 물이 바닥난 뒤에도 한참 핥았다. 아이는 손바닥에 물을 더 붓고 머그잔을 제 입에 가져갔다. 아이의 배에서 꼬르륵 소리가 났다.

소년은 감자 두 알을 난롯불에 구워 한 개는 아이에게 주었다. 이번에도 아이는 늑대에게 먹이고 나서야 제 몫을 챙겼다. 소년은 신기하다는 듯 아이를 바라보았다. 멀리서 늑대 울음이 들리면 새끼 늑대는 움찔거렸고 그때마다 아이는 늑대의 머리며 귀며 목덜미를 긁어주었다. 소년은 무릎걸음으로 소파 쪽에 가 흘러내린 담요를 추켜올리며 말했다.

할아버지 안녕히 주무세요.

잠을 청하려 바닥에 누운 소년은 바지 지퍼를 내리는 손길에 눈을 떴다. 아이가 지퍼 사이로 손을 넣어 소년의 성기를 쥐더니 입을 들이댔다.

무슨 짓이야?

소년은 아이를 밀어내며 소리쳤다.

아이는 영문을 모르겠다는 표정으로 소년을 쳐다보았다.

한 번 더 이러면 쫓아낼 테야.

소년이 손짓으로 경고했지만 아이는 눈만 껌벅거릴 뿐이었다.

발목을 조여오는 한기에 눈을 뜬 소년은 난로에 장작을 얹은 뒤 소파 쪽을 돌아보았다. 할아버지는 소파에 누워 자고 있었다. 아이와 늑대는 보이지 않았다. 집 안 구석구석을 살펴보았지만 흔적도 없었다. 소년은 싱크대 아래에 넣어둔 사과 박스를 확인해보았다. 서른두 개. 감자는 그대로였다.

소년은 외투를 걸치고 스키용 마스크와 고글을 착용한 뒤 배낭을 메고 현관문 앞에 섰다. 못 보던 신발이 놓여 있었다. 때에 전 작은 부츠. 소년은 안방으로 돌아가 장롱 문을 열어보았다. 아이가 누더기 담요를 덮고 구석에 쭈그린 채 졸고 있었다. 늑대를 꼭 품고서.

학교에 도착하자마자 소년은 교사용 화장실에 들어가 세수를 하고 속옷을 빨고 물통 가득 물을 담았다. 담배꽁초는 찾지 못했다. 수업 시간에는 공룡을 그렸다. 이제 호루라기의 값어치는 옥수수빵 아홉 개로 뛰었다. 흔들리는 마음을 다잡기 위해 소년은 이를 악물었다. 버틸 때까지 버티기로 했다. 급식으로 나온 옥수수빵을 3분의 1만 먹고 배낭에 넣었다.

급식 시간이 끝날 때쯤 밖이 캄캄해지더니 눈보라가 휘몰아쳤다. 눈발이 소용돌이치며 시커먼 동공으로 빨려 들어갔고 바람이 창을 흔들며 울부짖었다. 울음을 터뜨리는 애도 있었다. 마지막 수업 때까지도 눈보라는 잦아들지 않았다. 학부모들이 다투어 학교로 몰려들었다. 겁에 질린 부모들이 더 겁에 질린 아이들을 창백하게 무너져 내리는 검은 허방 너머로 데려갔다.

소년은 등교 때와 마찬가지로 털모자를 쓰고 스키용 고글과 마스크를 착용한 뒤 손잡이를 떼어낸 배드민턴 라켓을 신발 바닥에 장착했다. 등굣길과 다른 것도 있었다. 과학실에서 슬쩍한 꼬마전구에 고무줄을 달아 머리에 둘렀다. 소년은 꼬마전구의 불빛에 의지한 채 눈보라의 어둠을 더듬더듬 헤쳐나갔다. 물푸레나무 마을을 지나 버드나무 마을을 끼고 느티나무 마을을 에 두른 뒤 벚나무 마을을 가로지르고 커다란 인공 호수를 건너면 집이었다. 세상을 무너뜨릴 것 같은 눈보라도 한 치 앞의 시야마저 집어삼킨 암흑도 두렵지 않았다. 다만 옥상에 깔아놓은 비닐이 날아갈까 걱정이었다. 눈보라가 내일 아침까지 계속돼 휴교령이 내려질까 겁났다. 바람이 거세 몸이 날아갈 것 같았다. 소년은 돌멩이가 보일 때마다 배낭에 담았다. 어디선가 사이렌소리가 들려왔다.

소년이 아이를 발견한 것은 느티나무 마을 어귀에 당도했을 때였다. 눈보라는 한풀 꺾여 몸을 웅크리지 않고도 걸을 수 있었다. 아이는 아파트 단지 담벼락 밑에 쭈그린 채 누더기 담요를 뒤집어쓰고 있었다. 늑대 울음이 아니었다면 쓰레기 더미인줄 알고 지나칠 뻔했다.

여기서 뭐 하는 거야? 왜 여기까지 온 거야?

소년이 수화로 물었지만 아이는 손가락만 빨았다.

소년은 배낭에서 옥수수빵 조각을 꺼내 아이에게 건넸다. 아이는 반을 떼어 늑대에게 먹이고 나머지를 제 입안에 밀어 넣었다. 소년은 물통도 건넸다. 아이는 늑대의 목을 축이고 나서 물을 마셨다. 아이는 물통을 돌려준 뒤 소년의 바지 지퍼를 내렸다.

이러지 말라고 했잖아.

소년은 아이를 밀어내며 소리쳤다.

소년의 외침이 바람에 묻혔다. 소년은 지퍼를 올렸다. 아이가 목에 걸고 있던 목걸이를 소년에게 걸어주었다. 십자가가 달린 은목걸이였다.

소년은 걸음을 재촉했다. 아파트 옥상이 눈에 밟혔다. 아이는 소년의 발자국만 밟으며 뒤를 따랐다.

인공 호수에 도착했을 때 눈보라가 멎었다. 다행이었다. 내일도 학교에 갈 수 있었다. 얼어붙은 호수 한복판에서 소년은 문득 뒤를 돌아보았다. 아이는 대여섯 걸음 떨어진 곳에 쭈그려 앉아 오줌을 누고 있었다. 소년은 헛기침을 하며 황망히 고개를 돌렸다. 아이가 따라붙을 때까지 기다렸다가 다시 걷기 시작했다.

학교 다녀왔습니다.

소년은 현관문을 열며 소리쳤다.

안방에서는 대꾸가 없었다. 할아버지는 소파에 누워 눈을 붙이고 있을 터였다. 소년은 플라스틱 삽을 들고 옥상으로 올라갔다. 아이는 늑대를 품에 안은 채 졸졸 따라왔다. 옥상에는 눈이 수북이 쌓여 있었다. 안방 크기만큼의 바닥도, 바닥에 깐 비닐도, 비닐 위에 올려놓은 돌도 보이지 않았다. 소년은 비닐을 깔아둔 자리에 쌓인 눈을 파냈다. 비닐은 그대로였다.

소년은 다시 눈을 치우기 시작했다. 노래도 흥얼거렸다. 곰 세마리가 한집에 있어 아빠 곰, 엄마 곰, 아기 곰. 아빠 곰은 뚱뚱해, 엄마 곰은 날씬해, 아기 곰은 아이 귀여워. 으쓱으쓱 잘한다.

소년은 팔을 놀리지 못할 때까지 눈을 치웠다. 안방 크기만큼의 바닥이 다시 모습을 드러냈다. 아이는 그새 제 키만큼의 눈사람을 만들었다. 소년은 눈사람이 처음이었다. 눈은 치우거나 피하거나 녹여야 할 무엇이었다.

소년은 눈사람의 얼굴에 검은 돌멩이 두 개를 나란히 박아 넣었다. 담배꽁초도 입술께 꽂았다. 아이가 박수를 쳤다.

지척의 어둠에서 늑대 울음이 날아들었다. 집으로 돌아갈 시간이었다. 아이는 자꾸만 눈사람 쪽을 돌아보았다. 소년도 뒤를 돌아보았다. 눈사람의 눈동자가 어둠에 묻혀 보이지 않았다. 소년은 눈사람에게 돌아갔다. 꼬마전구를 눈사람의 머리에 끼워주고 담배꽁초에 불도 붙여주었다. 아이가 박수를 쳤다. 눈사람의 이마와 입에서 불이 반짝였다.

소년은 감자 세 알을 구워 아이에게 두 개를 줬다. 아이는 늑대에게 한 알을 먹이고 나서 나머지 한 알에 입을 댔다. 소년은 감자 한 알을 오래오래 먹었고 데운 물을 아이와 늑대와 나눠 마신 뒤 난롯불에 장작을 듬뿍 올렸다.

안녕히 주무세요.

소년은 소파에 누운 할아버지의 가슴께로 담요를 끌어 올리며 말했다.

소년은 난롯가에 드러눕고 담요를 덮었다.

아저씨.

아이가 말했다.

아이는 벙어리가 아니었다. 소년은 일어나 앉았다.

말할 줄 아는구나!

엄마가 낯선 사람하고는 말하지 말랬어요.

엄마는 어디 있니?

얼어 죽었어요.

아빠는?

아빠도. 근데 아저씨……

뭐?

아저씨는 왜 자꾸 해골한테 얘기해요?

아저씨가 아니라 오빠야.

왜 해골한테 얘기해요?

소년은 아이를 물끄러미 바라보았다. 아이의 얼굴 위로 불꽃이 어른거렸다. 아이의 눈동자는 새까만 구슬 같았다. 소년은 아이의 눈동자를 들여다보았다. 거기 비쩍 마르고 땟국에 전 쭈글쭈글한 얼굴이 데꾼한 눈을 깜박이고 있었다.

늦대, 아니 낯선 사람을 만나면 불어. 먹을 걸 준다고 꼬드겨
도 절대 따라가면 안 돼.

소년은 호루라기를 아이의 목에 걸어주며 말했다.

아저씨.

그만 자. 아저씨, 아니 오빠는 새벽에 일어나 학교에 가야 해.

소년은 담요를 머리끝까지 뒤집어쓰고 누웠다. 눈을 질끈 감
은 채 옥상을 지키고 있을 눈사람과 사과 박스에 담긴 감자의
개수와 다가올 방학을 생각했다. 눈사람 이마의 꼬마전구는 하
룻밤의 어둠도 견디지 못할 테고 감자는 하루를 한 알씩으로 버
텨도 방학을 나기에 턱없이 부족했다. 그리고 방학은 열흘 뒤였
다. 하지만 지나간 마흔여덟 번의 방학에 그러했듯 얼어 죽지
도 굶어 죽지도 않을 것이다. 그럴 것이다. 엄마가 돌아오기 전
까지는. 눈이 녹고 꽃이 펴 엄마가 돌아오기 전까지는. 그때까
지는 할아버지가 죽는 일도 없으리라. 할아버지가 죽으면 아파
트를 지킬 수 없을 테고 아파트를 지키지 못하면 눈이 녹고 꽃
이 펴 엄마가 돌아와도 말짱 도루묵일 테니. 방학을 무사히 나
면 다시 학교에 갈 수 있겠지. 버려진 아파트 숲을 빠져나가 꽝
꽝 얼어붙은 인공 호수를 건너고 나무 이름의 단지들을 지나 등
교할 것이다. 학교에 가서 따끈한 물에 세수도 하고 머리도 감
고 담배꽁초도 챙기고 공룡을 그리며 급식 시간을 손꼽아 기다
릴 것이다. 공룡이 멸종한 진짜 이유를 알 것도 같았다. 혜성 때
문도 추위 때문도 아니었다. 공룡에게는 학교가 없었던 것이다.

곁에서 새근거리는 소리가 들려왔다. 아이의 숨소리인지 늑대의 숨소리인지 알 수 없었다. 탁탁, 불똥 튀는 소리도 들렸다. 이제 그것은 소년이 세상에서 두번째로 좋아하는 소리였다.

인생은
아름다워

그가 자살면허를 따기로 결심한 것은 40년 지기의 문상을 다
녀온 뒤였다. 두번째 근무지에서 국어를 가르치던 친구였다. 전
교생이 모두 불알친구인, 백두산 자락의 중학교였다. 부고를 전
한 이는 역시 그곳에서 영어를 가르치던 친구였다. 월급날 저녁
마다 숙직실에 모여 포커를 치던 다섯 명 중 남은 멤버는 이제
둘뿐이었다. 과학을 가르치던 이는 5년 전 교통사고로, 사회를
가르치던 이는 재작년 간암으로 세상을 떴다.

  부고를 알리는 전화가 걸려왔을 때 그는 인기 절정의 베트남
드라마를 보고 있었다. 불치병에 걸린 것을 알게 된 날 여주인공
은 사랑하는 남자한테서 프러포즈를 받는다. 남자가 말했다. 당
신을 놓치면 평생 후회할 것 같아. 백발이 되어 벤치에 나란히
앉아 노을을 보며 당신에게 속삭이고 싶어. 인생은 아름답다고.

그는 티슈로 눈가를 찍으며 전화를 받았다. 아내의 장례식 때도 눈물을 비치지 않아 처가 쪽 사람들에게 매정하다는 빈축을 산 그였지만 장례를 치르고 집으로 돌아와 멍하니 드라마를 보다 울음을 터뜨리고 말았다. 후회스러운 순간들이 뇌리를 스쳤다. 술집 여자와의 하룻밤, 첫째 낳을 때 밤샘 포커로 곁을 비운 것, 해외여행 가자는 말에 버럭 화낸 것…… 가장 마음에 걸린 것은 코를 골 때마다 귀를 잡아당긴 일이었다.

국어가 갔네.

그는 리모컨의 음소거 버튼을 눌렀다. 말문이 막힌 건 텔레비전만이 아니었다. 숱한 부고를 접했지만 죽음은 여전히 낯설고 불편했다. 조용하기는 수화기 저쪽도 마찬가지였다. 언제부턴가 적막은 그에게 죄책감을 부추겼다. 국어가 그랬던가. 밑도 끝도 없이 누군가에게 사과하고 싶어지면 갈 날이 머지않은 거라고.

그가 국어를 마지막으로 본 것은 올봄이었다. 모래바람을 뚫고 연변의 요양원으로 면회 갔었다. 기억력이 비상해 컴퓨터라 불리던 국어는 40년 지기도 못 알아볼 만큼 망가져 있었다. 나이를 먹으면 애로 돌아간다더니, 기저귀를 찬 채 막대사탕을 빠는 꼴이 영락없는 갓난애였다. 그는 영어의 소매를 잡아당기며 부랴부랴 요양원을 빠져나왔다. 국경을 넘은 김에 싸게 전립선 수술을 받으려던 계획도 접고 압록강을 건너는 기차에 황망히 몸을 실었다.

서울로 돌아오는 내내 그는 입을 굳게 다물었다. 국어의 처참한 몰골이 차창에서 지워지지 않았다. 남의 일이 아니었다. 오줌을 눌 때마다 칼로 찌르는 듯한 고통에 시달리던 그였다. 고통은 어떻게든 견딜 수 있지만 제 몸조차 뜻대로 가누지 못하는 상황은 상상만으로도 끔찍했다. 기저귀를 찬 자신의 모습을 그려보다 그는 머리를 세차게 저었다. 남들에게 절대로 보이고 싶지 않은 꼴이었다. 기저귀를 차느니 차라리 목숨을 끊는 게 나았다. 그는 자살면허를 떠올렸다. 이를테면 자살면허는 최후의 노후 대책인 셈이었다.

노후 대책이라는 말만 들어도 그는 가슴에서 연기가 피어올랐다. 자식 셋을 세계 유수의 대학에 보내느라 등골이 휘었다. 첫째는 예일대 판문점 캠퍼스, 둘째는 스탠퍼드대 횡성 캠퍼스, 셋째는 베이징대 이천 캠퍼스. 애국하는 마음으로 셋을 낳아 길렀지만 역시 무리였다. 이런저런 빚을 갚고 나니 퇴직금은 달랑 쥐꼬리만큼 남았다. 아내는 여생을 어찌 사느냐고 한탄하더니 해외여행을 위해 부은 곗돈을 타기 두 달 전 뇌졸중으로 쓰러지고 말았다. 둘째네 부엌에서였고 젖병을 쥔 채였다. 결국 집마저도 아내의 병원비로 홀라당 날아갔다.

아내와 해외여행 한 번 가지 못한 게 마음에 걸렸다. 그는 공항 쪽이라면 오줌도 누지 않았다. 고소공포증 때문이었다. 아내가 해외여행의 '해' 자라도 내비치면 돈이 썩어나느냐고 역정부터 냈다. 비행기를 두려워한다는 사실을 들키고 싶지 않았다.

그가 자살면허를 따기로 마음을 굳힌 것은 국어의 장례식장에서였다. 상주인 국어의 외동아들은 아버지의 친구들이 조문온 줄도 모른 채 손바닥 위에 생성시킨 가상화면만 들여다보고 있었다. 손바닥에 유심 칩을 이식해야 쓸 수 있다는 사이버폰인가 뭔가 하는 물건이었다. 그는 사이버폰의 화면을 넘겨보았다. 깨알 같은 숫자, 빨간 화살표, 파란 화살표 들. 상주는 아비의 영정 앞에서 주가를 체크하고 있었다.

그는 육개장을 몇 술 뜨다 말고 자리에서 일어섰다.

벌써 가게?

영어가 마른 오징어를 우물거리며 물었다.

화장실.

또?

영어가 이마를 찌푸렸다.

그는 끙, 소리를 내뱉으며 변기에 걸터앉았다. 소변을 볼 때도 좌변기를 고집하는 건 오랜 버릇이었다. 곁에 누가 있으면 당최 오줌을 눌 수 없었다. '그때' 이후 생긴 버릇이었다.

아랫도리 깊은 곳에서 묵직한 수압이 느껴졌지만 당최 기별이 없었다. 그는 오줌에 대한 생각을 떨쳐버리기 위해 애썼다. 오줌에 대해 생각할수록 오줌은 몸 깊숙이 꼭꼭 숨어버렸다. 신문이라도 있으면 좋으련만. 그는 화장실 문에 덕지덕지 붙은 광고 스티커를 읽어나갔다.

천리마 퀵서비스, 지문 사고팝니다, 반려동물 담보 대출 최대 30만 위안까지, 담대한 문제 해결! 대포동 심부름센타, 우루과이 신랑 — 절대 한눈팔지 않습니다……

그의 눈길을 사로잡은 것은 맨 아래 붙어 있는 스티커였다. 강북 최고의 합격률, 솔로몬 자살면허 전문 학원. 백발 노인이 아이처럼 환하게 웃고 있는 사진 밑에 이런 문구가 적혀 있다. 역대 최고령 합격에 빛나는 원장의 생생한 직강.

솔로몬 자살면허 전문 학원은 파고다 파크 애비뉴의 한 3층 건물을 통째로 쓰고 있었다. 1층은 사무실, 2층은 강의실, 3층은 실습실이었다. 실습실? 그는 건물 입구에 붙은 안내판을 보며 고개를 갸우뚱했다. 자살을 실습한다는 것인가? 자살에 성공하면 자살면허는 어찌 딸까? 그는 자신의 질문이 우스웠다. 실패한 자살은 처벌하지 않지만 성공한 자살은 처벌한다는 게 '자살면허에 관한 특별법'의 취지였다. 자살면허를 취득하지 않은 자가 자살하면 유족들에게 막대한 자살세를 물었고 사돈의 팔촌까지 공무담임권을 박탈했다. 죽으면서까지 자식들에게 원성을 살 수는 없었다. 6년째 공무원 시험에 매달리고 있는 막내가 특히 눈에 밟혔다.

스무 평 남짓한 사무실은 발 디딜 틈이 없었다. 짐작과 달리 새파란 애들 천지여서 노인이라고는 눈 씻고 찾아봐도 없었다. 못 올 데라도 온 기분이었다. 이럴 줄 알았으면 영어를 꼬드겨 함께 올걸. 하긴, 연금 쓰는 재미에 자살은 꿈도 꾸지 않을 테지. 연금만 생각하면 머리꼭지가 뜨거워졌다. 연금을 포기하고 일시불로 받은 것은 빚을 갚기 위해서였다.

그는 번호표를 뽑은 뒤 대기석에 앉아 손부채를 부쳤다.

214번!

자신을 부르는 소리에 그는 화들짝 눈을 떴다. 그새 잠든 모양이었다. 등만 대면 꾸벅꾸벅 졸게 된 것은 밤새 화장실을 들락거리면서부터였다. 찔끔찔끔 나오는 오줌 때문에 도통 잠을 이룰 수 없었다. 병원에서 처방해준 약은 처음에만 효과가 있을 뿐이었다. 계속 차도가 없으면 수술을 해야 한다고 했다. 의사가 말하는 수술이란 게 얄궂었다. 전기루폰가 뭔가를 요도에 집어넣어 비대해진 전립선 조직을 태워야 한다는 것이었다. 하느님 맙소사, 거시기에 불 꼬챙이를 집어넣다니. 의사는 더 망측한 소리를 늘어놓았다. 그 수술이 효과는 좋은데 부작용이 있습니다. 정액이 음경으로 발사되지 않고 방광으로 흘러 들어갑니다. 역주행이죠. 뭐, 그러실 일도 없으시겠지만. 그날로 그는 다른 병원을 알아보았다.

의사가 못마땅해 병원을 갈아치울 수 있던 시절은 그나마 좋았다. 맞춤형 의료서비스 시행 후로는 의사 얼굴 보기가 하늘의 별 따기였다. 장기(臟器) 역모기지론, 그러니까 장기를 저당 잡히고 은행에서 다달이 받는 돈으로는 병원 문턱조차 넘을 수 없었다. 병원에 발길 끊은 지 벌써 2년째였다. 사흘 전부터 오줌에 피가 섞여 나왔다. 돈도 돈이지만, 전립선암이라는 소리라도 들을까 봐 병원 갈 엄두가 안 났다.

할머니, 제 번호예요.

내 번호가 지나갔어, 우리 진숙이 산책시키고 오는 사이에.

그래도 새치기하시면 안 되죠, 할머니.

한 번만 봐줘요. 우리 진숙이 병원 갈 시간이 다 되어서 더 기다릴 수 없어요.

옆 창구 앞에서 흰 털이 복슬복슬한 개를 안은 할머니와 손녀뻘 되는 애가 옥신각신하고 있었다.

그건 할머니 사정이죠. 나도 한 시간 넘게 기다렸다고요.

여자애가 목소리를 높였다.

여자애의 뒤에 서 있는 젊은 애들도 할머니가 못마땅한 눈초리였다. 할머니는 울음이라도 터뜨릴 것 같은 얼굴이었다. 눈썹은 짙고 눈매는 다소곳했다. 그가 어릴 적 열광했던 홍콩 배우가 한창때 자살하지 않고 나이를 먹었다면 꼭 그런 얼굴일 성싶었다.

이쪽으로 오세요.

그가 할머니에게 손짓하며 말했다.

그는 자기 말고도 노인이 있다는 사실이 반가웠다. 할머니가 쭈뼛거리며 다가왔다. 여느 할머니들과 달리 상큼한 냄새가 났다.

진숙아 고맙습니다, 해야지.

털북숭이 개는 더위에 지친 듯 축 늘어져 있었다.

이런 애가 아닌데, 많이 힘든가 봐요.

할머니가 근심 어린 얼굴로 말했다.

할머니는 등록을 마친 뒤에도 개에게 인사를 시켰지만 털북숭이 개는 반응이 없었다.

인사성이 바른 아인데……

괜찮습니다. 여름이 간 줄 알았는데 푹푹 찌네요.

그가 손사래를 치며 말했다.

험한 꼴과는 담 쌓고 산 인생 같은데 자살면허는 왜 따려는 것일까. 출입문으로 향하는 할머니의 뒷모습을 그는 아득한 눈길로 바라보았다.

어떻게 오셨어요?

분홍색 유니폼을 입은 젊은 여자가 물었다.

아, 면허를 따러 왔소.

몇 종이요?

몇 종이라니?

1종이에요, 2종이에요?

1종은 뭐고 2종은 뭐요?

1종은 동반자살을 할 수 있는 면허예요. 2종보다 더 어려워요.

2종으로 하겠소.

학원비는 엄청 비쌌다. 장기를 저당 잡혀 받는 돈으로 근근이 목구멍의 거미줄을 걷어내는 그에게는 살인적인 액수였다. 소양 교육 수강비만도 한 달 생활비를 웃돌았지만 법정 교육 시간을 이수해야 필기시험에 응시할 수 있었다. 실기 교육 수강비는 두 달치 생활비와 맞먹었다. 역시 법정 교육 시간을 이수해야 실기 시험에 응시할 수 있었다. 다행히 하나뿐인 카드가 학원과 제휴를 맺은 회사의 것이어서 6개월 무이자 할부로 소양 교육 수강비를 결제할 수 있었다.

본래 이렇게 젊은이들만 많소?

그가 영수증을 챙기며 물었다.

방학이잖아요.

안내판을 보니 3층은 실습실이던데 대체 무슨 실습을 어떻게 하는 거요?

필기시험에 붙고 올라가보시면 알게 될 거예요.

필기시험에 붙어야 올라갈 수 있소?

아무나 못 들어가요. 아이디 카드에 수강 내역부터 시험 결과까지 다 입력돼서 필기 합격자의 엄지손가락으로만 문을 열 수 있어요.

엄지손가락?

네, 오른손 엄지를 저기에 올리세요.

아이디 카드 발급과 경찰청 등록을 위해 지문을 컴퓨터에 입력해야 한다는 것이었다. 전과자라도 된 것처럼 께름칙했지만 어쩔 수 없었다.

수강 날짜와 시간은 어떻게 하시겠어요?

마음대로 정할 수 있소?

소양 교육은 하루에 두 시간씩, 엿새에 걸쳐 원하는 날짜와 시간에 들을 수 있어요.

앞의 분과 같은 시간으로 잡아주시오.

문제집은 안 필요하세요?

문제집?

기출 문제집, 예상 문제집, 적중 문제집이 있어요.

기출 문제집 하나 줘요.

그는 밖으로 나와서 건물을 올려다보았다. 3층만 검은 커튼이 드리워져 있었다. 그는 휴대폰으로 인터넷에 접속해 자살실기시험,이라고 입력했다. 금칙어가 포함된 문자열이라는 메시지가 뜨더니 두 번 더 금칙어를 입력하면 접속이 끊길 거라는 경고가 이어졌다. 그는 입맛을 쓰게 다신 뒤 기출 문제집을 돌돌 말아서 벗어 든 점퍼 안주머니에 쑤셔 넣었다.

그는 맨 먼저 강의실에 들어섰다. 강의 시간이 가까워옴에 따라 수강생이 속속 들어찼다. 모두 젊은 애들이었고 약속이라도 한 것처럼 그에게서 멀찌감치 떨어져 앉았다. 빈자리가 보이지 않을 때까지도 그의 옆자리는 주인을 찾지 못했다. 왕년의 홍콩 배우를 닮은 할머니는 나타나지 않았다. 젊은 애들이 덥석 앉지 않아서 다행이다 싶으면서도 은근히 부아가 치밀었다. 늙은 게 죄지. 자리를 박차고 나가고 싶은 마음이 굴뚝같았지만 칠판 위에 걸린 액자 속 원훈을 되새기며 꾹 눌러앉았다.

이 또한 지나가리니.

젊은 애들은 자리에 앉자마자 문제집을 펼치고 밑줄까지 그어가며 공부에 열을 올렸다. 그도 기출 문제집을 펼쳤다.

다음 중 서울~개성 간 고속도로에서 포클레인의 법정 최고 속도는?

① 50km/h ② 60km/h ③ 70km/h ④ 80km/h ⑤ 90km/h

맨 앞장을 확인해보았지만 자살면허시험 기출 문제집이 분명했다. 다음 문제도 수상쩍기는 마찬가지였다.

다음 중 달에 발을 디디지 않은 사람은?

① 앨런 빈 ② 앨프리드 보든 ③ 찰스 듀크 ④ 진 서넌 ⑤ 찰스 콘래드

그는 어안이 벙벙했다. 달에 착륙한 우주인이 많아서 놀랐고, 자신이 알고 있는 유일한 이름이 보기에 없어서 놀랐고, 이런 문제 50개 중 40개 이상을 맞춰야 합격이라는 사실에 또 놀랐다. 2종 면허는 그나마 사정이 나았다. 1종은 45개 이상을 맞춰야 했다. 그런데 이것들이 자살과 대체 무슨 상관이람? 상대의 패를 가늠하기 위해 미간에 힘을 줬던 저 수많은 밤처럼 그는 정신을 집중하려고 애썼다. 국가가 시행하는 시험이 아닌가. 자살과 무관할 리 없었다. 젊은 애들은 너나없이 진지한 얼굴로 문제집과 씨름하고 있었다. 의혹의 빛이라고는 찾아볼 수 없었다. 그도 문제집을 뚫어져라 들여다보았다. 젊은 애들한테 질

수 없다는 투지를 불태우면서.

왕년의 홍콩 배우를 닮은 할머니가 옆자리에 앉은 것은 젊은 애들에게 질 수 없다는 투지가 피로와 졸음으로 한풀 꺾일 무렵이었다. 꿈결처럼 아련한 향기에 그는 눈을 떴다. 어쩌면 졸고 있었는지도 몰랐다. 요즘은 졸고서도 졸았다는 사실을 깜박했다. 깜박깜박 전기가 나가는 기분이었다. 이러다 영영 정전이 되는 거겠지. 그는 손등으로 입가를 훔쳤다. 다행히 침은 흘리지 않았다.

어머, 선생님도 이 시간이세요?

할머니가 눈웃음을 지으며 말했다.

제가 교편을 잡았던 걸 어떻게 아셨어요?

그가 놀라는 시늉을 하며 능청스럽게 반문했다.

네? 아!

할머니가 손으로 입을 가리며 웃었다. 봄볕처럼 따스한 웃음에 힘입어 그는 과감하게 통성명을 청했고 할머니, 아니 김 여사가 결혼한 적이 없다는 사실까지 알게 되었다.

아가야 미안. 엄마 공부해야 하니까 얌전히 있으렴.

김 여사는 들고 있던 휴대용 플라스틱 개집을 바닥에 내려놓고 털북숭이 개를 집어넣었다. 김 여사는 수업 중에도 개에게 별 탈이 없는지 수시로 확인했다. 어차피 강의는 귀담아들을 게 별로 없었다. 이마가 벗겨진 중년의 강사는 자살면허에 관한 특별법의 취지문에 대해 장황하게 설명한 뒤 큰 소리로 복창하게 했다. '본 법은 선진 조국 창조의 역사적 과업을 조속히 완수하고'로 시작해서 '소중한 국민의 생명을 보호하고 사회경제적 손실을 미연에 방지하기 위한 것이다'로 끝나는 취지문을 두 시간 내내 거듭 복창해야 했다. 매년 두세 문제씩 출제되니 전문을 두 눈 딱 감고 외우라는 것이었다. 그는 기출 문제집 표지에 메모했다. 두 눈 딱 감고.

자살면허를 떠올린 뒤로 그는 자살 방법을 심각하게 고민했다. 빌딩 옥상에서 뛰어내릴까? 투신하는 사람은 머리가 깨지기 전에 심장마비로 죽는다고 했다. 심장이 멎는 것도 모자라 머리마저 박살나다니. 두 번 죽는 셈이었다. 게다가 생계비 대출을 위해 저당 잡힌 장기가 훼손될 위험이 컸다. 해마다 그의 장기에 대한 감정평가액이 줄어드는 판이었다. 장기가 망가진다면 그간 당겨쓴 돈을 이자까지 쳐서 자식들이 토해내야 했다. 제 입에 풀칠하기 급급한 녀석들이었다. 한 재산 물려주지는 못할망정 빚을 떠안길 수는 없었다. 한강에 뛰어들까? 그는 물이라면 질색이어서 수영복을 입어본 적조차 없었다. 역시 장기 파열의 위험이 농후했다. 목을 맬까? 교수형 당하는 죄수들은 죽는 순간 사정한다던데. 마지막이 남세스러웠다. 손목을 그을까? 더운 물에 몸을 담그면 피가 순식간에 빠져나간다고 했다. 하지만 그가 얹혀살고 있는 셋째의 원룸에는 욕조가 없었다. 좌고우면 끝에 그가 점찍은 것은 수면제였다. 기차 화통을 삶아먹은 것처럼 코를 곤다고 타박하면 아내는 이렇게 응수하곤 했다.

당신은 시체처럼 잔다고요. 잠에서 깨어나지 않는 것이라고 생각하면 죽음이 그다지 두렵지 않았다.

두번째 수업 때도 그는 누구보다 먼저 강의실에 도착했고 강의실이 꽉 차도록 옆자리는 비어 있었고 김 여사는 수업이 시작될 즈음에야 털북숭이 개를 안고 나타났다.

수업이 시작되자 젊은 여자가 단상에 올랐다. 철학 박사라고 했다. 쇼펜하우어 철학의 허무주의에 나타난 도교적 영향에 관한 연구. 그녀의 박사학위 논문 제목이었다. 강사는 표상이니, 이데아니, 무워니 하는 난해한 말로 자살의 철학적 의미에 대해 속사포처럼 설명했다. 내용이 어려워진다 싶으면 말은 더 빨라졌다. 핵심만 외우는 수밖에 없었다. 두 눈 딱 감고서.

강사의 설명은 요령부득이었지만 쇼펜하우어의 말은 알아들을 만했다. 자살을 '강추'했지만 이발사의 면도칼이 무서워 평생 이발소를 멀리했다는 일화에는 입꼬리가 절로 올라갔고 인생은 희망의 조롱을 받으며 죽음의 팔에 안겨 추는 춤에 불과하다는 일갈에는 고개가 절로 끄덕여졌다. 강사의 말을, 정확히 말하자면 강사가 주워섬기는 쇼펜하우어의 말을 받아적느라 그는 손에 쥐가 날 지경이었지만 김 여사는 손가락 하나 까딱하지 않았다.

필기 안 하세요?

그의 물음에 김 여사는 수줍게 미소를 짓더니 손바닥에 활

성화시킨 사이버폰의 버튼을 눌렀다. 강사의 형상이 3차원 홀로그램으로 생성되었다. 반갑습니다. 저는 쇼펜하우어 철학의 허무주의에 나타난 도교적 영향에 대한 연구로 박사학위를 받은…… 강의를 녹화한 홀로그램이었다. 그는 엄지손가락을 치켜들었다. 젊은 애들이 그러는 것처럼, 시크하게.

할머니, 녹화하시면 안 돼요. 강의에 대한 저작권을 침해하시는 거예요.

김 여사는 얼굴을 붉히며 사이버폰을 껐다. 강의실 곳곳에서 부스럭거리는 소리가 들렸다. 강의를 녹화하던 사람이 김 여사만은 아닌 모양이었다.

사이버폰을 끄고 케이스를 착용하거나 칩이 이식된 손을 주머니에 넣으세요. 녹화하다 적발되면 강의실에서 쫓겨납니다.

강사가 단호하게 말했다.

김 여사는 유심 칩이 이식된 손에 손가락 끝 부분이 없는 실크 장갑을 꼈다. 젊은 애들도 색깔이나 재질은 달라도 생김새는 비슷한 장갑을 한쪽 손에 끼거나 주머니에 손을 집어넣었다. 필기하던 사람은 자기뿐인 것 같아 그는 우울해졌다.

강의가 끝난 뒤 그는 사무실에 들러 문제집을 구입했다. 예상 문제집과 적중 문제집 모두. 당분간 담배를 하루 반 갑으로 줄여야겠다고 다짐하면서.

세번째도, 네번째도, 다섯번째도 강의실 풍경은 크게 다르지 않았다. 그는 맨 먼저 강의실에 들어섰고 강의실이 꽉 차도록 그의 옆자리는 주인을 찾지 못했고 수업이 시작될 즈음에야 김 여사가 털북숭이 개를 안고 나타나 유일하게 남은 자리에 앉았다. 그리고 각 분야의 전문가가 자살에 대해 전문적으로 강의했다. 신학자, 법의학자, 경제학자가 자살의 종교적, 법의학적, 경제적 의미에 대해 종교적으로, 법의학적으로, 경제적으로 설명했다. 전공 분야는 달랐지만 마무리는 한결같았다. 걱정 붙들어매세요, 문제집에 다 나와 있으니까. 김 여사가 선택의 여지가 없어서 옆자리에 앉는지 궁금했지만 묻지 않았다.

여섯번째, 그러니까 마지막 강의 날 그는 여느 때와 달리 강의가 시작될 즈음에야 학원에 도착했다. 버스에서 깜박 잠들어 종점까지 가고 만 것이다. 헐레벌떡 강의실에 들어가니 빈 곳은 김 여사의 옆자리뿐이었다.

늦으셨네요.

김 여사가 반색하며 말했다.

차가 밀려서.

그가 머리를 긁적이며 대꾸했다.

김 여사의 옆자리에 떡 하고 놓인 휴대용 개집을 발견한 그의 얼굴이 환해졌다. 털북숭이 개는 졸고 있는 것 같기도 하고 아닌 것 같기도 했다.

아, 내 정신 좀 봐.

김 여사가 얼굴을 붉히며 휴대용 개집을 바닥에 내려놓았다.

진숙이는 오늘도 얌전하네요.

그가 웃으며 말했다.

많이 아파요.

김 여사의 얼굴에 그늘이 졌다. 표정이 너무 어두워 어디가 아프냐는 말이 목구멍에 걸렸다.

마지막 강사는 원장이었다. 혈색이 좋고 활력이 넘치는 게 사진보다 젊어 보였다. 자살면허 소지자를 눈앞에서 보기는 처음이었다. 더구나 원장은 역대 최고령 합격자였다. 그는 의자를 당겨 앉았다.

원장은 눈을 감은 채 강의실의 적막을 음미한 뒤 마침내 눈을 뜨고 입을 열었다.

저는 아버지의 폭행을 견디다 못해 아홉 살 때 처음 자살을 시도했습니다.

원장은 말을 끊고 수강생들의 반응을 살폈다. 강의실의 공기가 서늘해졌다.

못 믿으시겠다고요? 제 허벅지가 아버지의 재떨이였다면 믿으시겠습니까?

원장은 허리띠라도 풀 기세였다.

믿습니다.

김 여사가 다급하게 외쳤다.

착한 사마리아인이 한 분 계셨군요.

원장은 만족스러워하는 표정이었고 김 여사는 귓불이 붉어졌다.

원장은 자신의 거듭된 자살 시도를 무용담처럼 늘어놓았다. 가출에 대한 처벌, 도둑이라는 누명, 의형제의 배반, 실연, 사업 실패, 병고, 가난, 외로움, 술김에, 홧김에. 원장이 삶의 끈을 놓으려 한 이유는 다양했다. 지구를 멈춰 세우고 싶을 만큼 고통이 거대하게 느껴지는 고독한 순간들. 지구를 거꾸로 돌려서라도 고통을 초래한 말과 행동을 물리고 싶어지던 순간들. 그런 순간이 그에게도 없지 않았다. 그러니까 '그때' 말이다.

그의 첫 근무지는 서울의 중학교였다. 각계의 유력 인사를 다수 배출한 명문 사학이었지만 이사장이 죽자 하루도 잠잠한 날이 없었다. 재단의 소유권을 두고 이사장의 아내와 아들이 한 치도 물러서지 않았다. 3년의 골육상쟁이 끝났을 때 학교를 떠나야 했던 쪽은 아들에게 줄을 선 교사들이었다. 곧장 대규모 신규 채용이 단행되었고 그는 교직원 명단에 새로 이름을 올렸다.

새 이사장의 오른팔이었던 교장은 노조에 가입한 교사들을 탄압했고 전횡을 일삼았다. 교사들 사이에서 불만의 목소리가 높아졌지만 고양이 목에 방울을 달겠다고 나서는 사람은 아무도 없었다.

어느 날 교감이 그를 불러 교장에 대한 평판을 물었다. 교감의 의중을 짐작할 수 없어 그는 섣불리 입을 떼지 못했다. 교감이 30년 교직 인생의 명예를 걸고 우리끼리 얘기는 관 속까지 가져가겠다고 약속하니 가만히 있기 힘들었다.

교장의 행동은 부적절합니다. 대부분의 선생들도 같은 생각입니다.

그가 조심스럽게 말했다.

학교의 앞날이 걱정입니다. 교장을 내버려두면 학교는 엉망이 될 것입니다.

교감이 목소리를 낮추고 말했다.

교감이 자신과 의견이 다르지 않다는 사실에 그는 안도했다.

어떻게 해야 할까요?

그가 맞장구치듯 물었다. 교감만큼이나 학교의 앞날을 걱정하고 있다는 점을 환기시키고 싶었다.

교감이 한참 뜸을 들인 뒤 입을 열었다.

방법이 아주 없는 것은 아닙니다만……

그는 교장의 비리를 고발하는 익명의 투서를 교육 당국에 보냈다. 몇 주 후 특별 감사팀이 학교에 들이닥쳤고 교장의 치부가 속속 까발려졌다. 기자재 구입비 횡령, 보충 수업비 착복, 공사 뒷돈 수수…… 비리 백화점이 따로 없었다. 합격자 명단에 올린 가공의 학생을 미등록 처리한 뒤 거액을 받고 입학생을 받았다는 사실 앞에서는 입을 다물 수 없었다. 이사장에게 '인사' 하기 위해 어쩔 수 없었다는 게 교장의 변명이었다. 교장의 변명이 거짓만은 아니었다. 떡고물의 일부가 이사장의 주머니로 들어간 증거가 백일하에 드러났다. 만신창이가 된 재단을 이사장의 아들이 접수했다. 그에게 예기치 않은 시련이 닥친 것은 그 뒤부터였다.

동료 교사들이 노골적으로 그를 따돌렸다. 말을 건네는 사람도, 눈을 맞추는 사람도 없었다. 술자리에서 교장에 대한 적대감을 격하게 토로하던 이들조차 슬금슬금 그를 피했다. 그들의 냉담한 얼굴에는 이렇게 씌어져 있었다. 배신자.

그는 교무실에 앉아 있는 게 무서웠다. 학교 옥상에 올라가 두 눈 딱 감고 뛰어내리고 싶었다. 실제로 옥상 난간에 몇 번 올라가기도 했지만 번번이 발길을 돌리고 말았다. 억울했다. 그를 옥상 난간으로 밀어올린 것도 억울함이었지만 내려오게 한 것도 억울함이었다. 그는 쉬는 시간마다 습관처럼 화장실에 가게 되었다. 볼일을 보기 위함도, 인생이 똥통에 처박혔다는 사실을 확인하기 위함도 아니었다. 바지도 내리지 않은 채 변기에 걸터앉아 누군가 오줌 누는 소리를 듣고 있으면 옥상이 저만치 멀어졌다. 그가 볼일이 없는데도 화장실을 들락거리는 동안 교감은 교장으로 승진했다.

원장은 어느새 자신의 인생 이야기를 마치고는 원훈의 의미에 대해 말하기 시작했다.

다윗 왕이 어느 날 금 세공사를 불러 명령했습니다. 세상에서 가장 아름다운 반지를 만들어라. 그리고 위대한 승리에도 자만하지 않고 처절한 패배에도 절망하지 않게 하는 글귀를 새겨라. 세상에서 가장 아름다운 황금 반지를 만들고도 적당한 글귀를 얻지 못해 고민하던 금 세공사는 지혜롭기로 이름 높은 솔로몬 왕자에게 도움을 청했습니다. 솔로몬 왕자는 말했습니다. 이 또한 지나가리니. 여러분, 시험에 떨어지더라도 절대 좌절하지 마십시오. 절망의 순간도 지나가게 마련입니다. 저는 자살면허를 딴 뒤로는 자살을 시도해본 적이 없습니다. 네, 장롱 면허입니다. 죽고 싶을 때마다 자살면허증을 꺼냅니다. 열 번의 낙방 끝에 딴 면허증을 보고 있노라면 스스로가 대견해집니다. 자살, 그까짓 것 언제든 마음만 먹으면 할 수 있겠다 싶어서 느긋해지기도 합니다. 여러분, 자살면허 따기 전까지는 절대로 자살하지 마세요.

그는 피식거렸다. 김 여사도 손으로 입을 가리며 웃었지만 젊은 애들은 진지하고 결의에 찬 얼굴이었다. 요즘은 재밌는 농담에도 웃지 않는 게 대세인가. 그는 서둘러 웃음기를 거뒀다.

질문 있는데요.

맨 앞에 앉은 남자애가 손을 번쩍 들면서 말했다.

뭡니까?

실기 시험은 어떤 식으로 칩니까?

죽고 싶어 환장하셨군요.

원장이 미소를 지으며 말했다.

그는 터져 나오려는 웃음을 꾹 참았다. 이번에도 젊은 애들은 웃지 않았다. 원장은 사람 좋은 미소를 지으며 말을 이었다.

필기시험이나 잘 보세요. 합격하고 오시면 알고 싶지 않아도 알게 될 테니까. 시험에 떨어지신 분들은 꼭 보충 교육 신청하시고요.

법정 교육 시간을 다 채웠지만 그는 마음이 무거웠다. 필기시험에 합격할 자신이 없었다. 보충 교육을 들으면 가욋돈이 깨질 텐데. 그리되면 담배를 끊어야 할지도 몰랐다.

저기, 부탁이 있는데요······

그가 자리에서 일어서려는데 김 여사가 주저하며 말을 건넸다.

자살면허 필기시험장은 종로 경찰서에 딸려 있었다. 시험장도 젊은 애들로 북새통이었다. 대부분 서류를 손에 쥐고 있어서 취업 박람회에라도 온 듯했다. 그는 2층 접수 창구에서 대기 번호표부터 뽑고 1층으로 내려가 수속을 밟았다. 지원서를 작성하고 사진과 수입인지를 붙이고 전형료를 지불했다. 전형료도 만만치 않았다.

그는 주머니에 넣어둔 봉투를 자꾸만 만지작거렸다. 봉투에는 은행에서 인출한 10위안권 지폐 백 장이 담겨 있었다. 봉투를 두툼하게 만들기 위해 일부러 10위안권으로만 찾았다. 그의 전 재산이었다. 돈 봉투를 만지작거리고 있자니 긴장이 조금은 누그러졌다. 두툼한 봉투는 두둑한 배짱을 의미했다. 월급을 통째로 주머니에 넣고 포커를 치던 때가 떠올랐다. 울분과 복수심과 자괴감에 절어 지냈지만 그래도 좋은 시절이었다. 방광이 쌩쌩했으니까.

김 여사는 약속 시간에 딱 맞춰 도착했다. 혼자서는 너무 떨릴 것 같다더니 역시나 긴장한 기색이 역력했다. 털북숭이 개는 보이지 않았다.

김 여사의 서류 수속을 돕고 2층에 올라가니 대기자가 열 명 남짓으로 줄어 있었다.

차례가 되자 그는 김 여사와 접수대로 갔다.

누가 먼저 하실 거예요?

접수대 직원이 물었다.

레이디 퍼스트.

그가 슬쩍 물러서며 말했다.

김 여사가 고맙다며 인사한 뒤 응시 원서를 내밀었다. 접수대 직원이 서류를 살피더니 언제 찍은 사진이냐고 물었다.

우리 진숙 애비 태어나던 해 찍은 사진이에요.

김 여사가 아련한 표정으로 대답했다.

그는 지원서에 붙은 사진을 바라보았다. 중년의 고운 여자가 새치름한 표정을 짓고 있었다.

언제 찍은 거라고요?

접수대 직원이 미간을 찌푸리며 물었다.

그러니까……

기억을 더듬는 듯 김 여사의 눈이 가늘어졌다.

할머니, 한 달 내에 찍은 사진을 붙여야 해요.

접수대 직원은 서류를 돌려주었다. 김 여사의 얼굴이 침울해졌다.

안 되겠어요. 저는 다음에 쳐야 할까 봐요.

김 여사가 힘없이 말했다.

걱정 마세요. 요 앞에 즉석에서 뽑아주는 사진관들이 있습니다.

아무래도 오늘은……

걱정 마세요. 바로 요 앞이에요.

그가 젊은 애들 사이를 비집으며 앞장섰다.

김 여사와 필기 시험장에 들어서면서도 그는 주머니의 돈 봉투에서 손을 떼지 못했다. 감독관 자리에는 양복 차림의 중년 사내가 앉아 있었다. 그는 감독관에게 지원서를 내밀었다. 주민등록증도 보여달라고 했다. 감독관은 주민등록증과 그의 얼굴을 번갈아가며 한참 쳐다보았다.

무슨 문제라도 있소?

그가 물었다.

아, 아닙니다. 저쪽에 앉으세요.

감독관이 주민등록증을 돌려준 뒤 구석의 맨 뒷자리를 가리키며 말했다.

책상마다 컴퓨터가 놓여 있었다. 그는 심호흡을 한 뒤 수험번호를 입력하고 시작 버튼을 눌렀다.

각오는 했지만 뚜껑을 열고 보니 한숨이 절로 나왔다. 다음 중 트랜스지방을 포함한 음식이 아닌 것은? 다음 중 바로크 양식과 거리가 먼 건축물은? 다음 중 세번째로 달에 내린 사람은? 생소한 문제는 말할 것도 없고 문제집에서 본 듯한 것조차도 답이 알쏭달쏭했다.

그는 고개를 갸웃거렸고 목덜미를 긁었고 다리를 떨었다. 오줌도 마려웠다. 만만한 문제가 하나도 없었다. 그는 애꿎은 손목시계만 자꾸 들여다보았다.

인기척을 느낀 그가 고개를 들었을 때 곁에 서 있던 이는 감독관이었다. 언제부터 그러고 있었는지 알 수 없었다. 놀랄 일은 그뿐이 아니었다. 감독관이 마우스를 뺏더니 문제를 풀어나가는 게 아닌가. 클릭, 클릭, 클릭. 감독관은 거침없이 마우스를 놀렸다. 그는 망을 보는 공범처럼 주변을 살폈다. 모두들 제 앞의 모니터만 응시하고 있었다. 마지막 문제까지 해결한 뒤 감독관은 태연하게 제자리로 돌아갔다. 그는 뭔가에 홀린 기분이었다. 멍하니 감독관만 바라보다 종료 버튼을 깜박할 뻔했다.

종료 버튼을 누르자 화면에 결과가 곧바로 떴다.

84점입니다. 합격을 축하합니다.

확인 스탬프를 받기 위해 지원서를 내밀면서도 그는 감독관의 얼굴에서 눈을 떼지 못했다. 아무리 뜯어보아도 생소한 얼굴이었다.

안방의 평수는 문간방 두 개의 평수와 같다.

감독관이 합격 스탬프를 찍으며 나지막이 말했다.

혹시 나한테 배웠소?

뺨도 맞았죠.

감독관이 입꼬리를 끌어올리며 대답했다.

아.

그는 뺨이라도 얻어맞은 듯 주춤 물러섰다.

이름 대신 과목명을 부른 것은 포커 멤버만이 아니었다. 백두산 밑 중학교의 학생들도 저희끼리 떠들 때 선생의 이름을 입에 올리지 않았다. 내레 국어 땜에 자부러바 죽갔다. 수학 똥 마려운 강생이 상 아님둥?

선생을 국어라고 칭할 때, 수학이라고 부를 때 그들의 목소리에 담긴 감정은 막연한 분노였다. 제아무리 책을 파도 결국 노루 꽁무니를 쫓거나 용병 신세를 면치 못하리라는 것을 아이들은 잘 알고 있었다. 용을 쓰고 버둥거려봤자 서울로 돌아가지 못하리라는 것을 그가 모르지 않았던 것처럼.

산짐승 울음이 자장가인 그곳에서 그는 자신에 대한 증오를 쥐어짜내며 하루하루를 버텼다. 교감의 꾐에 넘어간 순진한 자신을, 부당하게 따돌리는 선생들에게 언성 한 번 높이지 못한 바보 같은 자신을, 옥상에 올라가 보란 듯이 뛰어내리지 못하고 화장실에 숨어 부들부들 떨었던 소심한 자신을.

스스로에 대한 혐오 때문이었을까. 학생들이 이름 대신 수학이라고 부를 때 그는 자학적인 해방감을 느꼈다. 네가 가르치는 피타고라스 정리만 빼면 넌 아무것도 아니야. 아니, 피타고라스 정리는 아무것도 아니야. 네가 아무것도 아니듯.

아무것도 아니라면 모든 것이 가능했다. 눈곱을 떼자마자 엽총을 손질하는 아이들에게 피타고라스 정리를 가르치는 자신이 아무것도 아니라는 사실을 잘 알았으므로 그것을 가르치기 위해 그는 무슨 짓이든 할 수 있었다. 다른 건 몰라도 피타고라스 정리만은 잊지 못하게 해주리라. 파괴적인 충동이었고 불가해한 집념이었다.

피타고라스 정리를 가르치기 위해 교실에 들어간 그는 학생을 아무나 한 명 불러내 다짜고짜 귀싸대기를 갈겼다. 굶주린 늑대처럼 날뛰던 여드름쟁이들도 느닷없는 폭력 앞에서는 숨을 죽였다.

침 삼키는 소리마저 들릴 정도로 팽팽해진 적막 속에서 그는 직각 삼각형을 그린 뒤 힘주어 말했다.

이것은 거실이다. 거실에 면한 정방형 방을 세 개 만든다. 제일 큰 게 안방이고 나머지는 문간방이다. 이때 안방의 평수는 문간방 두 개의 평수를 합한 것과 같다.

볼때기가 벌게진 아이들 중 왜 때렸느냐고 묻는 녀석은 한 명도 없었다. 애당초 이유 같은 건 없었다. 녀석들의 머릿속에 욱여넣어야 할 것이 꼭 피타고라스 정리일 필요가 없듯이. 중요한 것은 바로 그 점이었다. 폭력에 마땅한 이유가 없다는 것. 그러니까 억울하게 귀싸대기를 맞고도 잠자코 있는 너희는, 부당한 폭력 앞에서 제 볼은 무사하다고 안도하며 숨죽이는 너희는 쓰레기다. 너희의 썩어빠진 영혼을 구원하는 길은 피타고라스의 아름다운 정리를 머릿속에 영원히 새겨두는 것뿐이다.

인근 도시로 나간 뒤에 그는 학생들의 털끝조차 건드리지 않았다. 인생을 통틀어 누군가를 때린 적은 그때뿐이었다. 지우고 싶은 기억이었다. 그때 손찌검했던 학생들 중 한 명인 듯했다. 그는 감독관의 시선을 애써 외면했다.

저를 모르시겠습니까?

감독관은 명함까지 내밀었다.

사람을 잘못 보신 것 같소.

그는 도망치듯 시험장을 빠져나갔다.

선생님.

김 여사가 숨을 몰아쉬며 쫓아왔다.

급한 일이라도 생기셨어요?

아닙니다. 너무 덥고 갑갑해서.

시험은 어떻게 되셨어요?

그게……

김 여사가 그의 손에 들린 지원서를 살폈다.

브라보! 대단하세요. 젊은 애들도 쩔쩔매는 시험을 단번에 통과하다니.

그는 곤혹스럽고 부끄럽고 찜찜했다. 자랑스럽지 않은 기억이 곤혹스러웠고 떳떳지 못한 합격이 부끄러웠으며 석연치 않은 도움이 찜찜했다. 그 아이, 아니 감독관은 대체 왜 도와준 걸

까? 그는 요의를 느꼈지만 시험장 건물로 돌아가고 싶지는 않
았다.

어떻게 되셨어요?

그가 물었다.

김 여사는 고개를 가로저었다.

그는 말문이 막혔다. 낙방을 축하해야 할지 위로해야 할지 아
리송했다.

너무 낙심하지 마세요. 위로의 의미로 저녁을 쏠게요.

그가 짐짓 쾌활한 목소리로 말했다.

괜찮아요.

사양하지 마세요.

정말 괜찮은데.

김 여사는 손목시계를 보며 말했다.

선약이라도 있으세요?

그런 게 아니라……

합격 턱이라고 생각하시고 부담 갖지 마세요.

그는 인사동, 아니 인터내셔널 애비뉴 쪽으로 걷기 시작했다.

김 여사가 추천한 곳은 파라다이스 쇼핑몰의 이태리 식당이
었다. 그는 화장실부터 찾았지만 사용 중이었다. 이태리 식당도
젊은 애들 판이었다. 남자애들끼리거나 여자애들끼리였다. 요
새 젊은 것들은 연애질도 안 한다더니. 커플은 한 쌍도 보이지

않았다. 젊은 애들이 자꾸만 이쪽을 힐끗거리는 것 같아 신경이 쓰였다.

웨이터가 주문을 받으러 왔다. 금발의 외국인이었고 영어로 말을 건넸다. 그는 알아들을 수 없었다.

뭘로 드시겠어요?

김 여사가 물었다.

그는 메뉴판을 건성으로 훑어보았다. 낯선 식당에 가면 무조건 메뉴판 맨 위의 요리를 시켰다.

해물 스파게티.

그가 대답했다.

소스는 뭘로 하겠느냐고 묻는데요?

김 여사가 웨이터와 말을 주고받다가 그를 쳐다보며 물었다.

도마도.

그가 웨이터를 향해 말했다. 전립선에 좋다는 얘기를 들은 뒤로 토마토 예찬론자가 된 그였다.

도마도?

웨이터가 어색한 발음으로 반문했다.

터메이토우.

김 여사가 웨이터에게 말했다.

오케이.

웨이터가 고개를 끄덕이며 말했다.

그는 무심코 튀어나온 사투리에 당황했다. 토마토를 '도마도'라고 발음하던 이는 그의 아내였다. 그럴 때면 그는 턱이 빠져라 웃곤 했다. 아이들이 곁에 있든 말든. 아니, 아이들이 있으면 더 크게 웃어댔다. 얘들아, 사투리를 쓰면 세상이 너희를 업신여길 것이다,라고 훈계하는 것처럼. 이제 그의 인생에서 가장 후회스러운 일은 아내가 도마도라고 할 때 비웃은 것이었다. 그는 아내에게 사과하고 싶었다. 불가능했기에 더 간절했다. 사과의 기회도 안 주고 서둘러 세상을 뜬 아내가 야속하기까지 했다.

사모님은 어떤 분이셨어요?

김 여사가 찬물로 목을 축인 뒤 조심스레 물었다.

그는 선뜻 대답하지 못했다. 아내는 어떤 사람이었을까? 이미 본 드라마를 또 보면서도 같은 장면에서 어김없이 눈물 흘리던 사람, 해외여행 한 번 못 가본 사람, 코를 엄청나게 골던 사람, 토마토를 도마도라고 하던 사람. 그러니까 드라마를 보며 울다가도 방귀를 뀌고, 해외여행 한 번 못 가봤지만 여권은 늘 지니고 다녔고, 코를 골다가도 귀만 잡아당기면 조용해지고, 토마토를 도마도라고 한다고 비웃으면 코가 빨개지던 아내는 대체 어떤 사람이었을까?

괜한 걸 물었네요.

김 여사가 미안한 얼굴로 말했다.

그가 계속 입을 다무는 바람에 분위기가 어색해졌다. 침묵이 길어지면서 입을 떼기가 더 힘겨워졌다. 무슨 말로 어색한 분위기를 풀어야 할지 막막했다. 오줌보가 묵직했지만 화장실 문은 여전히 닫혀 있었다.

면허는 왜 따려고 하세요?

그가 물었다.

김 여사의 얼굴이 어두워졌다.

곤란하시면 대답 안 하셔도 돼요.

그런 게 아니라……

갑자기 사위가 캄캄해졌다. 칠흑 같은 어둠이 모든 것을 지워 버렸고 여기저기서 외마디 탄식이 새어 나왔다. 그는 휘둥그레 진 눈으로 주위를 둘러보았다. 실내에는 불빛 한 점 없었고 창 밖도 캄캄하기는 마찬가지였다.

잠시 정적이 흐른 뒤 웅성거리는 소리가 들렸다. 웨이터를 부르는 소리, 무슨 일인지 알아보려는 소리, 별일 아닐 거라고 안심시키는 소리. 젊은 몇이 휴대폰으로 불을 밝혔다. 어둠에 묻혀 있던 얼굴들이 조금씩 윤곽을 드러냈다.

세상에, 정전이래.

누군가 소리쳤다.

그러고 보니 에어컨 소리도 들리지 않았다.

괜찮으세요?

그가 맞은편 어둠을 향해 물었다. 눈이 어둠에 익숙해지면서 김 여사의 얼굴이 흐릿하게 드러났다. 김 여사는 어디론가 전화를 걸었다.

민철 엄마, 나 진숙 엄마예요. 혹시 거기도 정전이에요? 어쩜 좋아. 우리 진숙이는 어두운 것 질색인데. 밤에도 불을 켜놓아야 잔다고요. 네? 민철이랑 우리 진숙이는 다르잖아요. 우리 진숙이는 자궁암이라고요. 진숙이한테 무슨 일 생기면 어떡해. 가엾은 것, 얼마나 무서울까. 지금 당장 갈게요.

전화를 끊자마자 김 여사는 의자에서 벌떡 일어났다.

선생님, 죄송해요. 가봐야겠어요.

김 여사가 물기 어린 목소리로 말했다. 눈자위도 젖어 있을 것 같았지만 어두워서 확인할 수 없었다. 그는 엉거주춤 자리에서 일어섰고 김 여사는 더듬더듬 출구로 걸어갔다.

김 여사가 밖으로 사라지자 그는 자리에 도로 앉았다. 한 발짝만 움직여도 오줌이 터져 나올 것만 같았다. 화장실 문은 어둠에 묻혀 보이지 않았다.

젊은 애들은 뭐가 좋은지 저희끼리 속닥였고 키득거렸다. 와, 서울 곳곳에 전기가 끊겼대. 늦더위로 전기가 달려 비상조치를 취한 거래. 신기하다는 듯 왁자하게 떠들어대는 목소리들. 예기치 않은 선물이라도 받은 듯 들떠 있었다. 색종이로 치장한 고깔모자를 쓴 사람들이 어둠 속에서 튀어나와 일제히 축하의 함성이라도 지르는 것처럼. 거 뭐라나, 깜짝 파티라도 즐기는 양. 그는 더 이상 오줌을 참을 수 없었다.

화장실은 여태 사용 중이었다. 그의 얼굴이 불안과 고통으로 일그러졌다. 속옷에 실수라도 할까 봐 불안했고 오줌보가 터져

버릴 것 같아 고통스러웠다. 불안과 고통을 달래기 위해 그는 주머니에 손을 넣었다. 두툼한 봉투. 불안을 물리치는 부적, 고통을 때려잡는 백신. 빳빳한 종이가 만져졌다. 엉겁결에 받아든 감독관의 명함이었다. 이제 그의 인생에서 가장 후회스러운 일은 무고한 아이들의 따귀를 때린 것이 되었다. 어떻게 그런 짓을. 그는 감독관에게, 부당하게 손찌검을 당한 학생들에게 사과하고 싶었다. 진심으로 사과하고 싶었다.

굳게 닫혀 있던 화장실 문이 왈칵 열렸다. 저만치 소변기의 희끄무레한 실루엣이 구원의 예언자처럼 서 있었다. 그는 소변기 앞으로 달려가 바지 지퍼를 내렸다. 요의는 맹렬했고 통증은 격심했지만 오줌은 쫄쫄거렸다. 그래도 살 것 같았다.

승강기

퇴근길, 우편함에 봉투도 없이 꽂혀 있는 관리비 고지서를 발견한 공은 이맛살을 찌푸렸다. 전에 살던 아파트에서는 봉투를 봉하기까지 했는데. 여기서는 마음만 먹으면 다른 집이 물과 전기, 가스를 얼마나 쓰는지 엿볼 수 있다. 그러니까 몸은 얼마나 자주 씻는지, 텔레비전은 얼마나 오래 보는지, 외식은 얼마나 잦은지 짐작할 수 있다는 얘기. 공은 관리비 고지서를 양복 바지 주머니에 쑤셔 넣었다. 새로 이사 온 아파트에서의 첫 관리비 고지서였다.

　엘리베이터에 올라탄 까무잡잡한 사내애가 코를 후비며 공을 빤히 쳐다보고 있었다. 공은 굳은 얼굴로 엘리베이터를 지나쳐 계단을 올라갔다. 사내애의 무례한 시선이 뒤통수에 들러붙은 느낌이었다. 엘리베이터 안에서도 남의 시선을 피하는 게 고역인 공이었다. 새 아파트에서는 엘리베이터를 타지 않아도 돼 다행이었다.

2층으로 올라간 공은 오른쪽 문 앞에 섰다. 옆집이 203호이니 204호여야 맞지만 문패에는 205호라고 적혀 있었다. 불길하다고 끝자리에서 4를 뺀 모양인데 4층은 층수를 그대로 표기했다. 일관성이라고는 없었다.

공은 전자키의 번호를 익숙한 손놀림으로 눌렀다. 삐릭삐릭. 뜻밖의 소리에 공의 한쪽 눈썹과 입꼬리는 치켜 올라가고 한쪽 눈과 콧구멍은 커졌다. 무심코 전에 살던 아파트 비밀번호를 입력한 것이다. 공은 새 비밀번호를 입력했다. 삐 소리와 함께 자물쇠가 팔짱을 푸는 금속성이 부드럽게 들려왔다. 치켜 올라간 눈썹과 입꼬리는 제자리로, 커진 눈과 콧구멍은 본래 크기로 돌아왔다. 균형을 회복한 것이다. 새 기관장이 낙하산을 타고 내려올 때마다 조직도를 다시 그려야 하는 직장에서 20년 넘게 책상을 지켜낸 것도 일관성과 더불어 균형을 금과옥조로 여긴 덕이었다.

세탁소에 맡길 옷가지를 챙기다 관리비 고지서를 다시 발견한 것은 나흘 뒤, 일요일 오후였다. 주머니에 쑤셔 넣은 게 언제였더라. 관리비 따위에 신경 쓰지 않고 살아온 공이었다. 공은 납부 기한부터 확인했다. 다행히 마감은 아직 멀었다. 자동납부를 신청해야겠다고 다짐하며 공은 관리비 내역을 훑어보았다.

승강기 교체비 항목을 발견한 공은 단순한 착오일 거라고 짐작했다. 엘리베이터는 2층에 서지 않았으니까. 에너지 절약의 생활화라나 뭐라나. 엘리베이터도 아니고 촌스럽게 승강기는 또 뭔가. 게다가 '기'도 아니고 '이'라고 적혀 있었다. '승강이' 라니. 착오일 것이라는 짐작은 확신이 되었다. 맞춤법 오류 덕분에 한결 가벼워진 마음으로 공은 인터폰 수화기를 들었다. 관리사무소를 호출했지만 먹통이었다. 교체해야 할 것은 엘리베이터가 아니라 인터폰이었다.

관리사무소 전화번호는 고지서 하단에 적혀 있었다. 공이 전화를 걸자 가늘고 낮은 목소리가 신호음을 잘라내며 기어 나왔다. 분리수거를 철저히 하라며 주말 저녁잠을 깨우고 태극기를 내걸라며 공휴일 아침잠을 흔들던 목소리였다. 공의 미간이 좁아졌다. 시도 때도 없는 방송도 방송이었지만 가늘고 낮은 목소리와 우물거리는 말투 때문에 무슨 내용인지 귀를 곤두세우게 되는 게 영 마뜩잖았다.

공은 호수를 대고 곧장 용건을 꺼냈다. 단순한 착오가 분명했으므로 보탤 것도 뺄 것도 없었다. 하지만 수화기 저쪽은 잠잠했다. 전화선의 문제인가 싶어 수화기를 귀에 바짝 댔지만 아무 소리도 들리지 않았다. 실수가 민망해서라기에는 침묵이 길었다.

"여보세요?"

공이 먼저 입을 열었다.

"네?"

관리소장이 전화선 이쪽의 존재를 깜박하고 있었다는 투로 대꾸했다.

"착오가 맞죠?"

"그 건은 전임 소장 때 결정된 사안이라 그쪽에 확인해봐야 합니다."

착오인 게 불을 보듯 빤한데 확인이라니. 의외의 반응에 짜증이 치밀었지만 공은 숨을 깊이 들이마시며 뾰족해지는 감정을 다독였다.

"2층에는 서지도 않는데 교체 비용을 내라는 건 말이 안 되지 않습니까?"

수화기는 다시 입을 굳게 다물었다. 공은 관리소장의 침묵을 어떻게 해석해야 할지 난감했다.

한참 뒤에야 가늘고 낮은 목소리가 들려왔다.

"승강이 건은 전임에 알아봐 연락드리."

공이 대꾸할 새도 없이 관리소장은 제 말꼬리까지 자르며 전화를 끊었다.

그날 저녁에도 다음 날에도 그다음 날에도 관리사무소에서는 기별이 없었다.

공은 다시 관리사무소로 전화를 걸었다.

"205홉니다. 엘리베이터 건은 알아보셨습니까?"

"네."

"뭐라고 하던가요?"

"주민들이 그리 하이로, 똑같이 분할 납부하이로 했답니."

"주민 누가요?"

공의 말꼬리가 올라갔다.

수화기 저쪽은 다시 조용했다.

"주민 총회에서 결정했다는 겁니까?"

침묵을 깬 쪽은 이번에도 공이었다.

"전임에 알아봐 연락드리."

관리소장은 또다시 제 말꼬리를 자르며 전화를 끊었다. 말꼬리를 잘라먹는 것은 버릇인 듯했다. 제 꼬리를 자르고 달아나는 도마뱀. 파충류라면 질색이었다.

공은 다시 전화를 걸어 결과를 곧장 알려달라고 부탁하며 휴대폰 번호를 불러줬다. 관리소장은 이번에도 가타부타 대꾸 없이 전화를 뚝 끊었다. 전화를 일방적으로 끊는 것도 버릇이 분명했다.

휴대폰 번호를 알려준 뒤로 공은 회사에서도 관리소장의 전화를 기다리게 되었다. 주민들이 결정했다고? 1, 2층에 사는 사람들도 동의했단 말인가? 도무지 납득할 수 없었다. 지역 기업들의 고용 현황에 대한 통계를 만지작거리면서, 무난하고 두루뭉술한 분석을 덧붙이면서, 민간 경제연구소의 전망을 표 나지 않게 베끼면서, 자신이 감찰을 위해 파견된 것이라는 헛소문을 방관하면서, 공은 관리소장의 연락을 기다렸다. 아무리 기다려도 연락이 없자 번호를 잘못 불러주지 않았나 의심하기도 했다.

공이 회사에서 관리소장에게 전화를 건 것은 휴대폰 번호를
알려준 지 이틀 뒤였다. 바지 주머니에 담고 다니던 관리비 고
지서를 꺼내 번호를 확인하고 전화를 걸었다. 신호음이 한참 울
린 뒤에야 가늘고 낮은 목소리가 들려왔다.

"205홉니다."

관리소장은 대꾸가 없었다.

"알아보셨습니까?"

"네."

선선한 대답에 공은 불끈 화가 치밀었다.

"알아보는 대로 연락 주기로 하셨잖습니까?"

따지듯 물었지만 관리소장은 묵묵부답이었다. 칸막이 너머도
잠잠해졌다. 부스럭거리는 소리, 자판 두드리는 소리, 종이 넘
기는 소리가 동시에 멎었다. 가뜩이나 헛소문 때문에 경계하고
경원하는 동료들이었다. 통화 요금 몇 푼 아끼려고 사무실 전화
로 연락한 것을 후회하며 공은 입과 송화기를 손으로 감쌌다.

"누가 결정한 겁니까?"

공이 기어드는 목소리로 물었다.

"나인에서 했답니."

"라인이요?"

"통로 대표들 말입니."

"어떻게 자기들끼리 결정합니까?"

공은 여전히 기어드는 목소리로 따졌다. 항의로 받아들여지지 않으면 어쩌나 싶었지만 어쩔 도리가 없었다. 관리소장은 이번에도 입을 다물었다. 통로 대표들이 멋대로 정했다는 사실보다 억울한 일을 당하고도 죄인처럼 숨죽여야 하는 상황에 더 부아가 치밀었다. 퇴근이 고작 한 시간 뒤인데 그새를 못 참고 연락한 자신이 원망스러웠다.

"우리 라인은 누가 맡고 있습니까?"

수화기 저쪽에서 부스럭거리는 소리가 들려왔다. 서랍 여는 소리, 서랍 뒤지는 소리, 서랍에서 뭔가를 꺼내는 소리, 서랍 닫는 소리가 띄엄띄엄 이어졌다.

"303홉니."

관리소장은 어김없이 제 말꼬리를 자르며 전화를 끊었다. 공은 한숨을 내쉰 뒤 담배를 챙겨 자리에서 일어섰다. 칸막이 너머의 시선들이 약속이라도 한 것처럼 딴전을 피웠다. 본부에서 개인 물품을 챙겨 나올 때도 그랬다. 갑작스런 지방 전출에 대한 억측이 무성했지만 면전에서 물어보는 사람은 없었다.

퇴근길에 공은 라인 대표를 찾아갔다. 엘리베이터가 꼭대기 층에 붙들려 있어서 계단으로 올라갔다. 초인종을 누르자 뽀글뽀글 파마머리의 중년 여자가 얼굴을 내밀었다. 공은 아래층에 사는 사람이라고 공손하게 인사한 뒤 라인 대표인지 물었다. 여자는 자신이 라인 대표인지 여부가 공의 행색에 달렸다는 듯 머리부터 발끝까지 훑어보았다. 무례한 눈길이 불쾌했지만 공은 참을성 있게 기다렸다. 철두철미한 탐색 끝에 여자는 라인 대표라는 사실을 인정했고 무슨 일인지 물었다. 공은 엘리베이터 교체 비용을 모든 세대가 똑같이 분담하기로 결정한 자리에 참석했는지, 참석했다면 찬성했는지를 역시 공손하게 물었다. 이번에도 답변은 전적으로 공의 입에 달린 것처럼, 여자는 무슨 일로 그러느냐고 되물었다. 대답이 신통치 않으면 금방이라도 문을 닫을 태세였다. 사용하지도 않는 엘리베이터의 교체 비용을 물게 되었다고 공은 상황을 설명했다. 왠지 설명이 아니라 하소연하는 기분이 들었다. 그래서였을까. 공은 자신의 처지가 더 억울하게 여겨졌고 실제로 설명은 점점 하소연에 가까워졌다. 공의 하소연 같은 설명, 아니 설명 같은 하소연에 여자는 모르는 일이라고 답했다. 공은 당혹스러웠다. 전임 관리소장의 말이 거짓인가? 금방 들통 날 거짓말이라니. 당최 이해할 수 없었다.

공은 한달음에 집으로 내려가 관리사무소로 전화를 걸었다. 신호음이 들리자 공은 마른침을 삼켰다. 까닭 모를 긴장감이었다.

"라인 대표는 금시초문이라는데 대체 누가 결정한 겁니까?"

공이 목소리를 높였다. 이상하게도 거짓말의 장본인보다 거짓말을 옮긴 관리소장이 더 못마땅했지만 관리소장을 몰아세워서 득 될 것은 없었다. 관리소장이 결정한 일도 아니지 않는

가. 흥분을 가라앉히기 위해 공은 안간힘을 썼다. 이 모든 자제
와 이해와 배려에도 불구하고 관리소장은 도통 반응이 없었다.
전화선 끝에 벽이 버티고 있는 듯했다.

"여보세요?"

"네."

벽이 짧지만 완강하게 건재를 알려왔다. 공은 벽 너머에 도사
린 거짓보다 벽 자체의 완고함에 숨이 막혔다. 관리소장은 다시
잠잠했다. 새삼스러울 것은 없었지만 관리소장의 침묵이 공은
왠지 께름칙했다. 부장이 차비나 하라며 주머니에 막무가내로
찔러준 돈 때문에 뒤척이던 밤에도 같은 기분이었다. 평소 소
닭 보듯 하던 부장이 연구 용역을 의뢰한 교수와의 저녁 식사에
데려갈 때부터 이상했다. 기관장이 데리고 온 부장은 법인카드
를 쓰는 자리에 아무나 데려가지 않았다. 그래서 그런 자리에
불려가는 이는 기관장의 사람으로 받아들여졌고 '법인'이라 불
렸다. 그렇지 못한 부류는 '무법인'으로 불렸는데 법인들의 전
횡을 개탄하는 무법인 중에는 '무법자'라고 자조하는 이도 있었
다. 공은 '무법인'이었지만 '무법자'라고 자조하는 쪽은 아니었
다. 세상에 공짜는 없다는 진리를 꼭 겪어봐야 아는 건 아니었
으니까. 만년설이라는 단어에 우아함을 느끼는 공이어서 만년
과장이라는 별명도 싫지만은 않았다.

"다른 집들은 아무 말 없습니까?"

"네."

관리소장은 여느 때와 달리 곧장 대답했다.

"1층 주민들도요?"

"아무 말 없습니."

공은 벽에 부딪친 기분이었다.

"정말입니까?"

"거짓말이라도 한다는 겁니?"

관리소장이 발끈했다.

공은 관리소장도 언성을 높일 수 있다는 사실에 놀랐고 당연한 사실에 놀랐다는 것에 또 한 번 놀랐다. 무엇보다 놀라운 것은 관리소장이 내뱉은 '거짓말'이라는 단어를 듣는 순간 관리소장에 대한 의구심이 생겼다는 점이다. 엘리베이터 건에 대한 관리소장의 입장은 대체 뭔가? 전임자에게 확인하겠다는 걸 보면 문제가 있다고 판단하는 것 같기도 하고 전화받는 태도를 보면 아닌 것 같기도 했다. 관리소장의 침묵이 벽이라면, 공은 자신이 벽 안쪽에 있는지 바깥쪽에 있는지 가늠할 수 없었다.

관리소장의 침묵이 께름칙했던 이유를 그제야 알 것 같았다. 도마뱀인 줄 알았는데 박쥐였다. 날개 달린 쥐라니. 관리소장은 어두컴컴한 관리사무소 천장에 거꾸로 매달려 있을지도 모른다. 상상만으로도 불쾌했지만 상상을 멈출 수 없었다. 박쥐라는 상상의 외발자전거에 올라탄 공이 넘어지지 않기 위해 할 수 있는 일은 바퀴를 계속 굴리는 것뿐이었다.

"그게 아니라, 1층 주민들조차 아무 말 없다는 게 이상해서 그러는 것 아닙니까?"

공은 가슴이 답답했다. 납득할 수 없는 인사발령 앞에서 자꾸만 그날 저녁을 떠올릴 때처럼. 부장은 와인을 곁들인 식사 내내 공에게 친근감을 표시했다. '노동시장의 유연성과 생산성의 상관관계에 대한 연구' 용역을 맡긴 교수에게 '노동시장이 후렉서블해야 글로벌 경제 위기에 선제적으로 대응할 수 있다'고 떠들면서 공의 어깨를 두드렸고 비틀거리며 카운터로 걸어가면서는 공의 손을 꼭 잡았다. 술기운이 확 달아난 것은 부장이 레스토랑 매니저에게 법인카드를 돌려받을 때였다. 5만 원짜리 지폐 두 장이 영수증과 함께 슬쩍 딸려왔다. 거스름돈이라도 주고받는 듯 자연스러운 게 한두 번 맞춘 장단이 아니었다. 부장은 차비나 하라며 그중 한 장을 공의 바지 주머니에 찔러 넣었다. 정신이 번쩍 든 공은 지폐를 꺼내 들고 뒤따라갔지만 부장은 벌써 택시에 오르고 있었다. 뒤따라온 공을 부장은 차창 너머로 물끄러미 바라보았다. 뭐가 문제냐는 듯. 공의 손에 들린 지폐를 발견한 부장의 한쪽 눈이 밤의 어스름 속에서 살짝 찌그러졌는데 윙크처럼 보이기도 했다.

문제는 돈이 아니라 억울함이었다. 누군가, 억울하겠다는 말만 건네준다면 엘리베이터든 승강기든 교체 비용을 눈 딱 감고, 아니 기꺼이 낼 수 있을 것 같았다. 하지만 관리소장은 대꾸조차 없었다. 공은 모멸감에 휩싸였다. 관리소장에게 억울함을 호소했다 무시당한 것 같았다. 모멸감에 가장 먼저 반응한 것은 눈썹이었다. 한쪽 눈썹이 치켜 올라갔다. 눈, 코, 입이 뒤를 이었다. 한쪽 눈이 튀어나올 것처럼 커졌고 한쪽 콧구멍이 실룩댔으며 한쪽 입꼬리가 올라가며 파르르 떨렸다.

"1층 주민들한테 물어볼 일입니."

관리소장이 심드렁하게 대꾸했다.

공의 삐뚤름해진 얼굴 반쪽이 고압 전기에 감전된 듯 펄쩍 뛰어올랐다. 머릿속이 하얗게 표백되는 것 같았다. 표백된 머릿속은 차츰 차가워졌다. 온탕에서 나와 냉탕에 들어앉았을 때처럼 서늘하고 영리한 잔인함으로 온몸이 단단하게 수축되는 느낌이었다. 냉탕의 빡빡한 수압은 공에게 진실의 서늘한 외침을 들려주었다. 진실은 관리소장이라는 벽 너머에 있다는 진실.

공은 관리소장보다 먼저 전화를 끊었다. 분에 겨워서였는데 단호함을 보여준 것 같아 통쾌했다. 그러고 보니 이쪽에서 먼저 끊기는 처음이었다. 여세를 몰아 공은 컴퓨터를 켜고 문서를 작성했다. 눈 감고도 할 수 있는 일이었지만 세심하게 주의를 기울였다. 맞춤법이 틀리지 않았는지 특히 신경 썼다.

공은 출력한 문서를 들고 203호의 초인종부터 눌렀다.

관리사무소로 향하는 공의 손에는 사흘 치 수고의 결과물이 들려 있었다. 서명란의 빈칸은 하나뿐이었다. 203호는 늘 비어 있었다. 관리비 고지서를 비롯한 우편물이 우편함에 그대로 꽂혀 있는 걸로 보아 멀리 여행이라도 간 모양이었다. 백 퍼센트를 채우지 못한 게 아쉬웠지만 납부 마감이 다가오는데 마냥 기다릴 수도 없었다. 엘리베이터 교체비가 포함된 사실을 모르고 있던 사람부터 한 건물에 사는데 전혀 안 내도 되는지 망설이던 사람까지 모두 열다섯 집의 서명을 받아냈다. 반응은 제각각이었지만 엘리베이터 교체 비용 분담을 누가, 어떻게 정했는지 까맣게 모르기는 매한가지였다. 공교롭게도 서명 받으러 찾아간 집들 중에 라인 대표는 없었다. 라인 대표들이 모여서 결정했다는 것은 사실일지도 몰랐다. 그렇다면 거짓말의 장본인은 303호일 테지만 아무래도 상관없었다. 열다섯 집의 한결같은 뜻이 봉투에 담겨 있었으니까.

공은 부장에게도 자신의 뜻을 봉투에 정중히 담았다. 난데없이 굴러 들어온 얄궂은 돈 때문에 마음이 편치 않았다. 돌려주면 부장이 불쾌해할까? 편지라도 동봉할까? 마음만 고맙게 받겠습니다? 그 자리에서 돌려줬어야 했는데. 심장에 벽돌이라도 얹힌 듯 잠을 이룰 수 없었다. 다음 날 공은 문제의 돈이 담긴 봉투를 결재 서류 사이에 끼워 부장의 책상에 올려놓았다.

대꾸는 없었지만 안쪽에서 인기척이 느껴져 공은 문을 밀고 들어갔다. 관리사무소는 의외로 훤했다. 머리가 희끗희끗한 노인 둘이 소파에 마주 앉아 탁자 위의 장기판을 들여다보고 있었다. 두 노인은 동시에 공을 쓱 쳐다본 뒤 다시 장기판으로 고개를 돌렸다.

"소장님 만나러 왔는데요."

공이 문서를 만지작거리며 말했다.

"저녁 먹으러 갔어."

돋보기를 낀 노인이 장기판에서 눈을 떼지 않은 채 말했다.

"언제쯤 오실까요?"

"그거야 모르지. 무슨 일인데?"

돋보기 노인이 퉁명스레 물었다.

"소장님께 전할 게 있어서요."

"저기 놓고 가."

돋보기 노인이 사무실 안쪽 벽을 향해 놓인 책상을 턱으로 가리키며 말했다.

공은 서명지가 담긴 편지 봉투를 책상에 올려놓고 관리사무소에서 나왔다. 그쯤에서 엘리베이터 건이 해결되리라 기대하면서.

공의 기대와 달리 관리소장한테서는 반응이 없었다. 사흘째가 되자 공은 근무 시간에 수화기를 몇 번이나 들었다가 그냥 내려놨다. 무엇 때문인지 직원들의 태도가 부쩍 조심스럽고 서먹서먹했다. 공이 뭔가를 캐내려 한다고 여기는 듯 말은 물론 시선조차 섞으려 들지 않았다. 오해를 풀기 위해서는 진실을 밝혀야 했지만 갑작스러운 전근의 이유를 모르기는 공도 마찬가지였다. 누구도 속 시원히 얘기해주지 않았기 때문이다. 인사 담당 실무자는 통상적인 순환 인사라는 말만 되풀이했다. 짐작가는 바가 없지는 않았다. 부장에게 돌려준 5만 원이 마음에 걸렸다. 봉투에 적힌 한자도 눈에 밟혔다. 부의(賻儀) 봉투에 돈을 넣었다는 사실을 우연히 알게 된 것은 전근 통보를 받고 나서였다. 부장에게 대놓고 물어볼 수도 없었다. 아니라면 그만이어서 괜히 우스운 꼴만 되기 십상이었다. 무엇보다 공은 설마했다. 설마 그깟 일로. 그러니 아내에게도 함구했어야 했다. 부당한 인사라고 역성들던 아내가 함께 내려갈 수는 없다고 낯빛을 바꿨다. 아이 뒷바라지 때문에 어쩔 수 없다는 것이었다. 대학생씩이나 되었는데 무슨 뒷바라지냐는 말을 공은 꿀꺽 삼키고 말았다. 아내의 입꼬리가 살짝 올라가는 게 자신을 비웃는 듯했다.

여태 깜깜무소식이라니. 일이 꼬인 게 틀림없었다. 사무실 밖으로 나가 휴대폰으로 연락해볼 수도 있었지만 통화하게 되면 당장 달려가고 싶어질 것 같았다.

근무 시간이 끝나고 사무실에서 나오자마자 공은 휴대폰으로 관리사무소에 전화를 걸었다. 거리의 소음 때문에 가뜩이나 가늘고 낮은 목소리가 더 어렴풋했다.

"205홉니다. 서명 문건은 확인했습니까?"

"네."

"그래서요?"

"주민 총회를 소입했는데 출석 미달로 무산됐습니."

"총회를 언제 열었는데요?"

"어제저녁에 열었습니."

"안내받은 적 없는데요?"

"방송도 하고 안내문도 붙였습니."

"언제 방송했다는 겁니까?"

"낮에 여러 번 했습니."

"출근하는 사람은 어쩌라고 낮에만 합니까?"

"아임저녁에는 시끄럽다 민원이 들어와 그랬습니."

그러고 보니 요 며칠 아침저녁은 조용했다.

"안내문도 본 적 없는데요."

"거짓말한다는 말입니?"

관리소장이 펄쩍 뛰었다.

"잠깐만요. 버스가 와서 나중에 다시 연락드리겠습니."

공은 전화를 끊었다. 전화로 될 일이 아니었다. 만나서 담판
을 지어야 했다. 진즉 그랬어야 했다. 집으로 가는 버스가 멈췄
지만 공은 뒤따라오던 택시를 세웠다. 마음은 이미 관리사무소
에 가 있었다. 시끄러워서 낮에만 안내 방송을 했다고? 한번 해
보자 이거지. 공은 급히 택시에 오르며 입술을 깨물었다.

관리사무소 문을 두드리면서도 공은 입술을 깨물었다. 안쪽
에서는 반응이 없었다. 다시 두드렸지만 마찬가지였다. 공이 문
을 밀자 스르르 열렸다. 전과 달리 관리사무소는 어둑어둑했다.
천장의 형광등은 꺼진 채였고 책상 위의 스탠드만 켜져 있었다.

관리소장은 유니폼 차림에 모자까지 쓴 채 책상 앞에 앉아 있었는데 의자가 장난감처럼 보일 정도로 덩치가 컸다. 관리소장의 커다란 등짝 너머에서 사각거리는 소리, 쩝쩝대는 소리가 희미하게 들려왔다.

"소장님?"

공의 목소리가 어둠 속에 울려 퍼졌다. 어둠 때문이었을까. 목소리가 사방 벽에서 튕겨 나오는 듯했다.

관리소장이 뒤를 돌아보았다. 가늘고 낮은 목소리와 어울리지 않게 얼굴은 둥글넓적하고 투실투실했으며 목은 짧고 굵었다. 낯선 사람의 갑작스런 출현에 놀랐는지 휘둥그레진 눈으로 멀뚱멀뚱 쳐다보았다. 입을 헤벌쭉 벌리고 있는 게 코에 문제가 있는 듯했다. 관리소장은 혀를 내밀어 아랫입술에 침을 묻혔다. 혀끝에 파란 반점이 돋아 있었다. 파란 반점이 눈길을 끌었지만 관리소장이 스탠드 빛을 가린 데다 빤히 쳐다보고 있어서 정체를 확인할 수는 없었다.

"205홉니다."

관리소장이 책상 서랍에서 문서를 꺼내 공에게 내밀었다. 주민 총회 참석 확인표였다. 참석자 확인란에 서명한 집은 채 4분의 1도 안 될 것 같았다. 1층과 2층도 사정은 다르지 않았다. 공은 얼굴이 화끈거렸다. 모욕이라도 받은 기분이었는데 누구한테 받은 것인지 모호해서 모욕감은 더 커졌다.

"날을 촉박하게 잡아서 그런 것 아닙니까?"

"내일이 납부 마감일이라서 그랬습니다."

목소리는 여전히 가늘고 낮았지만 관리소장은 방송이나 통화 때와 달리 말꼬리를 잘라먹지도 발음을 흐리지도 않았다. 다른 사람과 말하는 기분이 들 정도였다.

"다시 여세요."

"그럴 수 없습니다."

"왜요?"

"내일이 마감이라고 했잖습니까."

"미루면 되죠."

"안 됩니다. 업자한테 계약금을 줘야 합니다."

"양해를 구하면 되잖습니까?"

"안 됩니다."

"왜죠?"

"내일이 마감이라서 안 된다고 했잖습니까."

공의 얼굴이 삐뚜름해졌다. 사방을 막아선 벽이 점점 조여오는 듯했다.

"승강이가 아니라 승강기입니다."

꿈쩍도 않는 벽에 대고 주먹질하듯 공이 버럭 소리쳤다.

"네?"

관리소장이 놀란 표정으로 공을 쳐다보았다. 놀라기는 공도 마찬가지였다. 저도 모르게 튀어나온 말이었지만 내친걸음이었다. 공은 바지 주머니에서 관리비 고지서를 꺼내 관리소장에게 들이밀었다. 관리소장이 혀를 살짝 빼문 채 관리비 고지서를 들여다보자 공은 마음껏 관리소장의 혀를 쳐다볼 수 있었다. 관리소장의 혀끝에 돋은 파란 반점은 우표였다. 두루미인지 학인지 모를 새가 그려진 파란 우표. 책상 위에는 편지 봉투가 수북이 쌓여 있었다.

관리소장은 입을 꾹 다문 채 눈만 뒤룩거렸다. 관리소장이 우표를 삼켜버릴까 봐 공은 가슴을 졸였다.

"승강기를 안 쓴다는 증거 있습니까?"

관리소장이 승강기의 '기'자에 힘을 주며 말했다.

"네?"

공은 귀를 의심하지 않을 수 없었다. 이미 커진 한쪽 눈이 금방이라도 튀어나올 것처럼 더 커졌다. 관리소장의 멱살을 잡지 않기 위해 공은 젖 먹던 힘까지 쥐어짜야 했다. 뭐라고 쏘아붙이고 싶었지만 너무 어처구니가 없어 입이 떨어지지 않았다. 공은 코를 실룩거리며 관리소장을 노려보았다. 관리소장은 아직 볼일이 남았느냐는 표정이었다. 삐뚜름해진 공의 얼굴이 파랗게 달아올랐다. 눈앞에 버티고 있는 벽을, 억지를 부리는 벽을 부셔버리고 싶었다.

"증거를 대면 될 거 아닙니까?"

관리비 고지서를 낚아챈 공은 관리사무소를 빠져나와 곧장 집으로 향했다. 사용하지 않는 증거를 대라고? 끝까지 해보자는 거지.

집에 돌아오자마자 공은 순식간에 문서를 작성했다. 엘리베이터에서 공을 본 적 없다는 사실을 확인한다는 글을 적고 서명 받을 표를 덧붙였다. 출력한 문서를 들고 집을 나서는 공의 심장은 삐뚜름한 세상을 바로잡아야 한다는 사명감에 불타올랐다.

이번에도 공은 203호의 초인종부터 눌렀지만 문은 열리지 않았다. 아직도 여행 중인가. 초장부터 김이 샜지만 굴하지 않고 1층으로 내려갔다. 지난번에도 203호만 빠졌으니까. 적어도 일관성은 있는 셈이었다. 103호는 출석률 저조로 주민 총회가 무산된 것에 분통을 터뜨리더니 자기도 서명을 받아야겠다고 씩씩거리며 사인했다.

105호는 주민 총회가 언제 열렸느냐고 물었다.

"어제저녁에 열렸답니다. 안내문도 붙이고 했다는데요."

"안내문은 못 봤는데."

"방송도 했다는데요."

"……"

"낮에 여러 번 했답니다."

105호는 대꾸가 없었다. 공은 이제 침묵이라면 질색이었다.

"서명은……"

공이 문서를 내밀며 말했다.

"애 아빠와 상의해보고요."

"지난번에는 해주셨잖습니까?"

"이건 다른 문제니까."

"제가 엘리베이터에 타는 걸 본 적이 없잖습니까?"

"그거야 그렇지만."

"그럼 서명 안 하실 이유가 없잖습니까?"

"그래도 이건 상의를 해야 할 것 같아요. 안내문은 구경도 못했는데…… 아들! 아들은 봤어?"

105호 여자가 뒤를 돌아보며 물었다. 까무잡잡한 사내애가 고개를 절레절레 흔들었다. 요전 날 엘리베이터에서 코를 후비며 공을 빤히 쳐다보던 녀석이었다.

"보세요. 안내문은 구경도 못했다고 하잖아요."

"알겠습니다."

공은 힘없이 발길을 돌렸다.

"안 타세요?"

양복 차림의 젊은 남자가 엘리베이터를 붙든 채 물었다.

공은 무심코 엘리베이터에 오르려다 멈칫했다.

"안 탑니다."

엘리베이터 문이 닫히는 것을 지켜보며 공은 낭패를 당할 뻔했다고 가슴을 쓸어내렸다. 공은 계단을 꾹꾹 밟으며 3층으로 올라갔다.

303호는 아이들만 있어서 서명을 받지 못했다.

305호 초인종을 누르자 대머리 할아버지가 푸들을 안은 채 문을 열었다. 푸들이 공을 향해 짖는 시늉을 했지만 낑낑대는 소리만 났다.

공은 자초지종을 설명했다.

305호 노인이 공을 물끄러미 바라보다 입을 열었다.

"보시오. 젊은 양반. 왜 이 녀석 멱을 딴 줄 아쇼? 가족을 생각해서요. 한지붕 아래 살면 가족이란 말이오. 가족이 사는 집을 수리하는데 나 몰라라 하면 되겠소?"

"무슨 말씀인지 알겠습니다만 이건 다른 문제잖습니까?"

"이 녀석 멱을 따고서 얼마나 후회했는지 아시오? 아직도 단독주택으로 이사 가는 꿈을 꾼단 말이오. 할망구가 그렇게 전원주택 타령을 했는데…… 할망구가 그리 허망하게 갈 줄 알았다면 이 녀석 짖는 소리라도 녹음해둘걸."

푸들의 머리를 어루만지는 305호의 눈시울이 붉어졌다.

공은 문서 쥔 손을 슬그머니 내리고 4층으로 도망치듯 올라갔다.

4층에서도 소득은 없었다. 403호는 부재중이었고 405호는 가족들에게 다 확인해야 서명해줄 수 있다며 자정쯤 다시 오라고 했다. 따지고 보면 틀린 말도 아니었기에 공은 발길을 돌릴 수밖에 없었다.

5층으로 올라가는 공은 몸도 마음도 천근만근이었다. 극심한 피로감이 어깨를 짓누르고 발목을 붙들었다. 달랑 한 집의 서명밖에 얻지 못했다는 사실에 맥이 풀렸다. 오늘은 이쯤 할까 싶었지만 관리비 납부 마감이 내일이니 오늘 밤에 끝장을 봐야 했다. 안내문을 붙였다고? 새빨간 거짓말. 통로 어디에도 안내문은 보이지 않았다. 공은 새삼 관리소장에 대한 분노로 치를 떨며 꾸역꾸역 계단을 올라갔다.

사달이 난 것은 12층에서였다. 1203호 여자는 공이 설명하는 내내 팔짱을 풀지 않더니 공의 말이 끝나자마자 대뜸 소리쳤다.

"아저씨, 아파트 시세 떨어지면 책임질 거예요?"

"아파트 시세랑 무슨 상관입니까?"

공이 항변했지만 1203호 여자는 눈도 깜짝 안 했다.

"막말로 낡은 엘리베이터 때문에 사고 나서 누가 죽기라도 하면 그쪽에서 책임질 거냐고요?"

"말씀이 지나치시네요. 엘리베이터를 바꾸지 말자는 게 아니잖습니까?"

"혼자 잘 먹고 잘 살겠다고 서명 받으러 다니는 그쪽이야말로 지나친 거 아니에요?"

"돈 때문에 이러는 게 아닙니다. 엘리베이터를 쓰지도 않는데 교체비를 무는 게 이치에 맞다고 생각하세요?"

"그깟 교체비 대신 내줄 테니 괜한 분란 일으키지 말고 가만히 계세요."

"뭐요?"

공이 목청을 높였다.

그때였다. 갑자기 속옷 차림의 사내가 뛰쳐나와 공을 밀치며 소리쳤다.

"싫다는데 왜 자꾸 지랄이야?"

공도 물러서지 않았다. 왜 몸에 손대느냐고 맞받아쳤다. 사내가 공의 목을 쥐고 한 방 날릴 자세를 취했다.

"때려봐. 어디 한번 때려봐."

공이 턱을 쭉 내밀며 소리쳤다.

사내의 숫돌 같은 눈동자에 파르르 불꽃이 튀었다. 여자가 누구 아빠 그러면 안 된다고, 정초의 맹세를 벌써 잊었느냐고 울며불며 팔뚝에 매달리자 사내의 파란 불꽃이 흔들리며 스러졌다. 그래도 사내는 씩씩대며 공의 목을 놓지 않았다. 공은 얼굴이 파래졌고 여자는 사색이 되어 사내를 뜯어내려 버둥거렸다.

사내가 공을 바닥에 패대기쳤다. 공은 바닥에 엉덩방아를 찧으며 벌러덩 넘어졌고 1203호의 문은 쾅 소리를 내며 닫혔다. 자신을 바라보는 시선을 느끼고 공은 고개를 들었다. 빠끔 열린 1205호 문틈으로 밖을 내다보던 중년 여자가 황급히 문을 닫았다. 자신이 다운당한 사실에 놀란 복서처럼 공은 벌떡 일어섰다. 1205호도 글렀다고 탄식하면서.

험한 꼴을 당했지만 이상하게 화가 나지는 않았다. 뒤로 넘어졌다가 일어서니 오히려 마음이 가라앉아서 대체 무슨 짓을 하고 있나 싶었다. 그래도 포기할 수는 없었다. 공은 서명지를 쥔 손에 힘을 줬다. 다운을 딛고 일어선 복서처럼 숨을 고르면서 목과 어깨와 다리를 놀려보았다. 좀 뻣뻣한 감이 있었지만 문제

없었다. 공은 다시 계단을 올라갔다.

1303호는 응답이 없었고 1305호는 문에 대고 용건을 말하게 하고서 바쁘니 나중에 오라며 코빼기도 안 비쳤다. 이제는 실망하지도 않았다. 다만 지치고 피로했다. 공은 한숨을 쉬며 다시 계단을 오르기 시작했다. 두 층밖에 안 남았다는 사실이 그나마 위안거리였다.

14층으로 올라가는 계단참에서 공은 외마디 비명을 지르며 주저앉았다. 한쪽 장딴지에 경련이 일더니 힘줄을 쥐어뜯는 듯한 통증이 엄습했다. 공은 두 손으로 장딴지를 주물렀다. 미친 듯 장딴지를 주무르는 공의 입에서 연방 신음이 새어 나왔다. 급기야 공은 볼펜으로 장딴지를 냅다 찔렀다. 통증이 주춤하는가 싶었지만 잠시뿐이었다. 다시 볼펜으로 장딴지를 힘껏 찔렀다. 주춤했던 통증이 다시 고개를 들 때마다 찌르고 또 찔렀다. 이마에 식은땀이 맺혔다. 식은땀이 흘러내려 눈이 따끔거리고 쓰렸다. 장딴지의 통증보다 눈의 쓰라림이 더 서러웠다. 눈의 쓰라림보다 저기 바닥에 뒹구는 휑한 서명지가 더 서러웠다. 13층까지 고작 세 집이라니. 기력이 다 빠져나간 듯 발치에 떨어진 서명지를 집어 들 엄두가 나지 않았다. 머리를 가눌 힘조차 없었다. 공은 머리를 무릎에 묻었다.

땡.

아래쪽에서 들리는 소리에 공은 고개를 들었다. 엘리베이터의 문이 열렸지만 아무도 없었다. 텅 빈 엘리베이터를 공은 망연히 들여다보았다. 닳을 대로 닳은 바닥, 얼룩덜룩한 데다 금까지 간 거울. 금을 따라 붙여놓은 노란 테이프. 특별한 구석이라고는 찾아볼 수 없는 낡은 엘리베이터였지만 공은 예전에 본 듯한 느낌에 사로잡혔다.

승강기를 안 쓴다는 증거 있습니까? 관리소장의 가늘고 낮은 목소리가 문득 귓전을 때렸다. 정말로 엘리베이터를 탄 적이 없을까? 한 번도 없을까? 무심결에, 실수로라도 탄 적이 없을까? 공은 남은 기력을 끌어 모아 기억을 쥐어짰다. 엘리베이터에 탔던 기억을 떠올리는 게 절체절명의 목표라도 되는 것처럼 필사적으로 기억의 근육을 쥐어뜯었다.

공은 엘리베이터를 노려보았다. 엘리베이터가 눈앞에서 사라지면 터무니없는 짓을 멈출 수 있을 것 같았다. 13. 엘리베이터 위쪽 벽에 적힌 숫자가 눈에 들어왔다. 전에는 13층에 살았지.

순간 공의 미간에 주름이 잡혔다. 기억의 밑바닥에서 뭔가 꿈틀대더니 의식의 표면을 향해 서서히 올라왔다. 10층, 11층, 12층, 13층. 땡. 엘리베이터 문이 열렸다. 엘리베이터에서 비틀거리며 내린 사람은 만취한 공이었다. 전근 온 지, 이사 온 지 며칠 안 된 날, 직장 동료들이 환영한다며 부어준 술을 한 잔 두 잔 마시다 코가 삐뚤어지고 말았지. 취중에 엘리베이터를 타고 13층으로 올라왔던가. 올라왔을 거야. 올라왔어야 해. 애먼 집 전자키를 다그치며 마누라가 그새 또 비밀번호를 바꿨다고 꿍얼거렸던가. 그랬을 거야. 그랬어야 해. 계단에 주저앉아 머리를 무릎에 묻고 졸았던가. 그랬을 거야. 그랬어야 해. 그랬어. 그런 게 틀림없어. 공은 쐐기를 박듯 힘차게 고개를 끄덕였다.

엘리베이터는 아직 그대로였다. 공은 끙 소리를 내며 일어나 절뚝거리며 계단을 내려갔다. 공은 얼굴뿐 아니라 몸 전체가 삐뚜름해졌다. 삐뚜름해져 계단 내려가기가 힘겨웠다. 계단을 다 내려오자 걷는 게 한결 수월했다. 엘리베이터가 가까워질수록 걸음걸이가 점점 자연스러워지더니 엘리베이터에 오를 때는 멀쩡했다.

2층 버튼을 눌렀지만 엘리베이터는 꿈쩍도 안 했다. 2층에 서지 않는다는 사실을 깨달은 공은 1층을 누를까 하다가 3층을 눌렀다. 계단 오르기라면 넌더리가 났다. 엘리베이터 문이 뻑뻑대며 닫혔다. 뭔가가 붙어 있었다. 주민 총회 안내문이었다.

승강기 교체 비용 분담 건으로 총회를 소집합니다.

엘리베이터가 끼익거리며 움직이기 시작했다. 녹슨 도르래와 낡은 케이블이 비명을 내질렀지만 어쨌든 내려갔다. 한껏 치켜 올라갔던 공의 한쪽 눈썹과 입꼬리도 엘리베이터의 박자에 맞춰 누그러졌다. 심장 위에 얹힌 무언가도 내려가는 듯했다. 마침내 엘리베이터는 3층에 당도했고 공의 얼굴은 완전히 균형을 회복했다.

엘리베이터에서 내리는 공은 더 없이 홀가분한 표정이었다.

아홉번째
아이

실종된 아이를 마지막으로 본 사람은 김 상사였다. 김 상사는 아이가 다니던 미술학원의 통학버스 운전사였다. 정확히 말하자면 9인승 승합차였다. 승합차 옆구리에는 광고판을 끼울 수 있도록 알루미늄 틀이 붙어 있었다. 틀에 끼우는 광고판은 석 장이었다. 꿈동산 어린이집, 피카소 미술학원, 상아탑 학원. 아이는 김 상사가 '수송'하는 스물여섯 중 하나였고 미술학원 앞에서 태우는 아홉 중 하나였다.

마지막 목격자로 김 상사를 지목한 건 경찰이었다. 아이가 사라진 지 사흘째 되는 날 아침 김 상사는 미술학원 원장실로 불려갔다. 호출한 것은 원장이 아니라 형사였다. 형사는 귀밑에 솜털이 보송보송한 애송이였다.

형사는 신분증을 슬쩍 보여준 뒤 미소를 머금은 채 악수를 청했다. 미국식이었다. 양키들은 누구에게나 웃으며 손을 내밀곤 했다. 꼬맹이에게든, 꼰대에게든. 아칸소에서 온 양키도, 뉴저지에서 온 양키도, 텍사스에서 온 양키도 그랬다. 악수를 나누고 나면 주머니에서 뭔가를 꺼냈다. 꼬맹이에게는 초콜릿을 꼰대에게는 담배를 권했다. 드물었지만 반대일 때도 있었다. 양키들의 주머니는 언제나 불룩했다. 아칸소에서 온 양키의 주머니도, 뉴저지에서 온 양키의 주머니도, 텍사스에서 온 양키의 주머니도 불룩했다. 심지어 머리에 총알이 박힌 양키의 주머니조차 그랬다. 김 상사는 손바닥을 바지에 쓱쓱 문지른 뒤 형사의 손을 잡았다.

아이에게서 여태 소식이 없다는 사실을 알려준 것은 원장이었고, 아이를 마지막으로 본 사람이 김 상사라는 사실을 환기한 것은 형사였다.

아.

김 상사의 입에서 탄성이 새어 나왔다. 원장의 말에 대한 반응인지 형사의 말에 대한 반응인지 모호했다. 원장실에 무거운 침묵이 흘렀다. 실종된 아이에 대한 도리라도 되는 양 모두 굳은 얼굴로 입을 다물었다.

침묵을 깬 쪽은 원장이었다. 원장은 아이의 이름을 댔지만 김 상사로서는 금시초문이었다. 형사가 들이민 사진을 보고도 긴가민가했다.

초등학교 1학년 계집애라 했다. 수송하는 아이들 중 이름을 아는 애는 전무했다. 김 상사에게 중요한 것은 이름이 아니라 정차할 장소와 하차할 아이의 숫자였다. 얼굴도 자신 없기는 마찬가지였다. 그맘때 아이들의 얼굴은 하루하루 달라졌다. 아이들의 영혼은 스펀지라잖은가. 아이들의 얼굴에는 잠자리를 어지럽힌 부모의 근심은 물론 간밤에 꾼 꿈의 얼룩까지 고스란히 남아 있었다. 악몽이라면 더더욱.

사진 속 아이는 보라색 블라우스 차림이었다. 김 상사가 사진 속 아이를 기억해낸 것은 옷 색깔 덕분이었다. 아이는 보라색 옷만 입었다. 그 아이라면 맨 마지막에 내린 게 확실했다. 아파트 단지를 다 돌고 나면 혼자 오도카니 남아 있던 아이.

형사는 그날의 상황을 상세히 설명해달라고 했다. 김 상사는 기억을 더듬었다. 여느 때와 다름없는 날이었다. 18시 정각 미술학원 앞에 차를 댔고, 아홉 명의 아이를 태웠고, 인근 아파트 단지를 돌았고, 약속된 장소에 정해진 숫자를 내려줬다. 아파트 단지를 모두 돌았을 때 남은 건 보라색 티셔츠를 입은 아이뿐이었다. 아이는 재개발이 한창인 골목 어귀 부동산 앞에서 내렸다. 그러니까 여느 때와 다름없이.

……아이를 내려준 건 18시 25분이었소.

특이점은 없었나요?

형사가 물었다.

특이점이요?

평소와 다른 점 말입니다.

형사의 입에서 담배 냄새가 훅 끼쳐왔다. 김 상사는 문득 담배 생각이 간절해졌다. 재작년에 폐의 일부를 떼어냈다. 악성 종양이 생긴 것이다. 고엽제 후유증이라 했다. 다이옥신인가 뭔가 때문이란다. 풀을 없애는 약이 폐의 종양과 무슨 상관이란 말인가. 더구나 그게 언제 적 일인데. 양키의 비행기가 풀 없애는 약을 뿌려댈 때면 하늘은 운무가 낀 듯 뿌옜다. 코흘리개 시절 방역차 꽁무니를 쫓던 것처럼 약에 젖은 하늘 밑만 골라 걸었다. 벌레나 모기는 씨가 말랐을 테니까. 담배는 피울 수 있냐고 물었더니 의사는 관 속에 누워 피워야 될 거라고 했다.

작년부터는 간에도 빨간불이 켜졌다. 간이 점점 굳어간다는 것이었다. 새 간을 이식하는 수밖에 달리 방법이 없단다. 역시 고엽제 탓이라 했다. 풀을 죽이는 약 때문에 간이 돌처럼 굳는다는 말 또한 납득할 수 없었다. 끼니때마다 한 움큼의 알약을 삼켜야 했다. 그럴 때면 몸속의 풀이 한 움큼씩 뽑히는 기분이었다.

글쎄올시다.

김 상사가 중얼거렸다.

형사의 얼굴에 실망의 빛이 스쳤다.

차에서 내린 건 분명합니까?

형사가 미간을 모으며 물었다.

김 상사는 여전히 담배 생각이 간절했다. 담배를 끊은 뒤부터였을 것이다. 머릿속에 안개가 낀 듯했다. 언제나 그랬다. 한 모금만 빨면 머리가 맑아질 것 같았다. 딱 한 모금만.

늘 내리던 부동산 앞에서 내렸소.

부동산 이름이 뭡니까?

김 상사가 상호를 대자 형사는 수첩에 받아 적었다.

혹시 뭐든 떠오르면 언제라도 연락하세요.

형사가 명함을 건네며 말했다.

역시 미국식이었다. 김 상사가 즐겨 보는 범죄 수사물에서 미국 형사들은 늘 그런 식으로 말했다.

물론이오.

김 상사도 미국식으로 대답했다.

다음 날에도 김 상사는 어김없이 18시 정각 피카소 미술학원 앞에 차를 댔고 역시 어김없이 5분 뒤 학원에서 아이들이 쏟아져 나왔다. 차를 출발시키려던 찰나 누군가 앞으로 불쑥 튀어나왔다. 김 상사는 라이방을 신경질적으로 벗었다. 형사였다.

형사가 문을 열더니 조수석에 훌쩍 올라탔다.

무슨 일이오?

김 상사가 눈을 껌벅이며 물었다.

확인해볼 게 있어서요.

뭘 말이오?

일단 출발하시죠.

김 상사는 라이방을 다시 쓰고 액셀을 밟았다.

형사는 아이들이 내릴 때마다 수첩에 뭔가를 기록했다.

전에도 부모들이 마중 나왔나요?

형사가 물었다.

김 상사는 고개를 돌려 밖을 쳐다보았다. 젊은 여자가 사내애
의 머리를 쓰다듬으며 가방을 건네받고 있었다.

아니오.

형사는 이번에도 수첩에 뭔가를 적었다.

김 상사는 차를 출발시켰다. 아파트 단지를 돌며 약속된 곳에
정해진 숫자의 아이를 내려줬다. 아이가 내리는 곳마다 어른이
마중 나와 있었다. 여덟번째 아이도 어김없었다. 백미러 속에서
여덟번째 아이가 차 꽁무니를 하염없이 바라보았다.

아파트 단지를 빠져나간 차가 멈춘 곳은 재개발이 한창인 달
동네 어귀의 부동산 앞이었다. 문 여는 소리가 들리지 않자 김
상사는 뒤를 돌아보았다. 뒷좌석은 텅 비어 있었다. 김 상사는
창 너머로 고개를 내밀고 가래를 뱉었다.

시간이 정확하군요. 그런데 왜 시계를 양팔에 차고 계십니
까?

형사가 물었다.

오른쪽은 5분이 빠르고 왼쪽은 5분이 늦소. 마음이 느슨해질
때는 오른쪽을, 조급할 때는 왼쪽을 본다오. 그러면 언제나 제
시간에 도착할 수 있지. 다른 모든 일과 마찬가지로 시간을 지

키는 것도 정신력의 문제요. 정신력. 양키들이 시간을 칼같이 지키는 건 시계가 좋아서 그런 게 아니오.

그날 아이를 내려준 뒤에는 어디서 무엇을 했습니까?

집에 가서 저녁 먹고 테레비 보다가 21시 30분에 나와서 차를 몰고 상아탑 학원으로 갔소. 늘 하던 대로.

집에서는 가족과 함께였습니까?

혼자 사오만. 시방 나를 의심하는 거요?

아닙니다. 뭐든 철저히 확인하자는 주의라서요.

못 믿겠으면 저 부동산에 물어보면 될 게 아니오?

차에서 내린 김 상사는 부동산 출입문 손잡이를 거칠게 잡아당겼다. 문은 꿈쩍도 안 했다. 유리창에 붙은 종이에 이런 글귀가 적혀 있었다. 점포 임대.

김 상사는 가래를 내뱉었다. 일이 고약해지고 있었다. 부동산은 언제 문을 닫은 것일까? 왜 하필 마지막에 내린 아이가 사라진 걸까. 게다가 하필 내 차에서 내린 뒤에. 세상이 작당하고 엿먹이는 게 아니고서야.

그러고 보니 그날은 아침부터 재수에 옴 붙었다. 타이어 하나가 맥없이 짜부라져 있었다. 찢긴 흔적이 역력했다. 그놈 짓이 분명했다. 언제부턴가 주변을 얼쩡거리던 놈. 그놈이 눈에 띌 때마다 사달이 났다. 아니, 사달이 나면 어김없이 그놈이 나타났다. 담벼락에 널어놓은 담요가 바닥에 나뒹굴 때도 '대장'의 다리가 부러졌을 때도.

말없이 끊기는 전화도 그놈 짓이었을까. 그랬을 것이다. 씨근덕거리는 숨소리만 들려오던 전화. 뭐 하는 새끼냐고 고래고래 소리쳐도 묵묵부답이었다.

미친놈의 장난질이려니 싶었지만 도발은 집요했다. 두 달 전에는 한밤중에 와장창 소리가 나면서 벽돌이 방 안으로 날아들었다. 득달같이 나가 봤더니 저만치 길 모퉁이 전봇대 뒤에서 등산복 차림의 사내가 이쪽을 노려보고 있는 게 아닌가. 등산모챙 아래로 드리워진 그늘 속에서 눈빛이 섬뜩하게 빛나고 있었다. 세상에! 그놈이었다. 어떤 젊은 놈이 담요를 바닥에 팽개쳤다며 혀를 차던 자. 다리가 부러진 '대장'을 안고 왔던 자. 볼 때마다 등산복 차림이어서 동네 뒷산 약수터에 다니는 자려니 했다. 눈이 마주치자 놈은 손으로 목을 긋는 시늉을 하고서 슬금슬금 뒷걸음쳤다. 게 서라, 고함을 지르면 쫓아갔지만 놈은 빈집들을 지뢰처럼 품고 있는 새까만 어둠 속으로 사라지고 말았다. 깨진 유리를 수습하고 잠을 청하려 누웠을 때도 놈의 눈빛이 선했다. 경광등처럼 위협적으로 번뜩이는 눈동자에서 들끓던 것은 분노였다.

아무리 기억을 더듬어도 도통 모르는 얼굴이었다. 상대를 착각한 게 분명했다. 유리창을 깨고 달아난 뒤로 놈은 잠잠했다. 번지수를 제대로 찾아갔으려니 했다. 담요를 땅바닥에 내동댕이치고 늙은 개의 다리를 부러뜨리고 유리창을 깨는 정도로 달랠 수 있는 분노의 원인 따위는 궁금하지 않았다. 다만 어찌 다른 사람으로 착각했는지, 그것이 알고 싶을 따름이었다.

혹시, 엿새 전의 전화도? 전화를 받자 대뜸 이렇게 말하는 것이었다. 잊은 건 아니겠지? 성대를 쥐어짜는 듯한 쇳소리. 그게 전부였다.

아이의 실종도 그놈 짓일지 모른다는 의심이 뇌리를 스친 순간 김 상사는 부르르 떨었다. 아주 불가능한 일도 아니었다. 처음에는 전화질만 하다가 담요를 내동댕이치고 '대장'의 다리를 부러뜨리더니 오밤중에 유리창까지 깼다. 심지어 자신의 소행임을 알리려는 듯 전봇대 뒤에 도사리고 있었다. 의심은 차츰 확신으로 굳어졌다. 조용하다 싶더니 쥐죽은 듯 엎드린 채 큰 거 한 방을 준비하고 있었던 게야. 타이어를 찢은 것은 일종의 경고일 테고. 그래도 의문은 여전했다. 아니, 오히려 커졌다. 그놈은 누구인가? 나한테 왜 이런 짓을?

김 상사는 왼 손목에 찬 시계를 들여다보았다. 5분 전의 세계, 그놈이 아이를 유괴했으리라는 의심을 품기 전의 세계가 거기 있었다. 담요는 담요고 개는 개며 유리창은 유리창인 세계. 김 상사는 시계를 풀어 바지 주머니에 쑤셔 넣었다. 이제 담요는 복수고 개도 복수고 유리창도 복수였다. 양키들의 약도 뿌리 뽑지 못한 월남의 정글이 가르쳐준 유일한 교훈은 세상이 정글이라는 것이었다. 약한 자는 먹히고 강한 자는 먹는다. 앉아서 당할 수는 없었다. 총알이 빗발친다고 궁둥짝을 마냥 땅바닥에 붙이고 있으면 벌집이 되기 십상. 이제 궁둥짝을 바짝 들고 자세를 낮춘 채 참호를 박차고 나갈 때였다.

형사에게 그놈에 관한 얘기를 하고 싶은 마음이 굴뚝같았지만 선뜻 입을 떼지 못했다. 심증만 있을 뿐 물증이 없었다. 무엇보다 원한을 살 만한 이유가 떠오르지 않았다. 유괴도 불사할 만큼의 원한 말이다.

그날은 곧장 집으로 가셨다고 했죠?

형사가 물었다.

그렇소만.

그날처럼 똑같이 해보죠.

집으로 같이 가자는 거요?

네.

내 말을 못 믿겠다는 거요?

아닙니다. 그때의 상황을 재연하다 보면 잊고 있던 뭔가가 떠오를지도 모르니까요.

김 상사는 차창 밖으로 가래를 내뱉고 차를 출발시켰다. 김 상사의 집은 실종된 아이의 옆 동네였다.

빈집이 많네요.

차가 비좁은 언덕길로 접어들었을 때 형사가 말했다.

골목 곳곳에는 버려진 세간이 아무렇게나 쌓여 있었다. 반쯤 허물어진 집도 드물지 않았다. 담벼락 곳곳에는 붉은색 래커로 가위표가 쳐졌고 상스럽기 짝이 없는 낙서가 어지럽게 적혀 있었다.

곧 재개발이 시작될 거요. 어서 이사를 가야 하는데…… 빈집이 많다 보니 수상쩍은 종자들이 득시글해. 머리에 피도 안마른 놈들이 떼로 몰려다니며 밤마다 무슨 짓을 하는지. 낮에들어가보면 발에 치이는 게 술병이고 부탄가스 통이야. 나라가어떻게 되려는지. 형사 양반, 월남이 왜 망한 줄 아쇼? 정신력이 약해서야. 세계 최강의 양키가 도우면 뭘 해? 월남군에게 최신식 박격포를 쥐여주면 다음 날 베트콩이 그 물건으로 이쪽을향해 쏘아대는데 어떻게 이길 수 있겠소.

가게들도 다 문을 닫아서 누가 나가고 들어오는지 통 모르겠네요. 그날 혹시 집에 오는 걸 본 사람이 있습니까?

아무도 없었소. 보다시피 텅 빈 동네라.

김 상사가 굳은 얼굴로 대답했다.

다가구 주택 반지하의 현관문을 열자 누렁개가 꼬리를 흔들며 김 상사에게 달려들다 형사를 향해 컹컹 짖어댔다. 김 상사가 머리를 쓰다듬으며 귀에 대고 뭐라고 속삭이니 잠잠해졌다.

개가 다리를 저네요.

형사가 말했다.

골절되었소.

김 상사는 얼굴을 찌푸리며 말했다.

어쩌다요?

참! 목이 마르다고 했지.

김 상사는 냉장고를 열었다. 문짝 음료수 칸에는 소주병이 즐비했다. 김 상사는 소주병 사이에 놓인 물병을 꺼냈다. 컵에 물을 따라 형사에게 권하고 싱크대 선반에서 개 먹이를 꺼내 플라스틱 그릇에 담아 바닥에 내려놓았다. 형사는 컵을 비우고 나서 주변을 휘휘 둘러보았다.

집이 깔끔하네요.

정리 정돈도 정신력의 문제지.

구경 좀 해도 될까요?

형사는 대답이 떨어지기도 전에 이미 안방으로 향했다. 김 상사는 엉거주춤 형사의 뒤를 따랐다.

형사는 방 구석구석을 쑤석거렸다. 장롱이며 서랍장이며 문갑이며 손잡이가 달린 것은 뭐든 잡아당겼다.

수색 영장이라도 가져와야 되는 거 아니오?

김 상사가 볼멘소리로 쏘아붙였다.

그냥 어떻게 사시나 궁금해서요. 제 아버지도 고향에서 혼자 사시는 터라…… 저 박스에는 뭐가 담겨 있나요?

그건……

형사는 어느새 종이 상자를 열고 있었다. 상자에서 나온 것은 어린애용 원피스였다. 보라색 원피스. 형사의 눈이 가늘어졌다.

손녀에게 주려고 산 거요.

김 상사의 말이 빨라졌다.

수취인 불명이라고 찍혀 있네요.

딸년이 이사 간 모양이더군.

새 주소는 모르세요?

모르오.

전화해서 물으면 되지 않습니까?

전화번호도 바꿨더라고.

보라색이네요.

좋아하는 색이오.

김 상사가 퉁명스럽게 대꾸했다.

형사는 원피스를 꼼꼼히 뜯어보았다. 불현듯 치민 울화로 김 상사는 몸이 홧홧했다. 형사가 안방을 뒤져서 노여웠고, 자신을 의심하는 듯해서 분했다. 김 상사는 저도 모르게 입을 열었다.

그날 아침에 이상한 일이 있긴 했소.

김 상사는 그놈에 관한 모든 것을 형사에게 털어놓았다. 말하는 내내 흥분을 억누르려 애썼다.

어르신을 곤경에 빠뜨리기 위해 아이를 유괴했다고요?

형사는 어이없다는 반응이었다.

그놈의 눈빛을 봤다면 그런 말 못 할 거요. 무슨 짓이든 저지를 것 같은 눈빛이었소.

김 상사가 목소리를 높였다.

그래도 설마.

김 상사의 얼굴이 벌겋게 달아올랐다.

몸값을 요구하는 전화 한 통 없다며?

그걸 어떻게 아세요?

형사가 당황하며 물었다.

애들이 수군거리는 걸 들었소.

애들이요?

미술학원 아이들 말이오. 애들은 모르는 게 없소. 낮말은 애가 듣고 밤말도 애가 듣거든.

형사는 굳은 표정으로 입술만 잘근잘근 깨물었다. 낭패의 빛이 역력했다. 김 상사는 내심 통쾌했다. 애송이 형사에게 한 방 먹인 기분이었다. 애들이 수군거리는 소리를 들었다는 건 거짓말이었다. 넘겨짚어본 것이다. 몸값을 요구하는 전화가 왔다면 한가하게 애먼 노인네 장롱이나 뒤지고 있지는 않을 테니까.

그놈 짓이 분명하오.

김 상사가 확신에 찬 목소리로 말했다.

담요를 떨어뜨리거나 개의 다리를 부러뜨리거나 유리창을 깨는 것과 유괴는 하늘과 땅 차이입니다.

타이어도 찢어놓았소.

그것도 마찬가지입니다.

그날도 그놈을 봤소.

사건 당일 말입니까?

형사의 말소리가 높아졌다.

그렇소. 미술학원 앞을 떠나는데 백미러에 잠깐 비쳤소. 차를 세우고 달려갔지만 어느새 자취를 감췄더군.

왜 이제야 얘기하시는 겁니까?

나도 처음에는 설마 했소. 형사 양반 말대로 유리창을 깨는 것과 유괴는 하늘과 땅 차이이니까. 그런데 말이오. 초등학생들끼리 급우를 성폭행하고 십대가 친구를 토막 내서 버리는 세상이 아니오. 늙은이가 너무 오래 산 모양이오. 이런 꼴을 보자고 목숨 걸고 빨갱이 새끼들하고 싸운 게 아닌데. 아무튼 놈의 얼굴을 똑똑히 봤어. 몽타주를 만들어줄 수도 있소. 못 믿겠다면 통화 내역인가 뭔가를 조사해보면 될 거 아니오? 참고로 말하자면, 말없이 끊기는 전화는 집 전화로만 걸려왔소.

형사는 골똘히 생각에 잠긴 눈치더니 잠시 후 입을 열었다.

큰 원한이라도 사셨나 봅니다.

무슨 뜻이오?

유괴까지 저지를 정도라면 보통 원한이 아니겠죠.

올해 몇이오?

갑자기 나이는 왜 묻습니까?

몇이오?

80년생입니다만.

형사 양반이 태어나기도 전부터 차를 몰았지만 여태 딱지 한 장 끊은 적 없소. 자유민주주의를 지키기 위해 목숨 걸고 월남에 갔다가 화랑무공훈장을 받을 뻔한 나요. 형사 양반이 태어나기도 전에 말이오. 원한이라니.

내일 오전에 경찰서로 올 수 있습니까?

경찰서는 내가 왜?

몽타주를 만들어줄 수 있다면서요?

두말하면 잔소리지.

라면으로 저녁을 때우고 프로야구 중계를 보다 일어나 상아탑 학원에 가서 아이들을 태워 집 앞에 내려주고 올 때까지 김 상사의 머릿속에는 한 가지 생각뿐이었다. 그놈은 대체 왜 그런 걸까? 원한을 살 만한 짓을 내가 저질렀던가? 동네 담벼락 밑에 쭈그려 앉아 담배를 빨던 꼬맹이를 혼낸 것? 그 녀석의 할애비인가? 감자를 먹이고 달아나던 폭주족을 붙들어 경찰에 넘긴 것 때문에? 그 녀석의 애비인가? 혹시, 짜장면 한 그릇은 배달 안 한다고 버텨서 전화로 다퉜던 중국집 주인장인가? 중국집 이름이 뭐였더라?

김 상사는 냉장고에서 소주를 꺼내 뚜껑을 따고 빨대를 꽂아 빨아 마셨다. 누렁개가 김 상사의 발등을 핥으며 낑낑거렸다. 김 상사는 소주병을 식탁에 내려놓고 누렁개의 앞다리에 감긴 붕대를 풀었다. 붕대에 누르스름한 고름이 묻어났다. 자신의 가슴에서 끓는 가래와 같은 색이었다. 죽은 풀잎의 색깔. 늙은 개라 상처가 말끔히 아물지 않고 자꾸 덧났다. 동물병원에서 받아

온 연고를 바르고 붕대를 갈아주는 김 상사의 눈가에 이슬이 맺혔다. 김 상사는 플라스틱 그릇에 물을 붓고 소주를 타 누렁개의 코앞에 들이밀었다.

대장도 한잔해. 그래야 푹 자지.

이튿날 아침 김 상사는 경찰서에 가서 몽타주 작성을 도왔다. 몽타주 작성은 젊은 여순경, 아니, 컴퓨터가 맡았다.

얼굴형은 어떻죠?

둥그스름하오.

이런 형태인가요?

하관이 좀더 두툼하오.

이 정도인가요?

맞소.

여순경이 키보드를 두드릴 때마다 머리털이 나고 눈이 생기도 코가 달렸다. 신통했지만 신기하지는 않았다. 미국 범죄 수사물에서 익히 보아온 터였다. 대한민국 경찰도 어엿한 미국식이 된 것이다.

완성된 몽타주를 본 김 상사는 만족스러운 표정으로 고개를 끄덕였다. 영락없이 그놈이었다. 붙잡는 것은 시간문제였다.

이제 누군지 금방 알겠구려.

김 상사가 눈을 반짝이며 말했다.

네?

거 왜 있잖소. 컴퓨터가 의심스러운 자들의 얼굴과 대조해서 누군지 알려주는 거.

김 상사가 모니터를 가리키며 말했다.

난 또 뭐라고. 할아버지 미드를 너무 많이 보셨네요. 현실에는 그런 거 없어요.

여순경이 피식 웃으며 대꾸했다.

없다고?

네.

정말 없어?

김 상사의 얼굴이 벌게졌다.

미드가 문제야.

여순경이 중얼거렸다.

미드가 뭐요?

미국 드라마요.

미국 드라마가 나를 속였단 말이오?

누가 어르신을 속여요?

애송이 형사가 프린트된 몽타주를 집어 들며 말했다.

흔해빠진 얼굴이네. 이래 가지고서야……

형사와 눈이 마주치자 여순경은 어깨를 으쓱해 보였다.

일단 지구대마다 뿌립시다.

형사가 여순경에게 지시를 내리고 나서 김 상사 앞으로 의자를 끌고 와 앉았다.

지난 석 달 동안의 통화 내역을 뽑아봤습니다. 수신은 일곱 건뿐이더군요.

형사가 통화 내역이 담긴 문서를 탁자 위에 내려놓으며 말했다.

대개 핸드폰으로 오니까.

통화 시간이 10초를 넘긴 세 건은 모두 여론조사기관이더군요. 10초를 넘기지 못한 네 건 중 한 건도 여론조사기관이고 또 한 건은 어떤 여중생의 핸드폰이었습니다. 여론조사기관에서 전화가 많이 왔네요.

선거철이었으니까.

나한테는 한 번도 안 오던데. 아무튼, 여론조사기관에 확인했더니 ARS시스템 오류로 아무 소리도 안 들리는 경우가 있을 수 있답니다. 여중생은 번호를 잘못 눌러 그냥 끊었다고 했고요.

나머지 두 건은?

공중전화였습니다.

둘 다?

네, 한 건은 서울 시내의 한 병원이고 다른 한 건은 인천이었습니다. 인천에 연고가 있습니까?

여동생이 살긴 하오만.

공중전화 두 건으로는 발신자의 신원 파악이 불가능합니다. 게다가 괴전화가 반드시 이자의 짓이라고 단정할 수도 없고요.

형사가 몽타주를 손가락으로 톡톡 치면서 말했다.

김 상사는 얼굴을 찌푸렸다. 마치 제 얼굴을 치기라도 한 것처럼.

그래도 공중전화든 뭐든 샅샅이 뒤져봐야 할 거 아니오? 몽타주 돌리고 앉아서 전화만 기다릴 셈이오?

그때 책상 위의 전화가 요란스레 울어댔다. 형사는 기다렸다는 듯 수화기를 냉큼 집어 들었다. 몇 마디 주고받는가 싶더니 아예 의자를 책상 앞으로 바짝 끌고 갔다. 김 상사는 형사의 뒤통수만 하릴없이 바라보았다. 여순경은 컴퓨터 모니터에 코를 박은 채 자판을 두드리고 있었다. 김 상사는 통화 내역서에 적힌 수신 날짜와 시간, 공중전화 번호와 위치를 몽타주 뒷면에 적고 자리에서 일어섰다. 경찰만 바라보고 있을 순 없었다. 몽타주의 주인공이 누구인지, 대체 왜 그런 개수작질을 했는지 참을 수 없이 궁금했다. 미국 범죄 수사물에서도 목격자나 피해자가 직접 범인을 찾아 나서기도 하지 않는가.

상아탑 학원의 마지막 아이를 집 앞에 내려주었을 때 시계는 22시 35분을 가리키고 있었다. 김 상사는 근처 편의점 앞에 차를 댔다. 속이 헛헛했다. 편의점에 들어가 컵라면을 집어 들고 카운터 위에 올려놓았다. 점원이 가격을 일러주자 바지 주머니에서 돈 뭉치를 꺼냈다. 돌돌 말린 천 원권 지폐가 노란 고무줄에 묶여 있었다. 김 상사는 고무줄을 풀고 지폐 다발을 편 뒤 한 장을 점원에게 건넸다.

김 상사는 컵라면을 손님용 선반에 올려놓고 꾸역꾸역 먹었다. 어둠에 물든 통유리 위로 비친 제 얼굴이 눈에 들어오자 김 상사는 소스라치며 고개를 떨어뜨렸다. 거울을 본 지가 얼마나 되었는지 가늠할 수 없었다. 애당초 거울과는 친하지 않았다. 거울은 계집들이나 들여다보는 물건, 사자는 거울을 들여다보지 않는다. 국물을 남김없이 마신 뒤 김 상사는 사자후를 토하듯 길고 오래 트림했다. 편의점을 나서는 김 상사의 손에는 담뱃갑이 쥐여 있었다.

김 상사는 차에 올라 시동을 걸었다. 담배를 꺼냈지만 불을 붙이려다 말고 담뱃갑에 다시 집어넣었다. 내비게이션을 켜고 몽타주 뒤에 적힌 병원 이름을 입력했다. 암사동 쪽이었다.

병원 주차장에 차를 댄 김 상사는 담배를 입에 문 채 라이터를 만지작거렸다. 결국 라이터를 켜고 담배에 불을 붙였다. 한 모금 빨자마자 와락 기침이 터져 나왔다. 폐가 찢어지는 듯했다. 김 상사는 담배를 창밖으로 던지고 눈가에 그렁그렁한 눈물을 손등으로 훔쳤다. 천천히 호흡을 고른 뒤 콘솔박스에서 전기충격기를 꺼내 점퍼 안주머니에 넣고 차에서 내렸다.

병원은 10층짜리 건물을 통째 쓰고 있었다. 4층까지는 진료실과 검사실이었고 5층부터는 입원실이었다. 김 상사는 매점에 들러 과일주스 한 상자를 산 뒤 엘리베이터를 타고 8층으로 올라갔다. 엘리베이터에서 내리니 곧바로 휴게실이 보였다. 두 평

남짓한 공간에 소파와 탁자가 놓여 있고 한 쪽 벽에 음료수 자판기가 서 있었다. 공중전화는 음료수 자판기 바로 옆에 있었다.

김 상사는 공중전화기 상단에 적힌 번호와 몽타주 뒷면에 적어 온 번호를 대조했다. 형사가 조사한 내용은 틀림없었다. 가장 최근 발신번호였다. 잊은 건 아니겠지? 숨이 넘어갈 듯 가랑가랑한 목소리가 귀에 쟁쟁했다. 돼먹지 않은 소리를 씨부렁댈 때 놈은 이 전화기 앞에 서 있었던 것이다. 불과 일주일 전에. 김 상사는 공중전화기를 등지고 전방을 노려보았다. 복도는 고요했다. 복도 양쪽으로 병실이 다닥다닥 붙어 있었다. 김 상사는 가장 가까운 병실로 걸음을 옮겼다.

김 상사는 병실 출입문 옆에 붙은 명단부터 확인했다. 여자들만 있는 방은 건너뛰었다. 그것만으로도 수색의 범위는 대폭 줄었다. 병실에 들어가서는 환자들의 얼굴을 하나하나 신중히 체크했다. 병실은 어두웠다. 복도에서 새어드는 불빛이 시야를 가까스로 밝혀주었다. 환자들은 대부분 잠에 떨어졌거나 잠을 청하려는 듯 눈을 감고 있었다. 보호자들도 사정은 마찬가지였다. 보호자가 없는 환자도 적지 않았다. 폐의 일부를 떼어낸 수술을 받고 입원했을 때 김 상사는 직접 간병인을 샀지만 사흘 만에 돌려보냈다. 별로 하는 일도 없이 꼬박꼬박 챙겨가는 일당 6만원이 아깝기도 했지만 자신의 잠든 모습을 낯선 이가 지켜본다는 게 마뜩잖았다. 병실이 몇 개 남지 않도록 그놈은 보이지 않았다.

김 상사의 눈이 커진 것은 맨 끝에서 두번째 병실 앞에서였다. 입원 환자 명단에 제 이름이 있는 게 아닌가. 결코 흔한 이름은 아니었다. 학교에서도 군대에서도 곧잘 놀림감이 되던 이름이다. 학교에서는 학년이 올라가도 마찬가지였지만 군대에서는 계급이 올라갈수록 놀림당하는 일이 줄었다. 군대에 말뚝을 박은 이유 중 하나였다.

김 상사는 발소리를 죽이며 병실로 들어갔다. 여섯 명의 사내들이 모두 침대에 누워 있었다. 환자의 얼굴을 하나하나 뜯어보았지만 소득은 없었다. 동명이인의 자리는 오른편 맨 안쪽이었다. 보호자는 보이지 않았다. 보호자용 간이침대에 걸터앉은 김 상사는 과일주스 상자를 바닥에 조심스럽게 내려놓았다.

동명이인은 산소호흡기를 쓰고 있었다. 김 상사는 침대 머리맡에 붙은 명찰을 재차 확인했다. 틀림없이 자신과 같은 이름이었고 나이는 여섯 살 아래였다.

동명이인이 처음은 아니었다. 30년쯤 전이었고 계엄령이 내려진 시절이었다. 검문소를 지나는 차량을 세우고 불순분자를 색출하던 중이었다. 버스에 올라탄 김 상사는 대학생으로 보이는 사내는 무조건 끌어냈다. 다른 자들은 모두 벌벌 떨고 있는데 피식 웃는 녀석이 있었다. 더벅머리에 검정 뿔테 안경을 쓴 녀석이 가슴팍을 홀금대며 피식거리는 게 아닌가. 김 상사의 얼굴이 일그러졌다. 겁대가리를 상실한 새끼. 다시 한 번 쪼개봐라. 이 개새끼야. 김 상사의 군홧발이 명치에 꽂히자 안경잡이는 뒤로 벌러덩 넘어졌다. 김 상사는 안경잡이의 가방을 열고 뒤집었다. 책, 공책, 필기구 따위가 길바닥에 쏟아졌다. 제목이 수상쩍은 책도 있었다. 사회학 개설. 요거 봐라. 이 사회주의자 새끼. 빨갱이 새끼. 김 상사는 안경잡이를 다시 걷어찼다. 안경 잡이의 책 윗등에는 매직펜으로 이름이 적혀 있었다. 김 상사와 같은 이름이었다.

김 상사는 환자의 산소호흡기를 떼어냈다. 머리는 산발인데 다 코밑과 턱은 물론 볼까지 수염이 덥수룩했다. 김 상사는 몽 타주를 환자의 얼굴 옆에 바투 댔지만 병실은 어둡고 눈은 침침 했다. 게다가 수염이 너무 무성했다. 주머니에서 라이터를 꺼내 불을 켜고 몽타주와 환자의 얼굴을 번갈아 쳐다보았다. 환자가 기침을 격하게 토하는가 싶더니 금방이라도 숨이 넘어갈 듯 캑 캑거렸다. 산소호흡기를 다시 씌우자 숨이 차분해졌다. 아무리 봐도 그놈은 아닌 성싶었다. 김 상사는 병실 구석의 어둠 속에 서 부스스 일어나 조용히 복도로 나왔다.

텅 빈 복도를 지나 엘리베이터 쪽으로 향하던 김 상사는 문득 걸음을 멈추더니 동명이인이 누워 있는 병실로 돌아갔다. 병실 에서 나올 때는 과일주스 상자가 손에 들려 있었다.

차에 오른 김 상사는 시동을 걸고 실내등을 켰다. 담배를 꺼 내 입에 물었다가 다시 집어넣고 과일주스 상자를 열어보았다. 포도, 오렌지, 사과…… 김 상사가 고른 것은 당근주스였다. 당근이 간에 좋다는 소리를 어디서 들은 듯했다. 뚜껑을 따고 빨대를 꽂아 쭉쭉 빨아 먹었다.

이제 남은 건 인천 쪽 번호였다. 인천에 아는 사람이라고는 여동생뿐이었다. 여동생이라. 김 상사의 미간에 팬 골이 꿈틀거렸다. 김 상사는 휴대폰을 꺼내 여동생에게 전화를 걸었다. 신호음이 한참 울리도록 받지 않았지만 끈덕지게 기다렸다.

여보세요.

자다 받았는지 여동생의 목소리는 잔뜩 잠겨 있었다.

너 처녀 때 쫓아다니던 건달 놈 기억나?

오빠야?

기억 안 나?

아닌 밤중에 홍두깨가 따로 없네. 오랜만에 전화해서 다짜고짜 웬 건달 타령이야?

삼청교육대에 집어넣은 놈 기억 안 나?

갑자기 그 얘기는 왜? 대체 지금 몇 시야?

혹시 그놈 어디서 뭐 하는지 알아?

왜?

알아 몰라?

그걸 내가 어찌 알아?

정말 몰라?

전화가 뚝 끊겼다. 전화를 다시 걸었지만 받지 않았다. 재차 걸었을 때는 전원이 꺼졌다는 메시지만 들렸다.

픽.

김 상사는 미국식 욕지거리를 내뱉으며 휴대폰 폴더를 거칠게 닫았다. 차창 너머로 가래를 내뱉고 차를 출발시켰다.

주차장을 빠져나가 50여 미터가량 달리다 횡단보도 앞에 멈췄다. 빨간불이었다. 오가는 차도 횡단보도를 건너는 사람도 없었다. 4차선 도로에는 오직 김 상사의 차뿐이었다.

김 상사는 실내등을 켜고 몽타주를 집어들었다. 몽타주 뒷면을 들여다보다 주머니에서 볼펜을 꺼내 병원 이름 위에 가위표를 쳤다. 그러고 보니 그놈이 여태 입원 중이라면 아홉번째 아이의 실종과는 무관할 터였다. 아니다. 설령 병상에 누워 있더라도 방심은 금물. 미국 범죄 수사물을 보면 감옥에 갇힌 채 연쇄살인을 사주하는 악마도 있지 않던가. 그나저나 아홉번째 아이는 어떻게 되었을까?

실내등을 끄자 어둠이 다시 밀려들었다. 어둠 속에서 김 상사는 핸들을 꼭 쥔 채 신호등을 노려보았다. 파란불이 들어오기만을 기다리면서.

염소의
주사위

서울행 막차에 오르는 사내의 양복 상의 안주머니에는 칼과 청산가리와 주사위가 들어 있었다. 심야버스는 여섯 명의 승객만을 태운 채 터미널을 빠져나갔다. 여섯이라. 짝수, 죽음의 숫자였다. 조짐이 나쁘지 않았다. 하늘이 두 쪽 나도 이번만큼은 끝장을 볼 것이다.

　문자메시지로 해고 통보를 받은 것은 나흘 전이었다. 진짜로 미안합니다. 그동안 진짜로 수고하셨습니다. 인사과장의 작품일 터였다. 인사과장은 '진짜로'라는 말을 입에 달고 살았다. 문자메시지라니. 30년을 바친 직장이 아닌가. 정리해고자 명단에 오를지 모른다고 마음의 준비를 해온 사내였지만 배신감에 이를 악물어야 했다.

　그날 밤 사내는 잠을 이루지 못했다. 소음 때문이었다. 쿵쿵

쿵. 한동안 뜸하더니 또 시작이었다. 가족과 함께 살던 시절에도 천장을 울리는 소음에 자다가 벌떡 일어나곤 했다. 윗집 사람들 휴가 갔어. 그만 좀 해. 산 사람은 살아야 할 거 아냐. 사내는 아내의 말이 섭섭했다. 산 사람이 살아야 한다면 죽은 사람은 죽어야 된단 말인가.

사내는 신발장에서 야구 방망이를 꺼내 천장을 두드렸다. 제발 잠 좀 자자. 잠잠해지는가 싶어 자리에 누웠지만 쿵쿵거리는 소리가 다시 들려왔다. 사내는 자리를 박차고 일어나 야구 방망이를 들고 위층으로 향했다.

한달음에 계단을 올라간 사내는 야구 방망이를 맥없이 놓고 말았다. 그곳은 옥상이었다. 사내의 방은 12층짜리 원룸 빌딩의 꼭대기 층이었다. 일부러 고른 꼭대기 층이었고 이사 온 지 벌써 두 달째였다. 사내는 귀를 쫑긋 세운 채 깜깜한 하늘을 올려다보았다. 저 차갑고 단단한 어둠 너머에서 누군가 원통함을 못 이겨 발을 동동 구르고 있기라도 한 것처럼.

날이 밝자마자 사내는 두 개의 묘를 찾았다. 먼저 아버지의 묘에 들러 잡초를 뽑고 술을 올렸다. 막걸리 한 병을 묘 주변에 남김없이 뿌렸다. 아버지는 동생을 잃은 뒤 몸속의 뜨거운 불을 끄기 위해 차가운 불을 입안에 들이부었다. 아버지의 정신을 무너뜨린 것은 뜨거운 불이었고, 몸을 망가뜨린 것은 차가운 불이었다. 막둥아, 막둥아. 아버지의 목소리가 들리는 듯했다. 사내는 자리를 털고 일어났다. 절은 올리지 않았다. 조만간 만나게 될 테니까.

동생을 위해서는 담배를 준비했다. 동생의 손가락에 밴 담배 냄새를 처음 맡았을 때 노발대발했던 사내였다. 손찌검까지 할 뻔했다. 그때 동생은 고등학생이었고 반에서 다섯 손가락 안에 드는 우등생이었다. 우등생인 동생이 몰래 담배를 피우는 것을 사내는 납득할 수도 용납할 수도 없었다. 넥타이 매고 출근하는 아버지를 갖고 싶다고 노래 부르던 동생이 아니던가. 머리도 좋은 데다 오리를 몰면서도 손에서 책을 놓지 않아, 일가 중에서 넥타이 매고 출근하는 직업을 가질 유일한 꿈나무였던 동생이 아니던가. 이제 사내는 담배 냄새만 맡아도 가슴이 먹먹했다. 동생을 덮친 불운이 담배에서 비롯되었다고 믿기라도 하듯. 그러니까 담배를 피워서가 아니라 그깟 담배 좀 빨았다는 이유로 형에게 호된 꾸지람을 들어서 불운의 먹잇감이 되었다고 여기는 것처럼. 사내는 동생에게도 절은 생략했다. 동생도 곧 만나게 될 테니.

사내는 겨드랑이를 파고드는 한기에 흠칫 눈을 떴다. 온몸이 식은땀에 절어 있었다. 꿈 때문이었다. 꿈속에서 사내는 동생이 좋아했던 놀이판 위로 주사위를 던졌다. 선행을 하면 사다리를 타고 위로 올라가고 악행을 하면 뱀을 타고 미끄러지는 놀이판. 1부터 시작해서 100까지 먼저 올라가면 이기는 게임. 사내가 주사위를 던질 때마다 1의 눈이 나왔다. 4번 칸에서 노인을 도와

16번 칸으로, 18번 칸에서 나무를 심어 38번 칸으로, 40번 칸에서 닭에게 모이를 줘 60번 칸으로 올라갔지만 66번 칸에서 소매치기를 하는 바람에 14번 칸으로 미끄러졌다. 다시 한 칸씩 전진해서 18번 칸과 40번 칸에서 사다리를 타고 올라갔다가 66번 칸에서 또 미끄러졌다. 다음번에도 마찬가지였다.

사소한 것을 결정할 때도 동생은 그 놀이판을 들고 왔다. 두부 사러 갈 사람을 정할 때도, 화장실 청소 당번을 정할 때도, 오리를 가둘 사람을 정할 때도 그랬다. 뱀 주사위 놀이. 아마 그런 이름이었을 것이다. 수십 년 전의 놀이판이 또렷하게 떠오르다니. 열두 마리의 뱀들이 살아서 꿈틀거리는 듯했다. 뱀의 꼬리에 매달린 악행의 목록은 또 얼마나 눈에 선하던가. 살얼음판에서 스케이트 타기, 책 펼쳐놓고 졸기, 담벼락에 낙서하기, 폭행, 강아지 걷어차기, 과식, 도둑질, 불발탄 갖고 놀기, 철길에서 놀기, 불장난, 벌목, 나무타기. 개중 사내가 저지른 짓은 하나도 없었다. 사내는 길바닥에 침을 뱉은 적조차 없었다. 법 없이도 살 사람이라는 말은 사내를 위해 존재하는 게 분명했다. 하지만 사람들은 사내에게 그 말을 하면서 한쪽 입꼬리를 끌어올리곤 했다. 경리의 실수로 초과 입금된 야근 수당을 자진 반납했을 때도, 산행 중에 씹던 껌을 낙엽에 싸서 주머니에 넣었을 때도 예외는 아니었다.

버스는 톨게이트에 접어들고 있었다. 사내는 입장권이라도 확인하듯 양복 상의 안주머니를 뒤졌다. 칼과 청산가리와 주사위는 그대로였다. 어느새 날이 밝고 있었다.

사내는 터미널 밖으로 나와 택시를 잡아 탔다. 택시 운전사가 행선지를 묻자 사내는 바지 주머니에서 쪽지를 꺼내 거기 적힌 주소를 일러주었다. 운전사는 내비게이션에 주소를 입력하고 차를 출발시켰다.

속이 불편하십니까, 사장님?

운전사가 백미러를 힐끔거리며 물었다.

괜찮습니다.

사내는 손사래를 치며 대답했다.

잠을 청하기 위해 마신 소주 때문인지 속이 울렁거렸다. 사내는 넥타이 매듭을 느슨하게 풀었다. 간만에 맨 넥타이가 영 불편했다.

배 속이 쿨렁거리면서 욕지기가 치민 것은 택시가 간선도로에 진입한 직후였다. 사내는 창문을 내렸다. 찬바람에 속이 진정되는 듯했지만 잠시뿐이었다. 금방이라도 토할 것 같았다. 새차 특유의 냄새가 역하기도 했다. 사내는 목을 쑥 빼 얼굴을 차창 밖으로 내밀었다.

괜찮으세요? 사장님?

운전사가 이마를 찌푸린 채 물었다.

잠깐 멈출 수 있소?

사내가 쥐어짜는 목소리로 물었다.

여기서요? 죽으려고 환장하지 않고서야……

혹시 비닐봉지 있소?

없어요.

아.

뽑은 지 한 달밖에 안 됐는데……

더는 참을 수 없었다. 배 속에서 뭔가가 격렬하게 치밀어 올랐다. 사내는 와이셔츠 앞자락을 허리춤에서 황급히 빼내 토사물을 받아냈다.

택시에서 내린 사내는 주위를 두리번거렸다. 기억 속 풍경과는 딴판이었다. 다닥다닥 붙어 있던 지붕 낮은 집들 대신 새로 짓고 있는 아파트가 눈앞을 가로막고 서 있었다. 사내는 차를 돌리는 운전사를 붙들고 일러준 대로 찾아왔는지 확인했다.

내비게이션은 거짓말하지 않습니다, 사장님.

운전사가 사내를 위아래로 훑어보며 말했다.

사내의 얼굴이 굳어졌다. 분명 이쯤에 대중목욕탕이 있고 쭉 올라가면 쌀가게가 나와야 했다. 하지만 언덕을 덮고 있던 낡은 집 대부분이 사라지고 공사장 너머 맨 위쪽으로만 몇 채가 남아 있을 뿐이었다. 사내는 공사 현장을 에둘러 비탈지고 좁은 골목길을 올라갔다. 골목 곳곳에 버려진 세간이 나뒹굴었고 담벼락마다 낙서가 가득했다. 생존권 사수. 집이 아니면 죽음을. 불도저를 멈춰라. 붉은 래커로 커다랗게 갈겨쓴 낙서가 눈길을 끌었다. 거대한 사기극. '기'자가 희미해져 언뜻 보면 '거대한 사극'

으로 읽혔다.

선한 자는 상을 받고 악한 자는 벌을 받는다는 이유로 사내는 사극을 즐겨 보았다. 하지만 아내는 사극이라면 질색했다. 다 아는 얘기를 뭣 하러 또 보느냐며 혀를 찼다. 두 딸들도 아내의 말에 맞장구쳤지만 사내는 리모컨을 움켜쥔 채 텔레비전에서 눈을 떼지 않았다. 당신이 애들까지 꼬드겨 믿는 종교야말로 결말이 빤하지 않느냐고, 죽고 나서 상을 주고 벌을 내리면 무슨 소용이냐고, 만기도 없는 어음과 다를 바 없지 않느냐고 소리치고 싶었지만 입을 꾹 다물었다. 누가 뭐래도 사내는 법 없이도 살 사람이었으니까.

집집마다 번지수를 확인하던 사내의 미간이 좁아졌다. 쪽지에 적힌 집이었다. 마당도 없는 판잣집. 전에 왔던 곳 같기도 하고 아닌 것 같기도 했다. 마지막으로 찾아온 게 언제였더라. 아내와 헤어질 무렵이니 5년 전이었다. 그때도 끝장을 보겠다는 각오였지만 간발의 차로 뜻을 이루지 못했다. 그날은 동생의 기일이었다. 날이 날인지라 미리 몸을 피한 것일까. 온종일 기다렸지만 염소는 끝내 나타나지 않았다. 한 달이 걸리든 1년이 걸리든 그 자리에서 결판을 내고 싶었지만 월차까지 낸 마당에 하루 더 쉬겠다는 말을 꺼낼 염치가 없었다. 애먼 누군가 사내의 몫까지 떠맡아야 할 테니까. 사내가 입사 이래 한 번도 결근한 적이 없는 것도 그런 신념 때문이었다. 내가 편하면 다른 누군가 힘들어진다.

사내는 좌우를 살폈다. 오가는 사람은 없었다. 사내는 양복
상의 안주머니에서 칼을 꺼내 돌돌 말아둔 헝겊을 풀었다. 칼날
은 거울처럼 반질반질했다. 사내는 묻고 싶었다. 거울아, 거울
아, 세상에서 가장 악한 자가 누구냐? 조만간 답이 눈앞에 나타
나리라. 사내는 칼을 뒤춤에 감춘 채 문을 두드렸다. 쾅쾅쾅. 그
날의 군홧발에서도 그런 소리가 났다. 그들은 강철로 빚은 군화
를 신었던 걸까. 하늘에서 일분일초라도 빨리 내려오도록 강철
군화를 신었던 걸까. 아니면 땅에 묻어둔 거대한 자석 위에 정
확히 착지하도록 강철 군화를 신었던 걸까. 군인들이 발을 놀릴
때마다 쇠를 두들겨대는 소리가 났다.

문 너머는 조용했다. 사내는 숨죽인 채 문을 노려보았다. 두
근두근. 사내는 자신의 심장 뛰는 소리가 거슬렸다. 문 너머는
여전히 잠잠했다. 사내는 다시 문을 두드렸다. 쾅쾅쾅. 문이 슬
쩍 움직였다. 문은 애당초 열려 있었던 것이다.

사내는 손잡이를 잡고 문을 왈칵 열어젖혔다. 문 안쪽은 어두
웠다. 사내는 칼끝으로 어둠을 구석으로 밀어붙이며 조심조심
나아갔다. 부엌과 쪽방에는 아무도 없었다. 온기를 잃은 지 꽤
된 듯, 벽은 얼음장처럼 차가운 기운을 뱉어내고 있었다. 이번
에도 한발 늦은 것인가. 칼을 쥔 사내의 팔이 축 처졌다.

칼을 주머니에 집어넣고 사내는 방을 찬찬히 살폈다. 바닥에
는 부탄가스 통과 컵라면 용기가 널려 있고 구석에는 온갖 잡동
사니들이 먼지를 잔뜩 뒤집어쓴 채 쌓여 있었다. 부러진 나무젓

가락, 중국집 전단, 누더기나 다름없는 옷가지, 고리가 날아간 플라스틱 옷걸이, 끝 부분이 닳은 효자손, 건전지. 염소의 행방을 알려주는 단서는 눈 씻고 찾아봐도 없었다. 낭패였다. 벌써 몇 번쨀가. 5년 전 이곳을 알아내기 위해 치른 대가를 떠올리며 사내는 고개를 절레절레 흔들었다.

와이셔츠의 얼룩에서 시큼한 냄새가 났다. 사내는 부엌으로 가서 개수대의 수도를 틀었다. 물이 나오지 않았다. 수챗구멍에 쑤셔 박힌 걸레는 바짝 말라 있었다. 사내는 걸레를 꺼내 와이셔츠에 묻은 토사물을 닦았다. 사내의 눈이 가늘어졌다. 사내는 걸레를 펼쳐보았다. 하단에 이런 문구가 찍혀 있었다.

부영교회 창립 10주년 기념.

담배 가게 주인이 일러준 대로 주유소를 끼고 언덕길을 올라가니 네온 십자가를 머리에 인 2층짜리 유리 건물이 보였다. 부영교회였다. 예배실에서 찬송가가 들려왔다. 사내는 화장실에 들어가 와이셔츠의 얼룩을 물로 씻었다. 얼룩은 쉽사리 지워지지 않았다.

아버지는 동생이 죽자 땅뙈기를 처분해 장만한 돈으로 법원 앞에 구멍가게를 냈다. 아버지는 억울함을 법에 호소하기로 작심했다. 총에는 법, 칼에도 법. 그리하여 아버지는 한 손에는 칼, 다른 한 손에는 저울을 든 정의의 여신의 전당으로 매일같이 드나들었다. 넥타이 매고 출근하는 아버지를 갖고 싶다던 동생의 소원이 이루어진 셈이었다. 법을 철석같이 믿은 탓일까, 일종의 배수진이었을까. 아버지에게는 와이셔츠가 하나뿐이었다. 여벌이 없었으므로 매일 빨아서 다려야 했다. 어머니는 아버지의 와이셔츠를 정성껏 다렸다. 주름 하나 눈에 띄지 않을 때까지 다리미질을 하며 입버릇처럼 말했다. 옷이 깨끗해야 무시를 안 당한다.

아버지의 각오도 어머니의 정성도 법의 귀를 여는 데는 역부족이었다. 술이 떡이 돼 먼 일가친척이라던 법원 경비의 등에 업혀 온 날 아버지는 고래고래 악을 썼다. 저기는 법원이 아니라 푸줏간이여. 아버지가 화병으로 돌아가시자 어머니는 구멍가게를 처분하고 세탁소를 차렸다. 푸줏간이 아니라서 다행이었다. 사내는 가축이라면 질색이었다. 특히 오리가 그랬다. 동생에게 오리의 암수를 한눈에 구별하는 비결을 귀띔한 것도 사내였다. 염병할 오리들. 뭔가 더 근사한 것을 가르쳐줬어야 했다. 두 손 놓고 자전거 타기나 풀잎으로 피리 불기 같은 것들.

사내는 와이셔츠를 벗어 들고 비누까지 묻혀 구토의 흔적을 박박 지웠다. 물기를 쥐어짜고 탈탈 턴 뒤 다시 입었다. 화장실을 나섰을 때 마침 예배가 끝났다. 단정한 차림의 신도들이 두런거리며 밖으로 나왔다. 하느님도 입성을 보고 사람을 판단하시는 걸까. 아내도 교회 갈 때면 가장 아끼는 옷을 입었다. 사내는 옷매무새를 가다듬고 예배실 안으로 들어갔다. 투명한 통유리를 통과한 빛은 더 밝고 따뜻해 거대한 온실에라도 들어온 기분이었다. 아닌 게 아니라 삼삼오오 담소를 나누고 있는 사람들의 얼굴이 화초처럼 환했다. 누가 목사지? 아무나 붙들고 물어볼 수도 있었지만 사내는 자신과 내기를 하기로 했다. 무슨일이든 내기를 하던 동생은 이제 곁에 없으니까.

사내는 그곳에서 가장 잘 차려입은 중년 남성에게 다가갔다.

목사 선생님?

금테 안경을 쓴 남자가 사람 좋은 미소를 지으며 사내 쪽으로 고개를 돌렸다. 남자의 미소는 이렇게 말하는 듯했다. 무엇을 도와드릴까요? 제대로 짚었다. 사람을 찾는다고 용건을 털어놓자 누구를 찾느냐고 물었다. 놈의 이름을 떠올리는 것만으로도 사내는 피가 거꾸로 솟는 기분이었다. 모름지기 이름은 사람에게나 붙이는 것이다.

염소. 사내는 놈을 염소라고 불렀다. 눈이 쭉 째지고 콧대가 가는 데다 입술이 얇고 하관이 빠 게 영락없이 염소 상이었다. 피부가 까무잡잡해서 성질머리 고약한 흑염소 같았다. 게다가 한쪽 볼에는 화상 자국이 뱀처럼 똬리를 틀고 있었다.

사내는 마른침을 삼킨 뒤 염소의 이름을 댔다. 딸랑. 염소의 이름을 듣는 순간 목사의 눈꺼풀에 매달린 작은 종이 울리고 눈동자에 불이 들어왔다. 염소를 아는 게 분명했다.

뜻밖에 목사는 염소에 관한 칭찬을 늘어놓았다. 독실한 신자였다, 어려운 사람을 보면 그냥 지나치지 못했다, 폐지를 모아 근근이 살아가는 형편에도 십일조를 빠뜨리는 법이 없었다. 사내는 어리둥절했다. 자신이 찾는 사람이 맞나 싶었다. 아니, 사내가 찾는 것은 사람이 아니라 악마였다.

짝수가 나오면 빨갱이고 홀수가 나오면 아니다.

염소의 말에 다른 군인들이 기발한 농담이라도 들은 양 낄낄거렸다. 도청에 진을 쳤다던 얼룩무늬 군복들이 어째서 이 외진 마을에 들이닥쳤을까. 염소는 교련복 차림의 동생에게 신분증을 요구했고 동생의 주머니에서 나온 것은 담배 한 갑과 주사위였다.

염소의 말을 농담이라고 여긴 걸까. 동생은 주사위를 허공으로 던지더니 입으로 받아 꿀꺽 삼켜버렸다. 염소의 얼굴이 지뢰라도 밟은 것처럼 얼어붙었다.

개새끼. 좆 같은 새끼. 빨갱이 새끼.

염소는 길길이 날뛰며 대검이 꽂힌 총부리를 동생의 배에 들이댔다. 배를 갈라 짝수인지 홀수인지 확인하고야 말겠다는 것처럼. 파랗게 질린 동생은 달아나기 시작했다. 사내는 염소의 다리를 붙들고 늘어졌지만 개머리판과 몽둥이, 군홧발이 연달아 날아들어 오래 버티지 못했다. 동생이 풀썩 쓰러졌다. 멈추면 안 돼. 달려. 목구멍이 모래주머니로 꽉 막힌 듯 사내는 아무 말도 할 수 없었다. 숨조차 쉴 수 없었다. 빨갱이 어쩌고저쩌고하는 악에 받친 욕설이 귀를 때렸다. 사내는 눈을 부릅떴다. 저 멀리 논둑길에서 몽둥이가 동생의 어깨를 부수고 허리를 박살냈다. 강원도 가장 깊은 산속에서 수십 번의 겨울을 견딘 박달나무를 깎아 만든 몽둥이가 파괴의 춤을 췄다. 총검이 동생의 배를 노렸다. 사내는 목구멍을 틀어막은 모래주머니에 대고 외쳤다. 누가 좀 말려줘요. 누가 저 악마 좀 말려줘요.

어디 불편하세요, 형제님?

목사가 안경을 밀어 올리며 물었다.

사내는 찬바람이 간절했다. 교회는 온실처럼 후텁지근하고 목사의 목소리는 사카린처럼 달착지근했다.

괜찮습니다. 요즘도 교회에 나오나요?

작년에 이사한 뒤로 발길을 끊으셨습니다. 계속 뵐 수 있으면 좋을 텐데 너무 멀리 가시는 바람에……

목사의 목소리에서 안타까움이 진하게 묻어났다.

사내는 염소를 싸고도는 목사를 견딜 수 없었다. 품속의 칼이 부들부들 떨렸다. 아니, 떨고 있는 것은 사내였다. 사내가 칼이었다.

목사가 일러준 동네는 지하철로 스무 개가 넘는 역을 지난 뒤 버스를 타고 20분을 더 가야 하는 곳이었다. 번지수는 몰랐지만 길이 있는 곳에 뜻이 있는 법. 사내는 시장 골목 국밥집에서 배를 채운 뒤 복덕방에 찾아가 인근에 고물상이 있는지 물었다. 근처에는 고물상이 세 개였다. 세 개라. 적지도 많지도 않은 완전한 숫자. 칼과 청산가리와 주사위의 이름으로 아멘.

가장 가까운 곳부터 시작했다. 첫번째는 허탕, 두번째도 헛수고. 마지막 고물상 주인은 염소를 알고 있었다. 한쪽 볼에 낙인처럼 찍힌 화상 흉터를 얘기하기도 전에 술술 입을 열었다.

오늘내일한다던데……

사내의 얼굴이 구겨졌다. 눈동자는 낡은 형광등처럼 깜박깜박하고 귀는 맛이 간 라디오처럼 지지직거렸다. 비 오는 새벽, 폐지를 잔뜩 실은 간이수레를 끌고 육교 밑을 건너다 차에 치였다고, 고물상 주인은 직접 목격한 것처럼 말했다. 사내의 침묵에서 간절한 바람을 감지한 양, 특별한 뭔가를 베푼다는 투로, 타령을 읊조리듯.

비는 내리지 길은 미끄럽지 육교 밑은 캄캄하지 사람은 시커멓지 허둥지둥 브레이크를 밟았지만 엎질러진 물이요 깨진 바가지라. 모든 일에는 때가 있는 법이지.

사내의 심장이 캄캄해졌다. 지난번에 해치웠어야 했다. 깜박거리는 형광등은, 지지직거리는 라디오는 맞아도 싸다. 동생은 전자기기라면 뭐든 뜯어봐야 직성이 풀렸다. 한참을 들여다본 뒤 콧노래를 부르며 본래대로 멀쩡하게 조립했다. 한번 뜯어본 기계는 어떤 고장이든 뚝딱 고쳐냈다. 동생이 수의사가 되겠다고 했을 때 사내는 놀라지 않을 수 없었다. 동생은 엔지니어가 될 줄 알았다. 국제기능올림픽에서 금메달을 따는 게 꿈이라고 하지 않았던가. 무개차를 타고 퍼레이드를 하고 싶다지 않았던가. 동생이 살아 있다면 저기 넋 놓고 자빠져 있는 물건들을 눈 깜짝할 새 되살려놓을 텐데. 동생을 데려올 수 없는 자는 염소를 데려갈 수도 없다. 염소는 나의 것. 누구도 염소에게 손댈 수 없다. 하느님조차 그럴 권리가 없다.

사내는 고물상 주인의 말을 더 듣고 있을 수 없었다. 속이 메슥거리고 욕지기가 치밀었다. 염소가 누워 있는 병원을 알아내자마자 도망치듯 자리를 떴다. 무슨 일로 그러느냐는 질문에 대꾸도 하지 않은 채.

고물상 주인의 말이 거슬렸던 이유를 깨닫게 된 것은 병원에다 왔을 무렵이었다. 고물상 주인은 사고에 대해 운전자의 입장에서 말하고 있었다. 무단횡단이든 뭐든 교통사고는 운전자가 가해자 아닌가. 염소에게 무슨 일이 생기면 운전자를 용서할 수 없을 것 같았다. 고물상 주인의 마지막 말이 자꾸만 귓전에 쟁쟁거렸다. 모든 일에는 때가 있는 법. 사내는 너무 늦지 않았기만 바랄 뿐이었다. 아직은 안 돼. 주사위를 던지기 전에는, 목숨을 걸고 던지기 전에는.

병실로 들어가려던 사내는 멈칫했다. 잘 차려입은 중년 남녀 다섯이 염소의 침대를 둘러싸고 기도 중이었다. 형제의 죄를 용서해주시고 형제가 죄에서 일어나듯 병상에서 일어나게 해주세요, 어쩌고저쩌고. 염소의 쾌유는 사내도 바라는 바였지만 염소를 위한 기도에 목소리를 보탤 마음은 없었다. 용서라니. 용서라는 말이 눈먼 칼날처럼 사내의 뱃가죽을 찌르고 들어와 내장을 쿡쿡 쑤셨다. 염소는 산소호흡기에 의지해 겨우 숨만 쉬고 있었다.

동생은 중환자실과 입원실을 오가며 여름을 겨우 버티다 공기가 서늘해진 어느 날 눈을 감았다. 성, 무서워. 동생이 마지막으로 한 말이었다. 동생은 배를 찢긴 채 병원에 실려간 날에도 같은 말을 했다. 무서워. 무서워, 성. 주문을 외는 것처럼, 무서워하지 않으면 벌 받을 거라는 무서운 망상을 무서워하는 사람처럼 무섭게 헐떡거렸다. 찢어진 폐를 꿰매는 수술을 받고 마취가 풀린 뒤 동생은 주사위 똥을 쌌다. 똥구멍에서 나온 주사위를 동생은 머리맡 서랍에 넣어두었다.

주사위 똥을 싼 뒤로 동생은 밤마다 악몽을 꿨다. 살얼음판에서 스케이트를 타다 물에 빠졌다며, 나무에서 떨어져 다리가 부러졌다며, 불장난으로 집을 홀라당 태워먹었다며 울먹였다. 꿈속에서 저지른 일은 주사위 놀이판의 그림에 불과하다고 다독여도 진짜 죄를 저지른 사람처럼 괴로워했다. 마치 그런 죄를 짓지 않았을 리 없다고 자신을 설득하는 것처럼. 그럴 때면 사내는 서랍을 열어 주사위가 그대로 있는지 확인했다. 주사위가 보이지 않았다면 동생의 머릿속에 총알처럼 박혀버렸다고 믿었을지 모른다.

염소와 염소의 형제들과 염소 형제들의 기도를 뒤로하고 사내는 맥없이 입원실을 나왔다. 염소가 죽음의 문턱에 널브러져 있다는 사실이 믿기지 않았다. 엉터리 마술사의 싸구려 속임수에 걸려든 느낌이었다. 속임수를 쓰는 자는 대체 누구인가. 염소인가, 염소의 하느님인가.

마술에 숨은 속임수를 찾아내려는 의심 많은 관객처럼 사내는 간호사에게 염소의 주치의를 불러달라고 요구했다. 왜 그러느냐고 묻기에 환자의 상태를 정확히 알고 싶다고 대답했다. 책상 앞에 앉아 있던 간호사가 염소의 담당이라며 대신 설명하려 했지만 거절했다. 마술사들은 언제나 미녀를 끼고 술수를 부린다. 미녀야말로 속임수의 핵심.

염소의 담당 간호사가 샐쭉해진 얼굴로 환자와는 어떤 관계냐고 물어왔다. 무대 위로 불려나온 관객처럼 사내는 당황했다. 간호사의 반격 때문이 아니라 '관계'라는 말의 부당함 때문에. 관계라니. 사내는 익히 보아왔다. 표범이 가젤을 어떻게 추격해 목덜미를 물어뜯는지. 표범의 이빨이 가젤의 목덜미에 박힌들, 가젤의 피가 표범의 입술을 적신들 표범과 가젤이 어떤 관계가 된단 말인가. 관계가 없으면 죄의식도 없다. 표범에게 표범의 하느님이 없는 것처럼 표범에게는 죄가 없다. 인간이 죄를 짓는 것은 인간에게 하느님이 있기 때문이다. 모든 것을 용서하는 분 말이다. 텅 빈 모자에서 비둘기를 꺼내고 신문지로 장미를 피워내고 미녀를 사라지게 하는 야바위꾼.

가족이시군요, 가족이 나타나면 연락 달라고 보험회사 직원이 명함을 두고 갔는데……

간호사가 말끝을 흐리며 책상 서랍을 뒤졌다.

아닙니다.

하긴 가족이 이제야 나타날 리 없겠지. 그럼 그 택시…… 기사 분?

택시 운전사도 찾아온 적 없습니까?

전화만 한 번 왔었어요.

정말 한 번도 안 왔습니까?

아! 그럼 교회에서 오셨군요.

사내는 마지못해 고개를 끄덕였다. 어차피 사실대로 말할 수는 없었다.

간호사는 주치의를 호출해줬다. 사내는 주치의를 붙들고 염소의 상태를 꼬치꼬치 캐물었다. 뇌에 피가 고이고 척추가 박살나고 다리가 부러졌다고 했다. 수술은 성공적이었지만 워낙 폐와 심장에 지병을 앓던 터라 회복을 장담할 수 없다는 것이었다.

뼈가 그 지경이라면 엄청 고통스럽겠군요?

사내가 조심스레 물었다.

의식이 오락가락하는 데다 강력한 진통제를 투여하고 있어서 괜찮을 겁니다.

고통을 못 느낀다는 말입니까?

네.

전혀 못 느낀다고요?

네.

진통제의 마술. 진통제의 기적. 그러니까 진통제라는 염병할 하느님. 사내의 안색이 시체처럼 창백해졌다.

괜찮으세요, 선생님?

사내는 염소의 뇌를 촬영한 MRI 사진을 얼빠진 얼굴로 오래오래 들여다보았다. 비둘기가 튀어나온 모자 속 좁고 깊은 어둠을 살피고 또 살폈다.

사냥감이 무기력해지면 사냥꾼도 무기력해진다. 사내는 덫에 걸린 것 같았다. 그날 이후로 사내는 언제나 쫓기는 기분이었다. 그랬다. 사내는 사냥꾼이 아니라 사냥감이었다. 사냥감에게는 사냥꾼이 보이지 않을 때가 가장 위험하다고 하지 않던가. 조만간 사냥꾼이 모습을 감추려 한다. 그것도 눈앞에서.

병원에서 나온 사내는 근처 여관에 방을 잡았다. 앞에 버티고 선 빌딩 사이로 병원의 뒷덜미가 슬쩍 비쳤다. 사내는 방마다 돌아다니며 병원이 가장 잘 보이는 방을 골랐다. 물론 맨 꼭대기 층에서.

사내는 안절부절못하며 방을 서성이다 수시로 창에 달라붙어 병원을 건너다보았다. 한눈을 팔면 병원이 사라져버리기라도 할 것처럼. 염소의 병실이 어디쯤일지 가늠하면서. 저녁으로 주문한 짜장면도 창가에 선 채 먹었다.

병원이 어둠에 묻히자 사내는 오히려 차분해졌다. 염소가 저 어둠 너머에서 간단히 숨을 거두는 일은 없으리라. 잠들 듯 편히 죽을 권리가 염소에게는 없으니까. 정의에 대한 믿음이 세상에 단 한 번이라도 존재했다면 말이다. 현실이 사극 같지 않다는 것을 사내도 모르는 바는 아니었다. 그래서 사내는 텔레비전을 켰다. 채널의 미로를 이리저리 헤매도 사극은 나타나지 않았다. 뉴스 전문 채널에 맞추고 볼륨을 높인 뒤 냉장고에서 맥주캔을 꺼내 땄다.

사내는 지갑에서 사진을 꺼냈다. 사진은 묵은 지폐처럼 나달나달했다. 사진관까지 가서 찍은 가족사진. 두 딸은 엄마의 것과 똑같은 뿔테 안경을 쓰고 있었다. 세 마리 부엉이 같았다. 첫째는 열 살, 둘째는 여덟 살이었다. 그때 딸들은 사내를 아빠라 불렀지만 이제는 아버지라 불렀다. 그것도 어쩔 수 없이 불러야 할 때만. 딸들은 촌스러운 사진이라며, 촌스러운 시절의 사진이라며 질색했다. 그럴수록 사진은 사내의 손길을 탔고 아득해진 눈길을 독차지했다. 사내는 언제나처럼 간절한 눈빛으로 사진을 들여다봤다. 혼자 맞는 궁상스러운 저녁마다 그랬던 것처럼.

병원, 여관.
병원, 식당, 여관.
병원, 식당, 병원, 식당, 여관.
식당, 병원, 식당, 병원, 식당, 여관.
하루하루가 지나갔다. 병원에 새로 취직한 사람처럼 사내는 낯선 직장에 조금씩 적응해갔다. 간호사들의 얼굴을 익히고 주변 식당의 메뉴를 섭렵하고 여관 주인과 장기 투숙에 대해 흥정하고 재래시장에 들러 필요한 물건을 조금씩 샀다. 속옷, 양말,

칫솔, 치약, 면도기, 세숫비누, 샴푸, 빨랫비누, 컵라면, 맥주.

해고되기 전처럼 오늘이 내일 같고 내일이 오늘 같아졌다. 다음 날도 그다음 날도 염소는 오늘내일이었다. 사내는 하루 종일 염소의 주변을 맴돌 뿐 정작 얼굴을 맞대지는 못했다. 다만 성실한 간병인처럼 간호사를 붙들고 환자의 상태를 체크했다. 상태는 나빠지고 있었다. 염소는 가망이 없었다. 여전히 칼을 품고 다녔지만 사내는 점점 어깨가 처지고 발걸음이 무거워졌다.

사내의 동선이 차츰 단조로워졌다.

식당, 병원, 식당, 병원, 식당, 여관.

병원, 식당, 병원, 식당, 여관.

병원, 식당, 여관.

병원, 여관.

여관.

마침내 사내는 염소를 찾아갔다.

염소의 얼굴이 해골 같았다. 광기로 씨근덕거리던 얼굴은 해골 너머로 숨어버린 듯했다. 사내는 산소호흡기가 채 가리지 못한 이마와 눈과 귀와 턱을 샅샅이 뜯어봤다. 수십 년 전 은밀히 표시해둔 뭔가를 찾으려는 것처럼. 염소가 숨을 가쁘게 내쉴 때마다 투명한 플라스틱이 뿌예졌다. 뿌연 게 걷히면 한쪽 볼에 난 화상의 흉터가 문득문득 드러났다.

사내는 문병객처럼 조용히 앉아 염소가 침대에서 일어나기를 병원의 신께 기도했다. 병원의 신 같은 게 있다면 말이다. 칼의

신께라도 기도할 수 있었다. 실제로 사내는 양복 상의 안주머니에 손을 넣고 칼을 매만졌다. 하지만 사내의 손에 들린 것은 주사위였다. 사내는 앙상하고 메마른 염소의 손에 주사위를 쥐여줬다. 마지막 기회를 준다. 짝수면 죽음. 사내는 염소의 귀에 대고 속삭이고 싶었다. 염소의 심장에 대고 소리치고 싶었다. 염소가 동생에게 그랬던 것처럼. 뇌수를 얼리고 숨통을 물어뜯는 공포를 심어주고 싶었다. 동생과 사내에게 그랬던 것처럼.

염소의 손은 주사위를 놓지 않았다. 지구의 반대편으로 물러가 있던 어둠이 돌아오도록 놓지 않았다. 창밖이 주사위의 눈처럼 고집스레 새까매지자 사내는 일어섰다.

사흘 뒤 염소가 죽었다. 주사위는 찾지 못했다. 사내는 여관방에서 숨죽여 울었다. 의정부에서 해치웠어야 했다. 화병으로 시름시름 앓던 아버지가 돌아가신 직후였다. 사내는 해야 할 일을 기필코 해치울 작정이었다. 염소의 방에 몰래 들어가는 데까지 성공하지 않았던가. 한여름 밤이었고 창문이 열려 있었다. 술냄새가 진동하는 방에서 염소는 숨이 넘어갈 듯 코를 골았다. 악몽을 꾸듯, 악몽 속에서 사투를 벌이듯 얼굴을 일그러뜨린 채. 염소의 머리맡에는 소주병과 약봉지가 여럿 널려 있었다. 내과, 피부과, 신경정신과.

어둠 속에서 얼마나 웅크리고 있었던가. 사내는 칼을 꺼내지도 못했다. 무방비 상태로 잠들어 있는 사람을 찌를 수는 없었다. 더구나 술과 약에 취한 사람이 아닌가. 그래도 염소가 깨어날 때까지 곁을 지키고 있었어야 했다. 잠시 눈을 붙이러 만화가게에 들어갈 때만 해도 두고두고 후회하게 될 줄은 몰랐다. 동트기 무섭게 달려갔을 때 염소는 이미 집을 나선 뒤였다.

매형의 간청으로 빚보증을 섰다 집을 날리고 찾아간 안양에서는 또 어땠는가. 염소를 덮치려던 순간 사내는 일을 치른 뒤 삼키려고 구한 청산가리를 깜박했다는 사실에 다리가 풀리고 말았다. 염소에게 죗값을 묻는 것도 중요했지만 뒷일도 소홀할 수는 없었다. 염소에게 죗값을 물었다는 이유로 죗값을 치르고 싶지는 않았다. 이것은 정당방위다. 무자비한 폭력이 동생의 생명을 유린할 때 행사했어야 할 정당방위의 권리를 뒤늦게 행사하는 것이다. 동생의 억울함을 풀어주지 못한 법이 정당방위를 처벌하게 내버려둘 수는 없었다. 물론 사내는 기꺼이 벌받을 준비가 되어 있었다. 염소를 처벌한 죄가 아니라 동생을 지켜주지 못한 죄, 아버지의 한을 서둘러 풀어주지 못한 죄 말이다. 그 죄에 대한 벌을 내릴 권한은 법이 아니라 사내에게만 있었다. 어쨌거나 사내는 법 없이도 살 사람이었으니까.

사내는 오래오래 울었다. 동생도 불쌍하고 아버지도 불쌍하고 어머니도 불쌍하고 누이도 불쌍하고 아내도 불쌍하고 딸들도 불쌍하고 자신도 불쌍했다. 심지어 염소도 불쌍했다. 모두모두 불쌍했다. 불쌍한 것들이 불쌍해서 울었다. 주사위가 불쌍해서 울었다. 칼이 불쌍해서 또 울었다. 청산가리가 불쌍해서 다시 울었다. 그칠 것 같지 않던 울음을 잠재운 것은 원망이었다. 번번이 기회를 놓친 자신이 원망스러웠고 허락도 없이 죽어버린 염소가 원망스러웠으며 염소를 데려간 하늘 또한 원망스러웠다. 무엇보다 복수의 기회를 영영 앗아간 택시 운전사가, 사람을 치고도 코빼기조차 내밀지 않은 택시 운전사가 원망스러웠다. 죽이고 싶도록.

어렵사리 연락이 닿은 유족마저 인도를 포기한 염소의 시신을 수습한 것은 염소가 다니던 교회였다. 염소가 납골묘에 안치되는 것을 사내는 멀찍이서 지켜보았다. 땅은 붉었고 하늘은 파랬고 묘는 하얬고 사람들은 까맸다. 까만 사람들 중 한 명이 죄와 구원과 천국에 대해 말했다. 가장 잘 차려입은 걸로 보아 목사가 틀림없었다. 비밀을 속삭이는 것처럼 목소리가 갑자기 잦아들었다. 사내는 귀를 세웠지만 목소리는 분명치 않았다.

대기 속에 숨어버린 소리를 찾아내려는 것처럼 사내는 보이는 것들에 조용히 집중했다. 죄는 붉었고 구원은 파랬고 천국은 하얬다. 목사는 용기에 대해 말하는 듯했다. 죄와 구원과 천국이라는 구슬을 꿰는 용기라는 실 어쩌고저쩌고. 믿음이 용기를 불러내는 게 아니라 용기가 믿음의 기반이 된다는 아리송한 소리. 죄가 없으면 구원도 없고 천국도 없다는 해괴한 소리.

사내는 현기증을 느끼며 주저앉았다. 일어서려고 했지만 몸이 말을 듣지 않았다. 대신 죄라는 말과 구원이라는 말과 천국이라는 말이 눈앞에서 소용돌이쳤다. 붉은 죄와 파란 구원과 하얀 천국이 뒤섞이며 부딪치다 회색의 한숨으로 잘게 부서졌다.

도움이라도 청하려는 듯 사내는 손을 휘적휘적 내저으며 주위를 둘러보았다. 검은 사람들은 입을 모아 모든 것을 용서하는 전능한 존재를 찬송하는 노래를 불렀다. 일으켜달라는 사내의 외침은 노래에 묻혔다. 노래가 사내를 묻었다. 사내는 몸에서 기력이, 살아갈 의지가 빠져나가는 것을 느꼈다. 동생의 이름을 불러보았다. 아버지를 찾았다. 동생의 얼굴을 어떻게 볼 것인가? 아버지의 얼굴은? 죽은 자에게도 문자를 보낼 수 있다면 그러고 싶었다. 해고를 알리던 문자메시지처럼. 진짜로 미안합니다.

사내는 양복 상의 안주머니에서 청산가리를 꺼냈다. 기도하지 않는 사내에게 청산가리는 죄이자 구원이며 천국이었다. 죄와 구원과 천국을 목구멍에 털어 넣을 용기만 끌어모을 수 있다면.

사내는 작별을 고하는 자의 눈으로 주위를 둘러보았다. 붉은 땅이여 안녕, 파란 하늘이여 안녕, 검은 사람들이여 안녕. 그때 저기 주차장에 서 있는 택시가 눈에 들어왔다. 혹시? 사내는 손으로 차양을 만들어 택시를 살폈다. 빈 차였다. 사내는 주변을 샅샅이 훑어보았다. 주차장에 딸린 화장실에서 점퍼 차림의 중년 남자가 바지 지퍼를 올리며 걸어 나왔다. 입에는 담배가 물려 있었다. 사내는 맥이 풀렸다. 자신을 태우고 온 운전사였다. 염소를 친 택시 운전사는 끝내 나타나지 않는 것인가. 죽었던 분노가 부활해 사내의 이마를 어루만졌다. 너 주저앉은 자에게 명하노니 일어서라. 너는 나의 칼이니 복수는 나의 것.

사내가 마른하늘의 벼락처럼 벌떡 일어섰다. 흐무러진 근육이 단단해졌다. 식어빠진 심장이 뜨거워졌다. 청산가리는 어느새 제자리로 돌아갔다. 아직은 청산가리의 시간이 아니었다.

운전사가 택시에 올랐다. 사내는 미친 듯이 달렸다. 택시가 움직였다. 사내는 진입로 쪽으로 질러갔다. 택시는 완만하게 구부러지는 시멘트 포장길을 달렸다. 사내는 비탈길을 전력으로 질주했다. 마침내 택시의 호선과 사내의 직선이 만났다.

택시!

사내가 두 손을 번쩍 치켜든 채 택시 앞을 막아섰다. 택시가 멈췄다. 사내는 택시에 올라탔다.

벌써 나가시게요? 이번에는 어디로 모실까요?

운전사가 물었다.

어디로 가야 하나.

사내가 중얼거렸다.

네?

일단 여기서 나갑시다.

사내는 바지 주머니에서 명함을 꺼냈다. 보험회사 직원이 염소의 담당 간호사에게 준 명함이었다.

택시는 다시 움직였고 사내의 양복 상의 안주머니에는 칼과 청산가리가 들어 있었다.

지구공정
(地球工程)

나는 왜 지구에 가려는 걸까?

율의 머릿속에 불쑥 이런 질문이 떠오른 것은 발사 카운트다운이 막바지에 접어들 무렵이었다.

셋, 둘, 하나. 상승 엔진 점화.

사령관 킴의 목소리는 언제나처럼 침착했다. 어떤 위기에도 흔들리지 않을 것 같은 단단한 목소리. 원로원이 목소리만으로 사령관을 낙점했다고 해도 율은 기꺼이 수긍할 수 있었다.

상승 엔진의 추진력이 율의 척추를 압박했다. 수백 번 시뮬레이션한 상황이었지만 실제 느낌은 사뭇 달랐다. 긴장한 것은 아니었다. 율에게 지구는 거울에 비친 얼굴만큼이나 익숙했다. 관측소에서 한시도 눈을 떼지 않고 지켜본 대상이 바로 지구였다. 소리도 움직임도 없는 황량한 풍경에 홀로 박혀 있으면 자신이 지구를 관측하는 게 아니라 지구가 자신을 관찰하는 기분이 들 곤 했다. 한때 푸르게 빛났다지만 이제는 창백해진 별. '그날' 이후 차갑게 식어버린 불모의 행성.

고도 확인.

킴이 명령했다.

공전 궤도 진입 30초 전.

부사령관 할이 들뜬 목소리로 대답했다.

할의 조종석 등받이에 부착된 생명유지장치가 삑삑거렸다.

부부사령관?

킴이 물었다.

부사령관의 맥박이 10퍼센트 포인트 상승했습니다.

율이 보고했다.

대원들의 바이털 사인을 체크하는 건 율의 소관이었다. 대원 이라 해봐야 율을 포함해 세 명이 전부였지만.

막내, 딱딱하게 부사령관이 뭐냐? 평소대로 해.

할이 율에게 윙크를 날리며 말했다.

부사령관, 고도 확인.

킴의 목소리가 딱딱했다.

공전 궤도에 진입했습니다, 사령관.

할이 사무적인 투로 응답했다.

율은 선창을 내다보았다. 저만치 은빛 구(求)가 영원한 암흑 위에 떠 있었다. 달의 전모를 보기는 처음이었다. 작고 아름다웠다. 율은 문득 진이 보고 싶어졌다. 너를 두고 빌어먹을 지구랑 경쟁하는 기분이 어떤지 알기나 해? 진의 결별 통보를 듣고서야 율은 자신이 지구와 사랑에 빠졌다는 사실을 깨달았다. 볼수록 가슴이 먹먹해지는 걸 사랑이라고 한다면 말이다.

아펜니노 산맥의 최고봉에 쭈그리고 앉아 할 수 있는 일은 많지 않았다. 지구를 바라보고, 지구를 바라보고, 지구를 바라보는 게 전부였다. 얼어붙은 연인의 마음이 녹기만을 기다리듯 율은 지구를 보고 또 보았다. 대기를 살피고 지표면과 해수면의 온도를 추정해 관측 일지를 작성했다. 이상 무. 차갑게 식어버린 별에는 온기 한 점 없어 이상 무. 차갑게 식어버린 별에는 생명체가 존재할 가능성이 희박해서 이상 무. 그러니까 지구에 이상이 없다는 것은 생명체가 살 수 없다는 뜻이었다.

그러던 어느 날, 지구 궤도에서 이탈한 인공위성이 고요의 바다에 떨어졌다. 율은 달 기지로 득달같이 달려가 보고했다. 지구 궤도를 돌던 인공위성이라면 지구에 생명체가 남아 있는지, 생명체가 발을 붙일 수 있는지 여부를 알려줄 수도 있었다. 율은 흥분을 감출 수 없었지만 상부의 반응은 의외로 냉담했다. 상부는 인공위성을 조용히 수거해갔으며 불시착 사실마저 비밀에 부쳤다. 상부의 이상한 대응은 그것으로 끝이 아니었다. 율은 근무지 무단이탈로 질책받았고 시말서를 써야 했다. 교대 근무자가 올 때까지 기다리지 않았다는 것이었다. 시급히 보고해야 할 사안으로 판단했다는 항변은 묵살되었다.

율은 지구를 관측하는 이유가 대체 무엇인지 새삼 궁금해졌다. 상부에는 묻지 않았다. 대신 관측소의 선배 할에게 물었다. 할은 어깨를 으쓱하더니 이렇게 말했다. 저기, 지구가 있으니까.

할은 늘 그런 식이었다. 진지한 구석이라고는 없었다. 교대하러 가면 밀린 일지를 몰아서 적고 있거나 우주복을 챙겨 입고 관측소 밖으로 나가 한쪽 끝이 뭉툭한 가늘고 긴 쇠막대기로 발치의 돌멩이를 후려치고 있었다. 할의 할아버지가 지구를 떠날 때 챙겨 왔다는 쇠막대기였다. 엄청나게 멀리 떨어진 쪼그마한 구멍에 공을 집어넣는 도구라고 했다. 풀밭 위에서만 하는 운동이라고도 했다. '풀밭'이라고 말할 때 할의 얼굴은 꿈을 꾸는 듯했다. 할이 후려친 돌멩이는 포물선을 그리며 멀리멀리 날아가 사막에 떨어졌다. 가끔은 크레이터에 빠지기도 했다. 그럴 때면 할은 손으로 제 헬멧을 툭툭 쳤다. 할은 기지로 데려다 줄 산소가 간당간당할 때까지 돌멩이를 허공에 날려 보냈다.

율이 남들은 기피하는 관측소 근무를 지원한 것은 말을 하지 않아도 된다는 점 때문이었다. 진이 율의 침묵을 무관심으로 힐난한 것은 진의 할아버지가 죽은 뒤부터였다. 그때부터 진은 모든 것을 의심했다. 할아버지의 죽음을 타살로 의심했고 타살의 배후로는 원로원을 의심했다. 진이 할아버지의 죽음에 어른거리는 의혹을 호소할 때마다 율이 입을 다물기는 했다. 아버지의 죽음을 채 털어내지 못한 율에게는 또 다른 죽음에 내줄 귀가 없었다.

사실 진의 의심이 율로서는 요령부득이었다. 특히 지구와 사랑에 빠진 거 아니냐는 의심에는 어안이 벙벙했다. 한마디 말도 없이 오래오래 마주할 수 있는 상태를 진은 사랑이라 이름 붙인 셈이다. 그렇다. 진이 넘겨짚은 대로 율은 침묵의 심지에 응시의 불꽃을 켜켜이 덧대는 방식으로 지구를 사랑했다. 여자들은 옳다. 여자들은 언제나 옳다. 하지만 옳다는 게 늘 위로를 주지는 않는다. 율은 자신이 지구를 사랑한다는 사실에서 일말의 위로도 얻지 못했다. 지구는 만질 수도 쓰다듬을 수도 없는 존재였다. 율에게 위로는 만지거나 쓰다듬어야 겨우 얻을까 말까 한 감정이었다.

　율은 멀리 떠나고 싶었다. 아버지를 잃고 달 기지를 떠났을 때처럼. 율은 자기 대신, 자기 때문에 아버지가 죽었다고 자책했다. 작업 도중 미끄러져 손목을 삐지만 않았다면, 아버지가 대신 작업에 나가지만 않았다면, 작업반장이 철수 점호 때 아버지의 이름만 불렀더라면, 아버지가 빙하 저장 탱크에 갇히지만 않았더라면, 아버지가 물을 두려워하지만 않았더라면……

　지구공정 프로젝트가 발표되자 율은 주저 없이 지원했다. 지구든 명왕성이든 어디라도 좋았다. 달을 떠날 수만 있다면. 진과 함께한 달을, 진이 있는 달을, 진의 달을 떠날 수만 있다면. 그러니까 진을 떠날 수만 있다면.

　발사 카운트다운이 시작될 때까지만 해도 율은 그것이 지구로 가는 이유라고 믿었다. 하지만 자신이 없었다. 이제는 진짜 이유가 필요했다. 시뮬레이션이 아니라 진짜로 지구에 가고 있었으니까.

집으로 돌아갈 수 있을지 조사하겠다는 원로원의 발표도 미덥지 못했다. 달 기지 건설의 주역들에게는 지구가 집이겠지만 달에서 태어난 율에게는 달이 집이었다. 지구는 생명체가 살 수 없을 정도로 얼어붙고 방사능에 찌든 죽음의 별에 불과했다. 집이라니!

달 궤도 탈출 30초 전.

할이 보고했다.

달에 가려져 있던 지구가 온전히 모습을 드러내고 있었다. 작고 창백한 구(求). 그것은 망망한 암흑의 장막에 난 작은 구멍 같았다.

지구공정1호, 30초 후 달 궤도 탈출 예정. 모든 게 순조롭다.

킴이 달 기지에 보고했다.

프로메테우스호, 달 궤도 탈출 10초 전.

할이었다.

할은 우주선을 프로메테우스호라고 불렀다. 프로메테우스. 할이 관측소에 갖다 둔 낡은 책에서 본 이름이었다. 신에게서 불을 훔쳐 인간에게 준 신. 거인이었던가? 신이 다른 신을 사랑하고 질투하고 죽이는 기괴한 이야기로 점철된 책이었다. 추잡스럽고 불경한 책이었다. 그럼에도 불구하고 율은 끝까지 읽었다. 끝내 추잡하고 불경했다. 그래서 한 번 더 읽었다. 다시 읽어도 추잡하고 불경했다. 원로원에서 금서로 지정할 만했다. 그런데 아름다웠다. 율은 자신의 정신 상태를 의심했다. 추잡하고 불경한 것이 아름다울 수는 없었다.

지구공정1호, 달 궤도 탈출 5초 전, 연료 점화.

킴이 지시했다.

연료 점화.

할이 킴의 명령을 복창하며 연료 점화 단추를 눌렀다.

기계선에 실린 두 개의 탱크 중 첫번째 탱크에 담긴 헬륨3가 타오르며 우주선을 지구 쪽으로 힘차게 밀었다.

달 궤도 탈출 성공.

킴이 마지막 교신을 시도했다.

신의 가호를 빈다.

달 기지의 메시지였다.

지구를 등진 쪽에 건설된 달 기지와는 이제 교신이 불가능했다. 율은 고향 별을 돌아보았다. 맨 먼저 눈에 들어온 것은 아펜니노 산맥이었다. 산맥 주변에 흩어진 크고 작은 분지도 보였다. 고요의 바다, 무지개 만, 꿈의 호수. 물 한 방울 없는 바다와 만과 호수. 달이 점점 작아졌다.

정말 토끼처럼 보이네.

할이 천천히 공중제비를 돌며 말했다.

율은 토끼라는 동물의 생김새를 기억 속에서 더듬었다. 원로원 도서관에 소장된 『지구동물백과사전』에서 본 적이 있었다. 귀는 길쭉하고 다리는 짧은, 우스꽝스럽게 생긴 초식동물이었다. 율은 헤엄치듯 팔을 휘저으며 날아가 선창에 달라붙었다. 달의 분지마다 그늘이 짙게 드리워져 컴컴했다.

토끼 귀가 왜 길쭉한지 알아?

할이 물었다.

적을 경계하느라 그렇대요.

율이 무심코 대답했다.

누가 그래?

『생존 경쟁에 유리한 종족의 보존에 관하여』라는 책에 나와 있어요.

신이 원숭이의 형상을 하고 있다고 주장하는 책? 그 책을 봤어?

할의 눈이 호기심으로 빛났다. 율은 아차 싶었다. 진의 할아버지가 반역죄로 원로원에서 제명당한 것도 바로 그 책 때문이었다. 원로원에서 공인한 지구의 역사는 하나뿐이었다. 공식적인 단 하나의 역사는 원로원이 사령관에게 무사 귀환을 빌며 하사한 책에 담겨 있었다. 율도 역사 시간에 달달 외워야 했던 책. 첫 문장은 이랬다. 태초에 어둠이 있었다.

그 책은 엉터리야.

할이 말했다.

율은 말을 아끼며 할이 말을 잇기만 기다렸다.

신이 원숭이의 형상을 하고 있을 리 없어. 신에게는 귀가 없거든.

그걸 어떻게 알죠?

내 기도를 한 번도 들어주지 않았으니까.

제군들, 문제가 생겼다.

킴이었다.

율과 할은 조종석으로 돌아갔다.

연료가 급격히 줄어들고 있다, 부부사령관.

킴의 목소리가 긴박했다.

율은 마른침을 삼키며 계기판을 확인했다.

2번 탱크의 연료가 줄고 있습니다.

가동 중인 건 1번 탱크잖아?

할이 소리쳤다.

원인은?

킴이 낮고 빠르게 말했다.

율은 컴퓨터로 연료 탱크를 체크했다.

연료가 새고 있습니다.

젠장!

할의 생명 유지 장치가 삑삑거렸다. 심장 박동이 20퍼센트 포인트 상승했다.

훼손 부분을 찾을 수 있겠나?

킴이 율에게 물었다.

평소 같으면 할에게 침착하라고 주의부터 줬을 킴이었다. 킴도 당황한 것이다. 율은 연료 탱크의 하자보다 그 점이 더 불안했다.

부사령관, 주 엔진을 꺼라.

킴이 명령했다.

엔진을 꺼버리면······

할이 말끝을 흐렸다.

당장 꺼.

킴이 날카롭게 소리쳤다.

주 엔진 정지.

할이 킴의 명령을 복창하며 엔진 레버를 당겼다.

율은 고개를 끄덕였다. 연료가 새는데 엔진을 계속 가동하는 건 위험천만했다. 여태 엔진이 폭발하지 않은 게 불행 중 다행이었다. 역시 킴이었다. 자신이 사령관이었어도 같은 조치를 취했을 터였다. 킴처럼 신속하게 판단을 내렸을지는 모르겠지만.

부사령관, 항로를 점검하라.

정상 항로에서 좌현으로 2만분의 1도 이탈. 새어 나가는 연료 때문인 것 같습니다.

할이 보고했다.

부부사령관, 2번 탱크의 연료가 바닥날 시점은?

킴이 물었다.

여섯 시간 됩니다.

율이 대답했다.

그동안 우주 관광이나 해야겠군.

할이 투덜거렸다.

상황이 간단치 않다, 부사령관.

킴의 목소리가 무겁게 가라앉았다.

맞습니다. 2번 탱크의 연료가 바닥나면 컴퓨터가 자동 귀환 프로그램을 실행할 겁니다.

율이 말했다.

꼼짝없이 집에 돌아가야겠군.

할이 어깨를 으쓱하며 중얼거렸다.

킴은 미간을 모은 채 입을 꾹 다물었다.

킴이 입을 여는 데는 오랜 시간이 걸리지 않았다.

사령선을 버린다.

네?

율의 눈이 휘둥그레졌다.

여섯 시간을 잃었다. 잃어버린 시간을 만회하기 위해서는 무게를 줄여 속도를 높이는 수밖에 없다.

킴이 율과 할을 번갈아 쳐다보며 말했다.

율은 이의를 제기하지 못했다. 할도 마찬가지였다. 사령관은 빈손으로 돌아갈 수 없다고 말하고 있었다. 임무를 수행할 수 있는 가능성이 조금이라도 있다면 시도해봐야 했다. 설령 사령선을 포기하는 한이 있더라도. 무게로 따지면 기계선을 버려야 했지만 기계선에는 산소 탱크가 실려 있었다. 선택의 여지가 없었다. 문제는 사령선이 착륙선과 기계선 사이에 있다는 점이 었다.

착륙선과 기계선은 어떻게 연결합니까?

할이 물었다.

율도 궁금하던 참이었다.

도킹을 시도한다.

킴이 주저 없이 대답했다.

기계선과 착륙선의 도킹 프로그램은 컴퓨터에 없는데요?

율이 물었다.

선외 작업을 실시한다.

율은 벌어진 입을 다물지 못했다. 선외 작업은 상황이 최악임을 뜻했다. 율은 그제야 실감했다. 달을 떠나기로 결심한 순간 자신이 목숨을 걸었다는 사실을.

우주 유영 훈련 중 두 명의 파일럿이 목숨을 잃었다. 그들이 건재했다면 예비 파일럿에 불과했던 율은 이 우주선에 타지 못했을 것이다. 말하자면 율이 달을 떠나기까지는 네 개의 죽음이 필요했던 셈이다. 아버지, 진의 할아버지 그리고 두 명의 파일럿. 율은 발사 카운트다운 도중 떠올렸던 질문에 대해 다시 생각했다. 나는 왜 지구에 가려는 걸까? 율은 관측소에서 근무하기 전까지는 지구를 본 적도 없었다. 지구는 역사책에서나 존재하는 아득한 이름이었다.

애당초 화성 정복의 전초기지였던 터라 달 기지는 지구와 먼 쪽, 그러니까 지구에서는 보이지 않아 '달의 뒷면'이라 불렸던 곳에 세워졌다. 화성 정복의 꿈에 부풀어 달에 기지를 건설할 때만 해도 원로원은 이토록 오래 집을 등지게 되리라고는 상상도 못 했을 것이다. 지구 역사책의 마지막 장에 기록된 '그날'을 누구도 예측할 수 없었던 것처럼.

미래에 대한 불안 때문이었을까. '지구공정 프로젝트'를 발표하는 원로원의 손가락은 지구를 가리켰지만 사람들의 눈은 손가락의 그림자로 향했다. 폭풍의 만 밑에서 채취하던 빙하가 바닥났다는 둥, 헬륨3의 매장량이 얼마 남지 않았다는 둥 흉흉한 소문이 무성했다. 대부분의 달 기지 주민들은 원로원의 발표보다 소문에 더 귀를 기울였다. 지구에 대한 기억을 갖고 있는 사람들은 열한 명의 원로원 멤버가 다였으니까.

킴의 지시에 따라 사령선의 항해 데이터를 착륙선으로 옮겼다. 작업이 끝난 뒤 사령선과 기계선을 먼저 분리시켰다. 다음은 착륙선 차례였다. 착륙선에는 킴 혼자 탔다. 율과 할은 사령선에 남았다. 킴이 수동 조종으로 착륙선을 사령선에서 떼어냈다. 율은 착륙선과의 거리를 가늠한 뒤 채뇨 통의 밸브를 열었다. 킴의 지시대로였다. 달을 떠난 이후 모아둔 오줌이 우주 공간으로 방출되자 사령선이 반대쪽으로 기울어 착륙선 후미에서 비켜났다.

율은 사령선의 예상 궤도를 확인하고 우주복을 착용했다. 할은 이미 우주복 차림이었다. 율과 할은 로프의 끝을 각각 자신의 허리에 묶은 뒤 출입문 해치를 열었다. 율은 사령선 밖으로 나서며 자신도 모르게 발치를 더듬었다. 발에 닿는 것은 아무것도 없었다. 암흑뿐이었다. 등골이 서늘했다. 달 저궤도에서의 훈련 때와는 전혀 다른 느낌이었다. 압도적인 공허. 공허는 율의 몸뚱이를 풀어놓지도 조이지도 않았다. 온전히 스스로의 힘으로 움직여야 했다. 사소한 움직임만으로도 체력 소모가 컸다. 특히 방향을 전환하는 게 힘겨웠다. 어차피 암흑의 진공에 방향이라는 것은 없었지만. 피로를 느끼는 것은 몸이 아니라 뇌인지도 몰랐다. 혼란스럽고 두려웠다.

빙하 저장 탱크에 갇힌 아버지의 사인은 익사였다. 당시 해빙된 물은 고작 아버지의 무릎께까지 차올랐을 뿐이었다. 하지만 아버지의 폐에는 빙수가 가득 차 있었다. 아버지를 죽인 것은 물이 아니라 물에 대한 두려움이었다. 율은 검은 무(無)에 대한 두려움을 떨쳐내기 위해 이를 악물었다.

본래의 궤도를 잃은 사령선이 착륙선에서 점점 멀어졌다. 얼어붙은 오줌 방울들이 태양광을 난반사하며 사령선 주변에서 영롱하게 반짝였다.

할이 손가락으로 작업 개시를 알리는 신호를 보냈다. 율은 기계선 쪽으로 상체를 기울였다. 율은 한 뼘 한 뼘 몸을 밀고 나아갔다. 암흑은 거리 감각도 교란했다. 얼마나 다가갔는지, 얼마나 더 다가가야 하는지 가늠할 수 없었다. 힘을 안배할 수 없어

매 순간 전력을 다해야 했다.

기계선에 당도했을 때 율은 이미 기진맥진했다. 율은 숨을 고르며 착륙선 쪽을 쳐다보았다. 할이 착륙선 고물에 연결 케이블을 묶고 있었다. 허리에 묶은 로프가 팽팽해졌다. 율은 기계선 이물에 연결 케이블을 묶은 뒤 케이블의 나머지 한쪽 끝을 쥐고 착륙선을 향해 몸을 던졌다.

율이 할과 조우한 것은 착륙선과 기계선의 중간 지점이었다. 할이 지나치며 윙크를 보냈다. 율은 눈을 깜박일 기력조차 없었다. 율은 남은 힘을 쥐어짜내며 착륙선으로 향했다. 허리에 묶인 로프가 팽팽해진 것은 착륙선이 손에 잡힐 듯 가까워졌을 때였다. 허리를 붙든 로프 때문에 율은 한 치도 더 나아갈 수 없었다. 율은 뒤를 돌아보았다. 할이 기계선 근처에서 비트적거리고 있었다. 율은 착륙선과 할을 번갈아 쳐다보았다. 착륙선 쪽으로 다가가면 할은 기계선으로부터 멀어질 것이었고 할 쪽으로 다가가면 착륙선이 자신에게서 멀어질 것이었다.

율은 다시 한 번 착륙선을 바라보았다. 킴의 얼굴은 보이지 않았다. 율은 갑자기 오한을 느꼈다. 한기는 뼛속까지 스며들었다. 율은 할을 돌아보았다. 움직임이 눈에 띄게 둔해졌다. 탈진한 게 분명했다. 율은 착륙선을 등지고 할 쪽으로 몸을 기울였다.

할이 천천히 팔을 내밀더니 손바닥을 내보였다. 다가오지 말라는 뜻이었다. 율은 고개를 가로저었다. 착륙선을 등진 순간 율은 지구를 포기했다. 지구 따위는 아무래도 상관없었다. 지구와 사랑에 빠졌다고? 진은 하나는 알고 둘은 몰랐다. 사랑은 두려움까지도 사랑한다. 진짜 어둠은 어둠에 대한 두려움 뒤에 오는 것과 마찬가지로 진짜 사랑도 사랑에 대한 두려움 이후에 찾아온다. 하지만 침묵 속에서 지구를 관측할 때 율은 두려웠다. 지구가 자신을 삼켜버릴까 봐. 빌어먹을 지구와 경쟁하는 게 싫다고 했을 때 진도 사랑이 두려웠던 걸까. 율은 그렇다고 생각했다. 그래서 달을 떠나기로 한 것이다. 진의 말을 거짓으로 남겨둘 수는 없었으므로. 율이 달에 있을 때 진의 말은 핑계에 불과했지만 율이 지구로 떠났을 때 진의 말은 진실이 되었다.

율은 할에게 다가가려 했지만 몸이 말을 듣지 않았다. 할이 허리에 묶은 로프의 매듭을 더듬었다. 우주 공간에서는 뭐든 가깝게 보였다. 율이 보기에 할은 코앞에 있었다. 코앞의 할이 생명줄을 스스로 풀고 있었다. 율의 동공이 커졌다.

율은 팔을 쭉 내밀고 손가락을 움켜쥐었다. 할이 손에 닿을 듯했지만 율이 움켜쥔 것은 아무것도 아니었다. 할이 멀어져갔다. 율은 무력감에 몸을 떨었다. 할의 배후에는 별빛 한 점 없었다.

이제 율에게는 눈꺼풀을 들어 올릴 힘조차 남아 있지 않았다. 율의 눈이 감겼다. 암흑이 더 선명해졌다. 뜻밖에 편안했다. 우주의 것은 우주에게. 그러니까 어둠의 것은 어둠에게.

율은 어둠의 아늑한 품속에서 더할 나위 없는 평화를 맛보았다. 율은 태아처럼 몸을 웅크렸다. 그때였다. 느닷없는 섬광에 눈꺼풀이 파르르 떨렸다.

정신이 드나?

침착해서 믿음직스러운 목소리. 킴이었다.

율은 주위를 둘러보았다. 착륙선 내부였다.

할은요?

킴은 고개를 저었다.

우리가 잃은 것은 부사령관뿐이 아니다. 기계선과의 도킹에도 실패했다. 부부사령관이 쥐고 있던 케이블을 놓지만 않았어도 어떻게 해볼 수 있었을 것이다.

킴의 목소리가 싸늘했다.

케이블! 율은 할도 잃고 연결 케이블도 잃었다. 사령관의 신뢰마저 잃었다. 율은 눈을 감았다. 할의 마지막 모습이 눈에 선했다.

죄송합니다.

율이 기어드는 목소리로 말했다.

부사령관은 최선의 선택을 했지만 부부사령관은 최악의 선택을 했다.

죄송합니다.

율의 얼굴이 일그러졌다.

명심해라. 우리에게는 임무가 가장 중요하다.

킴이 선창 밖을 바라보며 말했다.

율도 선창 쪽으로 시선을 던졌다. 거기 지구가 떠 있었다. 지구는 이제 사람 머리통만 했다.

할을 구하기 위해 착륙선을 등졌을 때 암흑 속으로 사라진 줄 알았던 질문은 아직 살아 있었다. 나는 왜 지구에 가는 걸까? 진의 말이 거짓이 되지 않도록 하기 위해서라면 이쯤으로 족했다. 굳이 지구에 발을 디딜 필요는 없었다. 애당초 진의 진실은 지구가 아니라 달 위에 있었으니까.

율은 지구를 물끄러미 바라보았다. 자신이 앉아 있는 자리만큼이나 낯설었다. 율이 앉은 자리는 본래 할의 것이었다. 착륙선 탑승은 사령관과 부사령관의 몫이었다. 율은 사령선에 남아 지구 저궤도를 돌며 착륙선을 기다리기로 되어 있었다. 착륙선을 따로 제작한 것은 지구 대기권 진입을 위해 우주선 전체에 단열재를 입히면 무게를 감당할 수 없어서였다. 착륙선은 일종의 고육책이었다.

율은 킴의 지시에 따라 착륙선의 연료와 산소를 점검하고 비행 가능 시간을 계산했다. 착륙선은 지구 중력 탈출용으로 제작된 터라 연료는 충분했다. 지구 궤도를 벗어날 수만 있다면 관성 비행으로 달에 돌아가는 데는 문제가 없었다. 문제는 산소였다. 지구를 탐사하고 달로 돌아가기에는 턱없이 모자랐다. 선수를 즉시 돌려도 달까지는 빠듯했다. 율은 계산 결과를 킴에게 보고했다.

지구까지는 갈 수 있겠나?

네?

임무를 마치기 전에는 돌아갈 수 없다. 달의 운명이 우리에게 달려 있다, 부부사령관.

킴이 단호하게 말했다.

소문이 사실이군요?

소문?

율은 달에서 버틸 수 있는 날이 얼마 남지 않았다는 소문을 킴에게 들려주었다. 빙하와 헬륨3의 고갈에 관한 비관적인 이야기들.

언젠가 바닥나겠지만 당장은 아니다. 원로원이 우리를 지구에 보내는 것은 확인할 게 있어서다.

무엇을 말입니까?

킴은 잠시 뜸을 들인 뒤 입을 열었다. 킴이 들려준, 지구 탐사선 대원들에게도 비밀에 부친 극비의 얘기는 지구에서 날아온 인공위성에서 시작되었다. 인공위성의 데이터를 복원하는 과정에서 지구에 생명체가 살고 있다는 단서가 포착되었다. 적외선 카메라에 열을 발산하는 무리의 흔적이 찍혀 있었다. 열의 흔적은 지구 남반구의 특정 지역에 집중되었다. 움직임의 패턴으로 보아 생명체일 가능성이 높다는 게 원로원의 판단이었다.

방사능이 소멸된 것입니까?

킴의 설명이 끝나기 무섭게 율이 물었다.

적어도 그 지역만큼은, 열의 흔적이 생명체라는 전제하에.

킴이 신중하게 대답했다.

생명체의 생존 가능성이라면 쉬쉬할 일이 아니지 않습니까?

율의 목소리가 가팔라졌다. 지구공정1호의 임무를 단순 탐사로 알고 있던 율이었다.

적일지도 모른다.

의심이 지나친 것 아닙니까?

율이 목소리를 높였다.

지구를 가장 잘 아는 분들이다.

킴이 잘라 말했다.

율은 입을 다물었다. 킴의 표정을 보니 더 이상의 논쟁은 무의미할 듯했다. 그래도 뭔가 속은 기분만은 어쩔 수 없었다.

할은 진짜 임무를 알고 있었습니까?

몰랐을 것이다.

킴이 고갯짓을 했다. 율은 킴이 가리킨 곳을 바라보았다. 조종석 뒤쪽에 한쪽 끝이 뭉툭한 가늘고 긴 쇠막대기가 둥둥 떠 있었다. 할이 돌멩이를 후려쳐 멀리 날려 보내던 쇠막대기였다.

저걸 무기로 가져오지는 않았겠죠.

킴은 대꾸가 없었다.

율은 진짜 임무를 알았어도 이 프로젝트에 지원했을지 자문했다. 알 수 없었다. 율은 선창 밖에 떠 있는 지구를 바라보았다. 관측소에서 보았을 때보다 더 푸르스름했다.

엔진 점화.

킴이 명령했다.

율은 킴의 지시에 따랐다.

우주선에 차츰 속도가 붙었다.

지구가 점점 커졌다.

율의 숨이 가빠진 것은 지구가 선창을 가득 채울 무렵이었다.
지구까지의 거리는 불과 5천 킬로미터였다.

산소량 체크.

킴의 목소리가 아득했다.

20시간은 버틸 수 있는 분량입니다.

근데 왜 이리 숨 쉬기가 힘들어?

킴의 목소리에서 고통이 배어 나왔다.

산소 분압이 한계점 가까이 떨어졌습니다.

산소 분압이?

질소 때문입니다.

환기 시스템은 정상인데……

킴의 얼굴이 굳어졌다. 율의 얼굴도 굳어졌다. 율은 킴이 같
은 생각을 하고 있다는 것을 직감했다. 문제는 산소가 아니라
질소였고, 진짜 문제는 환기구의 카트리지였다. 착륙선 환기구
에 장착된 수산화리튬 카트리지의 수명은 최대 36시간이었다.
이미 쓸 만큼 써버린 것이다. 카트리지가 맛이 가면 산소는 무

용지물이었다.

얼마나 더 버틸 수 있나?

2천 7백 킬로미터까지가 한계입니다.

좀체 감정을 드러내는 법이 없던 킴의 얼굴에 낭패의 그림자가 드리워졌다.

혼자라면?

킴의 목소리는 다시 서늘하고 단단해져 있었다.

네?

율의 눈이 커졌다.

어서 계산해봐.

킴이 눈 하나 깜짝하지 않고 명령했다.

컴퓨터에 데이터를 입력하는 율의 손이 떨렸다. 불길한 예감이 등줄기를 훑었다. 또 하나의 죽음. 할이 마지막이 아니었다. 탄소 배출량을 반으로 줄이면 지상 8천 미터, 그러니까 지구 대기권까지는 버틸 수 있다는 결과가 나왔다.

부부사령관, 인공위성에 포착된 생명체 생존 가능 지역 좌표는 항법 장치에 입력되어 있다. 지구 저궤도에 도달하면 항법 장치를 자동 착륙 모드로 전환하라.

사령관님!

율이 킴을 똑바로 쳐다보았다. 킴도 시선을 피하지 않았다.

내 실수는 내가 책임진다.

생명유지에 관한 장치는 제 소관입니다. 예측하지 못한 제 잘

못입니다.

사령선을 버리라고 한 것은 나다. 모든 책임은 내가 진다.

동의할 수 없습니다.

율, 이건 명령이다.

율은 움찔했다. 사령관이 자신의 이름을 부른 건 처음이었다. 제 이름을 부를 때 킴의 입가에 피어난 게 미소였다고 율은 생각했다. 사령관의 미소 또한 처음이었다. 마지막이 될지도 모르는 처음들.

따를 수 없는 명령입니다.

율이 쥐어짜내듯 소리쳤다.

킴이 율의 눈을 빤히 들여다보았다. 심장을 후비는 듯한 눈빛이었다. 킴의 입가에서 미소가 사라졌다.

명령이 싫다면 제안을 하겠다.

킴의 제안은 신의 뜻에 맡기자는 것이었다. 킴이 쥔 두 개의 클립 중 끝이 펴진 것을 고르면 율이 홀로 지구에 가야 했다. 율은 킴의 제안을 거부할 수 없었다. 제안을 물리치면 명령이 기다리고 있을 테니까.

율이 클립을 뽑았다. 끝이 펴진 것이었다. 율은 고개를 떨어뜨렸다. 킴이 율의 어깨에 손을 얹었다.

신의 뜻이다.

킴의 목소리는 전에 없이 부드럽고 다정했지만 율은 고개를 들 수 없었다. 메스껍고 어처구니없고 황당하고 얼떨떨하고 구역질 나고 화나고 울적하고 거지 같고 외로웠다. 진이 보고 싶었다. 관측소가 그리웠다. 진도 관측소도 너무 멀리 떨어져 있었다. 지구는 너무 가까웠다. 더 가까이 있는 것은 죽음의 냄새였다. 또 하나의 죽음. 율은 고개를 저었다. 얼마나 더 죽어야 지구에 갈 수 있을까? 이렇게까지 해서 지구에 가야 할까?

죽음은 신이 선택했지만 죽음의 방식은 킴 스스로 결정했다. 죽어서 지구에 떨어지는 편보다는 살아서 우주로 나가는 쪽을 택했다. 신의 품으로 돌아가는 거라고 킴은 웃으며 말했다. 킴이 안길 신의 품은 어둠보다 더 어두웠다. 킴은 우주복을 착용하고 착륙선 밖으로 나갔다. 두 시간 분의 산소통을 4분의 1만 채운 채. 킴의 마지막 30분을 상상하지 않기 위해 율은 입술을 깨물었다.

율은 사령관 자리에 앉았다. 킴을 돌아보지는 않았다. 지구만 노려보았다. 지구는 시시각각 커졌다. 커지는 속도가 점점 빨라졌다. 우주선이 다가가는 게 아니라 지구가 다가오는 것 같았다. 지구 위에 더 큰 지구가, 큰 지구 위에 더 큰 지구가 겹쳐지는 듯했다. 지구는 새로 태어나는 별처럼 거침없이 팽창했다. 팽창 속도가 맹렬해졌다. 지구는 다가오지 않고 들이닥치기 시작했다.

지구는 실로 거대한 행성이었다.

지구 저궤도에 도달했을 때 율은 항법 장치를 자동 착륙 모드로 바꿨다. 착륙선의 속도가 점점 빨라졌다. 대기권의 가장자리를 단숨에 돌파했다. 지구의 인력이 뼈마디마다 사무쳤다. 갱신되는 속도계의 숫자를 식별할 수 없었다. 숫자가 미쳐 돌아갔다. 미친 속도였다. 미친 속도, 미친 지구 그리고 미친 임무. 미친 지구가 우주선을 끌어당기는 미친 힘이 머리끝까지 느껴졌다. 율은 미쳐버릴 것만 같았다. 핑핑 돌아가는 정신의 룰렛을 멈추기라도 하듯 율은 안전벨트를 잡아당겼다. 안전벨트는 팽팽하게 조여져 있었다.

착륙선은 대기를 뚫고 저돌적으로 하강했다. 율이 할 수는 있는 건 눈을 감지 않는 게 고작이었다. 돌발 상황에 신속히 대처하기 위해서였지만 그것마저도 녹록지 않았다. 귀가 먹먹하고 머리가 멍해지면서 자꾸만 눈이 감겼다. 머릿속에서 수백 개의 소용돌이가 아우성치며 서로 부대꼈다.

율은 선창을 뚫어지게 바라보았다. 대기가 우주선을 쓸며 뿜어내는 열기로 창밖이 이글거렸다. 선창에 들러붙었던 물방울이 노란빛으로 붉은빛으로 푸른빛으로 보랏빛으로, 그 모든 빛을 합친 빛으로 타오르며 흩어졌다. 난립하던 빛들이 스러지자 저 아래에 구름 떼가 보였다.

우주선은 무시무시한 속도로 지상과의 거리를 좁히고 있었다. 추락이나 다름없는 속도였다. 율은 역추진 엔진을 점화했다. 상체가 앞으로 쏠렸다가 뒤로 젖혀졌다. 선내에 열기가 가득 찼다. 숨을 쉬는 것조차 여의치 않았다. 단열재가 얼마나 버틸 수 있을지 장담할 수 없었다.

선창 밖은 희붐했다. 결빙된 물 입자들이 구슬처럼 흩날렸다. 그 너머로 끝이 뾰족한 검은 형체가 스쳐갔다. 산봉우리 같았다. 거대한 날짐승인지도 몰랐다. 율은 시야를 더 확보하기 위해 목을 뺐다. 그때였다. 착륙선이 뭔가에 부딪혔다. 율의 몸이 계기판에 처박혔다. 이마와 무릎이 뜨거웠다. 눈앞이 가물가물했다.

율이 소스라치며 눈을 뜬 것은 한기 때문이었다. 이마가 쓰렸다. 율은 이마를 매만졌다. 손에 피가 묻어났다. 선창 밖은 여전히 희붐했고 결빙된 물 입자들이 어지럽게 날리고 있었다.

차츰 선창 밖의 풍경에 눈이 익숙해졌다. 저만치 거대한 형상이 보였다. 얼음을 깎아 만든 어마어마한 조각상. 얼음 조각상을 올려다보던 율의 눈이 휘둥그레졌다. 얼음을 깎아 빚은 형상은 우주복 차림에 쇠막대기를 짚고 서 있는 것이 아닌가. 헬멧은 벗어서 손에 쥐고.

뭔가에 홀린 기분이었다. 율은 조각상의 얼굴을 뜯어보았다. 굵은 눈썹, 길게 째진 눈, 기름한 코, 얇은 입술, 날렵한 턱. 아무리 봐도 자기 같았다. 율은 꿈을 꾸는 듯했다. 꿈이라는 것을 자각하는 꿈. 꿈속의 자신을 바라보는 또 다른 자신을 율은 강렬하게 느꼈다. 꿈속의 자신을 바라보는 또 다른 자신도 역시 꿈속에 있기는 마찬가지였다. 모든 게 얼어붙은 꿈. 이상한 것은 그뿐이 아니었다. 가만히 보니 조각상에는 귀가 없었다. 율은 저도 모르게 귀를 매만졌다. 귀는 멀쩡했다. 귀는 꿈 바깥에 있었다. 아니, 얼어붙은 것은 꿈이 아니라 현실이었다.

밖으로 나가서 확인해야 할 것 같았다. 이 모든 게 꿈인지 현실인지. 율은 안전벨트를 풀었다. 몸을 일으켜 세우려다 외마디 비명을 지르며 고꾸라졌다. 무릎을 때리는 통증 때문에 다리를 펼 수 없었다. 할의 쇠막대기를 짚고서야 겨우 일어설 수 있었다. 율은 착륙선 출입문을 열고 밖으로 나갔다. 헬멧을 손에 쥔 채.

마침내 지구에 발을 내딛는 순간, 꿈이 아니라는 것이 명백해졌다. 중력이 엄청났다. 발이 지표면에 들러붙는 느낌이었다. 게다가 꿈속이라면 이토록 추울 수 없었다. 심장이 얼어붙는 듯했다. 그래도 기어이 헬멧은 쓰지 않았다. 맨눈으로 확인하고 싶었다. 율은 조각상을 올려다보았다. 여전히 믿기지 않았다. 꿈속이었다고 해도 믿지 못했을 것이다. 부르르 몸이 떨렸다. 한기 때문만은 아니었다. 저 아래에서 뭔가가 일렁이며 올라오고 있었다. 불빛처럼 보였다. 하나가 아니었다. 웅성거리는 소리도 들렸다. 정체불명의 발열체들일 터였다. 적일지도 모른다. 킴의 말이 귓전에 맴돌았다.

율은 다시 조각상을 쳐다보았다. 신기할 정도로 자신과 닮은 모습이었다. 아니, 똑같았다. 한 가지만 빼고.

율은 얼어붙은 땅바닥에 무릎을 꿇었다. 다친 무릎에는 감각이 없었다. 율은 우주복 주머니를 뒤졌다. 주머니에서 꺼낸 것은 칼이었다. 율은 귀를 잘랐다. 왼쪽을 자르고 나서 오른쪽도 마저 잘랐다.

불빛의 무리가 더 가까워졌다. 웅성거리는 소리는 더 이상 들리지 않았다. 아무 소리도 들리지 않았다. 누군가를, 뭔가를 찾으려는 듯 율은 문득 고개를 들어 하늘을 바라보았다. 달은 보이지 않았다. 착륙선의 불길이 지구의 어둠을 조금씩 밀어 올리고 있었다.

잘하는 능력은 어디서 오는가

백지은

1. 바람둥이의 신념

희대의 바람둥이에게는 신념이 있다. 카사노바는 자기 생의 마지막에 행복을 찾을 수 있는 곳은 도서관밖에 없다고 했을 만큼 독서광이었다는데, 숱한 여자들을 섭렵한 것은 많은 책을 읽듯 다양한 여자들을 읽고 싶어 했기 때문이었다는 얘기도 어디선가 들어본 듯하다. 카사노바 입장에서는 세상을 경험하는 일이 곧 여자를 사귀는 일이고, 여자를 사랑하는 일이 곧 세상을 이해하는 일이었다는 얘기다. 이 정도면 연애는 처신이 아니라 소신이다. 어떤 일이 삶의 의미나 목적이 아니라 삶의 방법이고 과정일 때, 그 일은 세계에 의한 반작용이 아니라 세계에 대한 작용이다. 바람둥이는 기질이 아니라 신념의 산물인지도 모른다.

바람둥이를 미화하려는 건 아니고, 어느 한 측면이 평균치를 훌쩍 상회하는 '횟수' 혹은 '가짓수'의 비범함이란 면에서 바람둥이적 태도의 자기실현성이라는 게 있지 않나 하는 생각을 해본다. 다양한 여자들에게서 자신의 변함없는 이상형을 찾으러 다니는 타입과 상대의 매력을 만나러 떠나는 타입으로 나누는 바람둥이 구분법도 있다지만, 자유롭게 새로운 대상을 찾아 나서고 매번 그 대상과의 관계에서 열렬한 즐거움을 추구한다는 점에서 바람둥이는 모두 모험가이자 쾌락주의자다. 세상엔 여기에 비유할 만한 일들이 또 많기도 하겠지만, 자유롭게 새로운 대상을 찾아 나서고 매번 그 대상과의 관계에서 열렬한 즐거움을 추구한다는 바로 그 점에서 다채로운 소설 쓰기를 지속하는 이가 풍기는 매력은 문득 바람둥이의 그것과 닮았다. 과연 "가장 힘들게 쓴 소설은 가장 최근에 쓴 소설이고, 가장 아끼는 소설은 다음에 쓸 소설이다"라는 작가의 고백은 "가장 마음에 드는 여자는 오늘 처음 보는 여자고, 가장 많이 사랑할 여자는 다음에 사랑할 여자다"라는 바람둥이의 신조와 겹쳐 들리지 않는가.

　그런데 이런 바람둥이 같은 말을 한 작가가, 김경욱이다. 그의 단정한 인상과 성실한 이미지에 이런 비유는 어울리지 않는다고? 하지만 누가 바람둥이를 성실하지 않다고 하는가? 하룻밤 보낸 여인들과 진정 사랑했던 여인들을 따로 기록한 두 개의 수첩이 푸시킨의 성실성이 아니라고 할 수 있을까? 김경욱에게 두 개의 수첩이 있다면, 하나는 이미 소설로 쓴 목록이고 또 하나는 앞으로 소설로 쓰기 위한 메모일 것이다. 지난 20여 년간 김경욱의 행적, 우선 양적으로 상당한 데다 또렷한 작가의 인상과 달리 좀처럼 명확하게 잡히지 않는 현란한 표정의 소설들은 그 자체로 그의 거침없는 소설 편력의 증거다. 언제나 다음 사랑을 꿈꾸는 바람둥이처럼 그는 말한다, "다음에 쓸 작품이야말로 내가 글을 쓰게 하는 힘이 된다"라고.

바람둥이의 신념에는 몇 가지 방침이 따를 것이다. 우선, 사랑에 제약과 편견을 두지 않을 것. 그리고 그때그때 사랑에 충실하지만 한 사람에게 너무 깊이 빠져 사랑을 집착으로 대신하지 않는 것. 나이, 계층, 미추를 막론하고 모든 여자들을 평등하게 사랑했다는 카사노바에게 사랑하지 못할 여자가 없었듯, 김경욱이 세상만사를 소설화하는 데는 제약과 선입견이 없는 것 같다. 그의 소설에 당대의 사회적 이슈나 대중적 문화 코드가 자주 접속되었던 까닭도 그것일 터다. 오직 김경욱만의 주제, 김경욱만의 목소리라고 할 만한 것이 떠오르지 않는다면 모든 소설에 충실했지만 어떤 하나에 얽매이지 않아온 그의 산뜻한 족적 때문이다. 그러나 무엇보다도 바람둥이의 능력은 언제라도 새로운 사랑을 하고 싶은 욕망과 자신감, 곧바로 새로운 사랑에 빠질 수 있는 재능, 그리고 실제로 사랑을 '잘'하는 기술에 있겠다. 벌써 여섯 권의 장편소설과 이것으로 일곱번째 소설집을 내는 김경욱의 성실성이 바야흐로 그런 바람둥이의 매력을 발산 중이다.

2. 해석의 형태로서의 일화

'영감을 찾는 건 아마추어들이고, 우리는 눈뜨면 그냥 글 쓰러 간다.' 이것은 프로 작가들이 하는 말이지만, 바람둥이도 비슷한 말을 할 것이다. 천생연분을 찾거나 신비한 끌림을 찾는 건 아마추어들이고, 우리는 오늘 만나는 사람과도 사랑에 빠질 수 있다고. 그를 그로서 이해하면 된다고. 사랑을 잘lots, well 하는 능력은 어디에서 올까. 어쩌면 그것은 자기 자신에게 집중하지 않는 데 있지 않을까. 상대를 알아보고 상대를 이해하는 것. 자기가 아니라 타자에게 집중하는 것. 소설 쓰는 김경욱이 바람둥이처럼 보이게 된 데에는 그런 이유가 꽤 큰 것 같다. 김경욱은 소설로 자기 이야기를 하지 않기로 유명한데, 인터뷰 자리에서 작가의 실제 모습을 질문하는 인터뷰어들에게 "저는 되도록 저 자신을 잊고 싶어요"라고 답해서 왠지 엄격한 이미지로 각인된 부분도 없지 않다. 그가 쓴 많은 이야기 중에는 자연인 김경욱이랄까, 생활인 김경욱이랄까, 아무튼 작가의 사적인 일상이 끼어드는 경우가 거의 없다시피 한 것도 사실이다. 그의 소설 쓰기는 대체로 자기라는 내부보다는 세계라는 외부에 초점이 맞춰진다. 자기를 드러내기보다 대상을 들여다보기, 자기를 알리기보다 타인을 알려고 하기.

그러니까 그의 바람둥이 행적은, 타자를 두루 읽으려는 욕망과 그것을 드러나게 하는 능력에서 나왔던 것이다. 그의 소설 쓰기 욕망은 자기가 관찰한 대상을 모사하는 것보다 자기가 이해한 대상이 타자의 형상으로 나타나게 하는 데 있다. 때문에 그의 이야기 속 인물, 사건, 배경 등은 그가 만난 세계의 일부로 곧장 환원될 수가 없고 그가 세계를 이해하고 싶은 욕망의 통로로 기능한다. 소설이 본래 그런 것이라 할 수도 있지만, 지난 소설집들에 실렸던 그의 일화들이 이 시대 사회 문화적 현상들을 직접 포착한 것일 때에도 목격자 혹은 체험자의 것, 기자 혹은 산책자의 것과는 전연 다르게 여겨졌더랬다. 그것은 차라리 사회학자 혹은 정신 분석가의 것이라 할 만한데, 왜냐하면 그의 소설은 사회의 별의별 증상들을 진단한 일종의 해석이기 때문이다. 그의 해석은, 물리적 인과나 논리적 인과에 따르기보다 '소설적 인과'를 창출해낸다. 이 세계의 물리적/논리적 인과를 재현하기보다 이 세계의 인과가 실패한 곳에 출현한 증상을 통해 새로운 인과를 마련한다.

이번 소설집에는 미지의 시공간을 배경으로 하여 더욱 선명하게 소설적 인과를 드러내는 작품이 몇 있다. 「인생은 아름다워」에서는, 남북통일 이후의 한국 사회를 근미래로 설정하여 손바닥에 유심 칩을 이식해서 쓰는 사이버폰이 상용화된다거나 맞춤형 의료서비스 시행 후 의사 만나기가 어렵다거나 노인들이 장기(臟器) 역모기지론을 연금처럼 쓴다거나 하는 가상의 사회를 그려놓았다. 우루과이 신랑이 유행하고 외국 유수의 대학 캠퍼스가 한국 지방 곳곳에 있고 인사동이 인터내셔널 애비뉴가 되어 있는 등 아기자기한 상상력도 가미되어 있지만, '자살에 관한 특별법'이 제정되어 자살 면허를 취득한 사람만이 자살을 할 수 있는 사회라는 가볍지 않은 설정이 서사의 중심에 놓여 있다. 실패한 자살은 처벌하지 않고 성공한 자살은 처벌한다는 이 가설이 그저 웃어넘길 수 없는 무게를 갖는 건, 별걸 다 법으로 제정하는 것이 어이없어서가 아니라 자유롭게 죽을 권리가 없는 건 자유롭게 살 권리가 없다는 것과 같은 것이라는 사실에 돌연 아연해지기 때문이다. 삶과 죽음이 동시에 통제되는 이 사회는 교육, 취업, 결혼, 주거, 의료, 노후 등 개인들의 일신사와 특히 밀접한 사회 문제들의 암울한 전망을 적나라하게 드러낸다. 설마 그렇게까지 될 리가, 라며 머리를 흔들던 이 시대 독자들도 이것이 현재 대한민국 사회와 결코 이질적이지만은 않다는 데서 문득 더한 불안감에 당면하게 된다.

「지구공정(地球工程)」의 가상현실이 보여주는 소설적 인과도 특출한 면모를 가지고 있다. "지구는 생명체가 살 수 없도록 얼어붙고 방사능에 찌든 죽음의 별"(p. 266)이 되어버린 미래의 한 시점, 화성 탐사를 목적으로 '달의 뒷면'에 세워진 달 기지에 '원로원'을 중심으로 몇몇 인간들이 살고 있다. '율'은 매일 "지구를 바라보고, 지구를 바라보고, 지구를 바라보고"(p. 263), "침묵의 심지에 응시의 불꽃을 켜켜이 덧대는 방식으로 지구를 사랑했다"(p. 265). 율에게 지구는 알고 싶고 닿고 싶은 욕망의 대상이지만, 지구는 율이 "만질 수도 쓰다듬을 수도 없"다. 어느 때는 "자신이 지구를 관측하는 게 아니라 지구가 자신을 관측하는 기분"(pp. 261~62)이 들기도 한다. "나는 왜 지구에 가려는 걸까?"(p. 272)라는 질문에 답을 갖지 못한 채 율은 마침내, 지구에 이르고야 만다. "미친 속도, 미친 지구, 그리고 미친 임무"(p. 285).

이 소설이 처음 발표된 것이 2011년이니까, 2013년에 개봉된 알폰소 쿠아론의 영화 「그래비티」를 본 이들에게는 마치 그 영화의 장면 장면을 글로 옮겨놓은 듯한 이 소설의 설정과 우주 장면 및 행위 묘사가 무엇보다 놀라울 것이다. 그러나 이 소설에서 가장 의미심장한 것은, 마침내 지구에 내린 율의 눈에 처음 들어온 것이 "신기할 정도로 자신과 닮은 모습"의 조각상이었다는 데 있다. "불가사의한 암흑 너머에 도사리고 있"으면서 "다가오지도 멀어지지도 않은" 그것이, 어쩌면 자기 자신의 모습이라는 것, 아니 완전히 똑같지는 않아서 가지고 있는 두 귀를 잘라내어 아무 소리도 들리지 않는 적막에 갇혀서야만 대면 (불)가능한 자신의 모습이라는 사실 말이다. 이쯤 되면 이 이야기를 영원히 닿을 수 없는 욕망의 대상이 자기 같은 타자이자 타자 같은 자기라는 정신분석적 해석을 서사화한 것으로 읽어도 큰 무리가 없을 것이다.

「인생은 아름다워」와 「지구공정(地球工程)」은 이렇게, 미래 사회에 대한 상상을 가지고 현실을 실제적으로 반영 혹은 반추

하는 이야기가 '아니다.' 이 소설들은 세계에 대한 실제적actual 인 재현이 아니라 현실에서 재현되지 않는 영역을 작가의 해석을 통해 인위적인 서사로 드러낸 것이다. '해석의 형태로서의 일화'라고 이름 붙이면 적당할 듯한 그 인공의 세계가, 그러나 그것 자체로 하나의 현실 혹은 진실처럼 여겨지지 않는 것은 아니다. 이런 이야기도 '심리적인 현실'이라거나, '현실의 일부를 상징'한다는 주장에 의해 그렇게 되는 것은 아니고, 그 인공의 세계에 작동하는 어떤 구조적인 기능이 실제 현실에 작용하는 것이기 때문이다. 달리 말해, 물리적, 논리적 인과가 현실의 경험적 질서에 대한 것이라면, 소설적 인과는 현실의 경험적 질서를 구동하는 어떤 환상 체계, 즉 이데올로기에 대한 것이다. 김경욱이 사회적 증상을 포착하는 데 전방위적으로 예민하고 신속하다는 건 더 말할 필요도 없거니와, 이번 소설집에서 파악된 어떤 소설적 인과는 특정 유형으로 묶일 만한 인물들에게 나타남으로써 더 눈에 띈다. 근래 김경욱에게 분석/상담 대상이 된 그들이 물리적, 논리적 인과를 구성하지 못하는 이유는 비교적 확연한데, 왜냐하면 그들은 '늙지 않는 소년들'이기 때문이다.

3. 늙지 않는 소년들

소년, 미성숙한 남자. 프로이트식으로 말하면 자신을 분열되지 않은 완전한 자아로 생각하는 아이, 자기가 생각하는 것에 대해 스스로 다 알고 있으므로 그것을 알아내는 데 타인의 도움은 필요 없다고 주장하는 학생, 자기의 실수에는 별다른 의미가 없으며 자기가 자기 운명의 온전한 주인이라고 믿는 주체. 이들의 얼굴이 곳곳에 있다. 표제작 「소년은 늙지 않는다」의 '소년'부터 보자.

모든 것이 얼어붙은 근미래의 빙하기, 좀더 따뜻한 "남쪽으로 갈 돈이 없거나 남쪽에 친척이 없는 사람들만 핏기 없는 얼굴로 주저앉아"(p. 117) 사는 마을에서 소년은 할아버지와 함께 살며 날마다 학교에 간다. 급식으로 주는 옥수수빵을 먹고 빈집에서 훔쳐 온 목재로 장작불을 피우고 매일매일 쌓이는 눈을 치우거나 녹이면서, "지나간 마흔여덟 번의 방학"(p. 134)을 포함한 세월 동안 학교를 다니는 것만이 소년의 유일한 버팀목이다. 이 소설의 핵심이 드러나는 것은 이야기의 마지막 부분, 빈집에서 만난 아이가 소년에게 "아저씨는 왜 자꾸 해골한테 얘기해요?"(p. 133)라고 물음으로써 '소년'이 소년이 아니었음과 할아버지가 이미 산 사람이 아님이 밝혀지는 일종의 반전에서다. 소년은 "얼어 죽지도 굶어 죽지도 않을 것"(p. 134)일 뿐만 아니라 늙을 수도 없는데, 엄마는 소년이 자라기 전에 돌아와야 하고 소년이 자라기 전까지 할아버지는 소년을 혼자두고 돌아가시면 안 되기 때문이다. 할아버지가 돌아가시면 아파트를 지킬 수 없고 아파트를 지키지 못하면 "눈이 녹고 꽃이 펴 엄마가 돌아"(p. 134)와도 소년을 찾을 수 없을 테니까. 엄마가 돌아오지 않는 한, 아니 엄마를 기다리는 한 소년은 늙지 않는다. 소년의 실제 삶은 무엇 하나 기댈 수 없이 척박하나 '엄마'라는 환상은 '소년'이 세계를 버텨내는 힘, 소년이 존재하는 욕망 – 원인이자, 소년의 모든 결핍을 보상해줄 수 있는, 소위 완벽한 '대타자'와도 같다. '학교'에 다니는 한 인간이 공룡처럼 멸망하지는 않을 거라고 믿는 이 강박증적 주체는, 언제나 자기의 '존재'에 대해 사고하기를 멈추지 않지만 자기 자신에 대해 실은 아무것도 모른다.

이런 주체를 대표할 만한 캐릭터가 「아홉번째 아이」의 '김 상사'다. 1940년대 생, 고엽제 후유증으로 폐와 간이 말라가지만, 그러거나 말거나 "자유민주주의를 지키기 위해 목숨 걸고 월남에 갔다가 화랑무공훈장을 받을 뻔"(p. 220)했다는 것이 인생 최고의 자랑인 노인네. 김 상사의 대타자는 '세계 최강 양키'다. 미국이 도왔어도 월남이 망한 건 정신력이 약해서고, "대한민국 경찰도 어엿한 미국식"(p. 221)이면 범인은 곧 잡힐 것이다. 「개의 맛」에 나오는 초로의 아저씨들이 또 이 부류다. 오직 "나라를 지키는 데 모든 것을 바쳤던 시절"(p. 48)을 자랑삼는 이들의 '어르신' 찾기 여정인 이 단편에서 세 인물을 한데 모은 힘이자 이들의 과거와 현재의 원인인 '어르신'은 "빨갱이의 씨를 말리려 했다는 죄 아닌 죄로"(p. 37) 옥살이를 했던 양반이다. '안'에게 "대학 운동권 괴수의 은신처를 라이터만으로 알아낸"(p. 43) 천리안 능력이 있듯 다른 두 사람에게도 특별한 능력이 있다고 알려져 있(지만, 서로의 능력에 대해서는 알지 못한)다. "이 몸이 목숨 걸고 나라 지킬 적에 지 애비 좆물 주머니에서 고물거리던 새끼"(p. 66)들을 한탄하면서, 지금도 "나이 때문에 해고된 아파트 경비가 고공 농성 중이라는 기사"를 보고 "빨갱이 새끼들, 뻑 하면 기어 올라가서 데모질이지"(p. 47)라며 혀를 차는 이들에게 평생의 사명은 '어르신의 명령'과 '조직을 보위하기 위한 고육책'이었다.

저 늙지 않는 소년이나 이 퇴락한 노인들이나, 어른(엄마/학교/국가/미국/어르신)이 있는 세계, 어른이 지정해준 의미의 세계에 산다는 점에서 서로 다르지 않다. 엄마가 돌아오기 전까지는 어른이 될 수 없는 소년-아저씨나, 외통수를 올곧음으로 편견을 교훈으로 불의를 심판으로 착각하는 아저씨-소년들에게는, 자기 자신의 모습도 어른이 지정해주었다고 믿는 이미지들로 편집된 것이다. 그런데 흥미로운 것은, 이 늙지 않는 소년들의 이야기에는 결말에 작은 반전 같은 것이 끼어들어 이야기 전체의 맥락을 조금 바꾼다는 데 있다. 「소년은 늙지 않는다」의 소년이 빈집에 남아 있던 아이와 앞으로 함께 지내게 될 것이 암시되면서부터 '소년'이 실은 소년이 아니었다는 사실이 밝혀진다. 「개의 맛」에서 어르신을 찾아 나선 이들이 마침내 어르신을 찾은 곳은 금마 아파트 굴뚝 꼭대기였고, "우리는 아직 일할 수 있다. 일방적 해고는 살인이다"(p. 71)라는 펼침막을 널어놓은 어르신이 바로 "삑 하면 기어 올라가서 데모질"이었던 그 아파트 경비였음이 드러난다. 「아홉번째 아이」의 김 상사는 자기를 괴롭히려고 아이를 유괴했을 거라 짐작되는 범인을 스스로 찾아 나서는데 흔하지 않은 자기 이름과 동명이인을 마주치는 바람에 과거사를 문득 떠올리게 되었지만 그뿐이고 아이의 유괴 사건은 여전히 오리무중, 김 상사 자신의 행적도 끝까지 미스테리로 남는다.

그렇다면 이 '소년'들도 그 믿음의 대상 '대타자'가 실은 결핍 없는 완전한 의미라고 믿지 않는지도 모른다. 다만 그들은 믿고 있다는 듯이 행동할 뿐인데, 왜냐하면 그들은 대타자의 결핍을 모르고 싶기 때문이다. 믿어져서 믿는 것이 아니라 믿는 듯 행동함으로써 믿는다고 믿게 된 것. 그들도 어르신이 더 이상 훌륭하지 않다는 것을, 미국이 하는 일이 옳지 않다는 것을, 자기가 이미 소년이 아니라는 것을 어쩌면 알고 있었을 것이다. 하지만 그들의 '실제' 행동은 그들이 믿지 않는지도 모를 그 믿음에 의해 통제된다. 그래야 그들의 '세계'가 무너지지 않을 것이라고 그들 스스로 이해/오해하고 있으므로.

4. 그들은 자기가 하는 일을 알지 못하나이다

그러니까 그들은 자기가 실제로 하는 일이 무엇인지 스스로 알지 못한다는 얘기다. 소년이든, 노인이든, 평범한 이웃이든, 이번 소설집의 인물들은 어딘가 꽉 막힌 세계 속에서 허우적대는데 그 세계는 현실의 실상이라기보다 자기와 세계에 대한 그들 자신의 환상 혹은 오해의 현실로 보인다. 예컨대 남의 택배 상자를 실수로 들고 온 남자가 마침내 옆집 여자의 추락사를 목격하게 되기까지의 다음과 같은 이야기를 잘 읽어보자.

「스프레이」의 주인공은 어느 날 옆집 고양이 소리 때문에 밤잠을 설쳐 남의 택배를 들고 오는 실수를 저지른다. 거의 매일 옆집 "여자의 샤워 소리를 들으며 똥을 누고, 여자가 켠 라디오 소리를 들으며 넥타이를 매고, 여자가 고양이를 어르는 소리를 들으며 집을 나"서는 그는 "귀가 남달리 예민한 것은 아닌데 이상하게도 옆집 여자의 구두 소리만 들리면 눈이 번쩍"(p. 14) 떠진다고 말하지만 실은 벽 하나를 사이에 두고 내내 옆집 여자와 신경전을 벌이는 예민한 싱글남이다. "모두 그놈의 고양이 때문이었다"(p. 12)고 생각하고 옆집에 인터폰을 걸었지만 돌아온 대답은 '미안하다'가 아니라 '알겠다'였다. 그러나 정작 길에서 마주친 그녀에게 "고양이가 저지른 짓을 항의하려던 그는 여자가 자신을 바라보는 순간 황급히 고개를 돌"(p. 16)려버리고는, 'pink'라고 찍힌 분홍색 트레이닝복의 엉덩이를 보며 '저속'하다고 생각한다. 그리고 옆집에 웬 사내가 드나드는 것을 알게 된 얼마 후, 그가 일부러 가져온 옆집 택배 상자에는 고양이의 시체가 들어 있었고 그가 그것을 어떻게든 처리해야

만 하는 상황 끝에 베란다 아래 화단으로 툭 떨어진 "핑크색 트레이닝복, 늘씬한 뒤태"(p. 34)의 옆집 여자 얼굴을 처음 보게 된다.

그런데 이 운 나쁜 주인공이 겪는 일련의 사건들을 지켜보다 보면 어느 순간 이것이 현실적인가 하는 의문이 들게 된다. 그는 '실수로' 남의 택배를 가져왔다지만, 그 '실수'는 정확히 그의 쾌감을 자극했고, 이후 남의 택배를 들고 오는 일은 아예 습관이 되었으며, 수순처럼 그는 마침내 옆집 택배를 들고 왔던 것이다. 모든 게 옆집 고양이 때문이라며 "실수의 원인이 밝혀지자 마음이 가벼워졌다"(p. 10)는 그가 애초에 한 실수는 진짜 실수였을까? 옆집 택배를 '일부러' 가지고 온 날 그가 "가장 맛있는 것을 입에 대는 순간을 위해 마지막까지 굶"(p. 20)는 사람처럼 향락에 젖었던 것은 진짜 호기심 때문만이었을까? 그로서는 자신의 점잖은 항의에 무례한 반응을 보인 여자에 대한 정당한 응징이라고 생각했을 수도 있다. 마치 한집에 사는 듯 소리로써 모든 일상을 개방하는 늘씬한 옆집 여자가 그에게는 손에 닿을 듯 가깝게도 느껴지지만, 정녕 그녀는 그의 존재에 관심조차 없고 그 역시 그녀에게 접근할 용기가 없다. 그런 그의 위축된 심리가 한순간 이상한 식으로 발산되었고, 그는 그런 방식으로라도 그녀에게 개입하기를 일부러 도모한 것인지도 모른다.

물론 그는 이참에 그녀를 제압하겠다거나 최소한 그녀의 관심을 얻어내겠다거나 하는 목적 같은 것을 스스로 확실히 알지 못했다. 그랬으니 고양이를 잃은 후 그녀가 인터폰 너머에서 서럽게 흐느꼈을 때 그의 감정은 분노에서 회한으로 급격하게 변해버린다. 그는 자기가 무엇을 했는지 정확히 알지 못한 채 "여자에게 못할 짓을 저지른 기분이었다. 여자 앞에 무릎을 꿇고 발을 어루만지고 싶었다"고 통탄까지 한다. 이쯤 되면 "무엇보다 고양이 시체가 담긴 상자를 부친 게 마음에 걸렸다"(p. 26)는 그의 말이 새삼 의심스럽지 않을 수가 없다. 애초에 그 송장번호도 없었던 옆집 택배 속의 고양이를 죽인 것은 과연 누구인가, 송장의 수신자 란에 옆집 주소와 옆집 여자의 이름을 거침없이 적어 넣고서 스스로도 깜짝 놀라 전에 옆집 우편물을 보았기 때문이라고 황급히 변명하던 그 자신은 정말로 고양이의 죽음이나 고양이 시체 택배와 처음엔 아무 관련이 없었던 것인가, 하는 의문들도 생겨나지 않을 수가 없다.

「스프레이」는 처음부터 끝까지 주인공 '그'의 초점으로 사건의 정황이 알려지는 이야기지만 다 읽고 나면 애초에 그의 말을 믿으면 안 되는 거였다는 생각이 들고야 마는 이야기다. 그가 거짓말을 해서가 아니라 그 자신도 잘 모르고 하는 말, 아니 모른다기보다 그 자신은 잘못 알고 있는 말을 하고 있기 때문이다. 그는 어떤 타입인가 하면, 스스로 "사랑을 얻는 것보다 실수를 피하는 게 더 중요"(p. 10)하다고 말하는 쪽인데, 그의 아버지는 그가 실수할 때마다 "축축한 놈"(p. 11)이라고 버럭 소리부터 질렸고 그는 긴장할 때면 손이 축축해지며 첫사랑에게 차인 것도 축축해진 손 때문이라고 여긴다. 그러니까 이 소설은 한 남자가 남의 택배를 실수로 가지고 옴으로써 꼬리에 꼬리를 물고 일어난 사건들의 연쇄를 알려주고자 하는 이야기가 아닐 수 있다. 실수와 착오로 잘못 배달된 그것이 실은 희열을 위한 정확한 전달로 귀결되지 않았는가? 이 소설은 실수와 관련하여 억압된 한 남자의 강박적 심리가 옆집 여자에 대한 일그러진 욕망으로 변이된 역학을 보여주는 서사라고 해야 더 맞다.

요컨대 김경욱의 소설에서 화자는 인물들의 생각을 충실히 표출하지만 이야기는 어느새 인물의 의도와 부합하지 않는 부분을 드러내고야 만다. 자기가 실제로 하고 있는 일과 자기가 하고 있다고 생각하는 일 사이에 불일치가 있는 인물들이 자기가 연루된 현실을 올바르게 표상하지 못한다는 사실, 그 사실이 마치 작은 '반전'처럼 이야기 구조 속에 개입되어 있다. 그렇다면 그들의 착각과 오인은 어디서 유래하는 것인가? 그들이 특히 상황 판단력이 부족하거나 지나치게 심약하기 때문인가? 그렇다고 할 수 없다면 그들의 착각과 오인은 사실 현실에 이미 작동 중인 환상에서 유래한 것이라고 해야 한다. 착각과 오인의 원천은 이미 이곳에, 일상의 현실 곳곳에 있다. 그것이 현실의 한복판에서 현실을 지탱하는 힘이기 때문이다.

5. 이토록 뻔뻔한 이데올로기

그러므로 이번 소설집에서 김경욱이 보여주는 인물들, 퇴행이나 고착처럼 보이는 그들의 행태는, 현실에 대항하는 주체의 자세를 보여주려는 의도보다 현실 자체에 작동하는 환상의 효과를 보여주려는 의도에서 나온 것이라 해야 한다. 이들은 현실의 작동에서 도피한 것이 아니라 현실이 오작동하는 지점, 현실의 물리적 논리적 인과가 실패를 드러내는 지점에서 튕겨져 나온 편에 가깝기 때문이다.

「승강기」의 주인공을 보자. '일관성과 균형'을 금과옥조로 여기는 '평범한' 직장인인 '공'은 아파트 2층에 살고 있는데 관리비 고지서에서 승강기 교체비 항목을 발견한다. 이 공정하지 않은 승강기 사태에 대항하여 관리사무소로, 라인 대표에게로, 주민 총회로, 백방으로 뛰며 숱한 사람들과 승강이를 벌이지만, 아무도 그에게 공감하지 않고 그를 도와주지 않는다. 결국 그가 한 번도 승강기를 이용한 적이 없다는 걸 증명하는 걸로 억울함을 풀고자 하는데 그것은 더 어렵다. 아무도 증인이 되어주려 하지 않을 뿐 아니라 "정말로 엘리베이터를 탄 적이"(p. 200) 무심결에, 실수로라도, 한 번이라도 없었을까를 스스로 의심했고, 기어이 "그랬을 거야. 그랬어야 해. 그랬어"(p. 201)라고 스스로 인정할 수밖에 없었다. 그리고 마침내 그는 엘리베이터에 오르고야 만다. 그런데 그제야 공의 "심장 위에 얹힌 무언가도 내려가는 듯했"고, "공의 얼굴은 완전히 균형을 회복"했다(p. 201).

왜 그런 것인가? 이것은 무슨 '균형'인가? 그는 '명령'에 복종하지 않기를 원한 것이 아니다. 다만 '일관성과 균형'을 신봉하는 그에게 명령 또한 그것을 갖추기를 원했을 뿐이다. 명령의 불균형을 피하기 위해 자기가 안 한 일을 스스로 입증해야 하는 현실의 벽 앞에서도 그에게 중요한 것은 명령에 안 따르는 것이 아니라 명령이 균형을 회복하는 것이었다. 그가 한 번이라도 엘리베이터를 사용한 적이 있다면, 명령은 균형을 되찾게 되고 그는 기꺼이 명령에 복종할 것이다. 결과적으로 그는 지금껏 명령에 따르지 않기 위해 노력한 것이 아니라 따르기 위해 노력한 셈이다. 이것이 바로 명령의 존재 방식이다. 명령이 스스로 '일관성과 균형'을 지닌 것이어서 힘이 있는 것이 아니라 명령이 실패하지 않도록 그가 대신 실패함으로써 명령의 힘은 끝내 유지된다.

「염소의 주사위」의 '사내'는 사소한 악행도 없이 살아오면서 오직 '염소'에게 복수할 날만 기다려왔다. 사내의 동생이 '염소'의 손에 죽은 후 사내의 아버지가 억울함을 풀기 위해 법원 앞에 구멍가게를 내고 "총에는 법, 칼에도 법"(p. 241)을 외치며 법에 호소했으나 법의 귀는 끝내 열리지 않았다. 법은 억울함을 풀어주는 수단이 아니라 억울함을 더하는 원인이었다. 사람들은 그를 "법 없이도 살 사람"(p. 255)이라고 했으나, "선한 자는 상을 받고 악한 자는 벌을 받는"(p. 239) 것을 원하는 그가 요구한 것은 법이 아니라 정의였다. 법은 정의에 무관심했고 그는 스스로 정의를 실현하기 위해 평생 복수를 꿈꾸었으나 끝내 정의는 실현되지 않았다. 염소의 마지막을 지키게 된 그의 복수는 마치 간병 같았고 그의 분노는 슬픔과 구별되지 않았다. 인간의 죄는 인간의 유한함 앞에서 무너졌다.

그러나 죄가 무너져도 복수와 정의는 사라지지 않는다. 염소를 친 택시 기사에게 복수하기 위해 다시 길을 떠나는 사내에게 더 이상 염소의 죄는 중요하지 않다. 죄를 벌하는 것은 법의 일이고, 정의는 죄를 벌하는 게 아니라 복수를 수행해야 이루어진다. 법은 죄가 아니라 벌에 관여하고, 정의는 죄가 아니라 복수에 관여한다. 법도 정의도 궁극적으로 죄를 심판하는 게 아니라면, 그렇다면 죄는 무엇인가. 이렇게 이 소설은, 벌과 법과 복수와 정의가 공히 원인으로 삼는 '죄'의 자리를 다시 묻는다.

인간과 죄의 관계는 법과 정의의 문제로만이 아니라 신의 문제로서도 이야기된다. 「빅브라더」의 '나'가 알기로 "아버지를 어려워하는 건 내가 죄를 지었다는 증거이고 그 죄가 무엇이든 나는 천국에 갈 수 없"(p. 77)다. 형은 "죄를 짓고도 태연하게 하늘을"(p. 81) 날지만, 형이 아버지를 어려워하지 않는 건 죄를 짓지 않았기 때문이라고 사람들은 생각한다. '나'는 죄를 짓지 않고도 죄책감에 시달리지만, 형은 죄를 짓고도 죄책감이 없다. 그렇다면 죄보다 죄책감이 먼저인가? 이것은 마치, "우리는 모두 태어나면서부터 죄인입니다. 더한 죄인도 덜한 죄인도 없이 똑같은 죄인입니다"(p. 103)라는 기독교의 교리가 '죄'와 '죄인' 혹은 '죄'와 '죄책감' 사이의 전도된 관계에 바탕하고 있음을 비판적으로 보여주는 듯도 하다.

그러나 이 이야기는 하나님 말씀을 지키지 않고도 사람들의 인정을 받았던 형이 끝까지 죄인 아닌 채로 산다는 이야기가 아니다. 형의 죄를 벌하지 않는 하나님이 잘못된 게 아니라 형의 죄를 알지 못하는 세상이 문제라고 생각했던 '나'의 불만은 종국엔 불식되었는데, 죄책감이 없던 형은 결국 낙오자로 살고 평생 질투심과 열등감으로 괴로워한 '나'는 하나님 말씀을 전파하는 목사로 살게 된 것이다. 전쟁에 대한 공포로 금을 쟁여둔 할아버지처럼, 무대공포증으로 설교 전에는 우황청심환을 늘 챙겨야 했던 아버지처럼, 공포나 열등감, 그리고 죄책감은 결국 인간을 평범하게, 그러니까 비겁하여 무사하게 살 수 있게 해주는 동력이었다. 결과적으로 이 소설이 알려주는 바는, 죄에 앞선 죄책감이 이 세상에 실제로 작동하는 교리라는 데 있기도 하다.

이 역설적인 이야기들은 인간의 사회적 관계에 작용하는 명령, 법, 종교 등의 이데올로기를 비판적으로 다룬 것이라고 할 수 있다. 그러나 이 상황들은 억압적인 이데올로기가 사회의 상징적 질서에 작용한다고 알려주는 식이 아니라, 상징적 질서가 돌아가는 원리가 곧 이데올로기 자체라고 암시하는 식으로 그러하다. 이 소설적 인과들은 명령, 법, 종교를 부정하는 인물들이 아니라 그런 것을 긍정함에도 불구하고 어디선가 그것들과 어긋나버리는 지점에 봉착한 인물들에 의해 구현되었기 때문이다. 이 인물들로부터 김경욱의 서사가 발원했다고도 하겠지만, 한편으로는 김경욱의 서사가 있어 이 인물들이 태어난 것일지도 모른다. 그들이 해석되어 이야기가 씌어졌다기보다 이야기가 있었기에 그들이 이렇게 해석될 수 있었던 것이 아닐까.

6. 읽은 것이 말하게 한다

"읽고 또 읽고, 또 읽다가, 쓰고, 또 쓰고, 또 쓴다. 잠깐 자야 할 시간, 얼른 일어나서 세수하고, 밥 먹고, 읽고, 또 읽고, 또 읽다가, 쓰고 또 쓰고 또 쓴다. 잠깐 자야 할 시간, 얼른 일어나서 세수하고, 밥 먹고, 읽고…… 모름지기 작가란 이래야 하는 것이다. 반복의 성실함, 소설 작법의 왕도!"*라고 소설가 백가흠은 김경욱에 대해 얘기했다. 모름지기 작가란 그래야 하는 것이겠지만, 김경욱만큼 읽는 이는, 소설을 신문을 영화를 역사를 야구를, 그러니까 사람을 세상을, 끊임없이 읽는 이는 드물다.

---

* 백가흠, 「From 사람 To 소설 chap. II」, 『문학과사회』 2011년 가을호, p. 327.

먼저 읽는다. 그리고 그는 쓴다. 읽은 것에 대해 쓰는 것이 아니라 읽은 것이 말하게 한다. 그가 읽은 것이 곧 그가 되어 말해지는 게 아니라 그가 읽은 것이 스스로 말한다. 그는 읽은 것 중에서 특이한 것을 취하는 것이 아니고 읽은 것에서 얻은 식견을 말하는 것이 아니다. 읽은 것은 그의 개인적인 경험과 연결되고 비개인적인 지식의 일부를 이루겠지만, 그것들을 묘사하는 것이 아니라 그것들에서부터 새롭게 창조된 것이 드러나게 하는 것이 김경욱의 창조성이다.

이 창조성은 다시 김경욱의 독창성이 되기도 하는데, 이때 그 독창성은 그가 읽은 것에서 나왔다기보다 그가 그것들을 꾸준히 읽는다는 사실에서 비롯되었다고 해야 더 맞을 것 같다. 작가의 개인적인 고유함이 세상에서 벌어진 이야기 속의 한 요소로 노출되어야 드러나는 것이 작가의 독창성은 아니다. 소설의 사건이나 인물이 실제 현실을 매우 닮아 있어도 그 반영이 아니라 그 조건으로 출현한 것이듯 작가도 그렇다. 그가 읽은 것이 그의 이야기가 되는 구조로서 작가는 이미 노출되어 있는 셈이다. 실은 이 경우 작가가 자기 체험을 드러내기 꺼려한다거나 소설로 그의 내면을 알 수 없다고 말할 수도 없는데, 작가는 이미 '최종적인 말을 남기지 않는, 그 대화의 조직자이자 참여자'로서 자기 체험을 드러내었고, 쓰는 자의 말로 된 내면이 아니라 읽은 것이 새로 지어짐으로써 드러난 내면이 고백되었기 때문이다. 그리고 무엇보다도 그는 지금 또 새로운 소설을 쓰고 있고 언제까지나 쓸 것이라는 욕망과 능력을 고스란히 들켜버린 지 오래인 것이다. 소설 쓰기에 관한 한 김경욱에게는 신념이 있고, 이제 누가 봐도 희대의 신념이다.

　작년 가을 미국의 한 국제 창작 프로그램에 참가할 기회가 있었다. 무려 '세계 소설의 현황'이라는 주제로 토론까지 해야 했다. 짧은 영어 실력 덕에 짤막하게 준비해 간, '세계 소설의 현황'에 대한 나의 견해는 이랬다. "요즘 저는 월드시리즈 중계를 보고 있습니다. 야구는 하나의 언어를 사용하기 때문에 통역 없이도 즐길 수 있습니다. 하지만 세계의 모든 소설이 단 하나의 언어로 씌어지는 것은 원치 않습니다. 다양성의 옹호야말로 소설의 책무이기 때문입니다." 짧고 (굵은 것이 아니라) 가늘기 짝이 없는 발표였다. 주제가 '세계 야구의 현황'이었다면 조금은 더 길게 말할 수 있었을 텐데.

　한국 작가의 발표가 너무 짧아서였을까. '세계 소설의 현황'

에 대한 얘기가 마무리될 무렵 갑자기 사회자가 토론자들에게 왜 소설을 쓰느냐고 물었다. 뜻밖의 질문이었다. 토론이 무사히 끝났다며 안도하고 있던 나는 당황하지 않을 수 없었다. (영어로) 준비된 답이 없었으니까. 내 얼굴은 백지장처럼 하얗게 질렸으리라. 그때 백지 위로 계시처럼 'peace'라는 단어가 불쑥 떠올랐다. 나는 얼결에 대답했다. "저는 소설을 쓸 때 가장 평화롭습니다."

토론에 함께 참여했던 외국의 한 작가는 뉴욕 여행 중 나에게 불쑥 물었다. 왜 그리 열심히 쓰느냐고. 이제껏 출간된 내 책의 숫자를 염두에 둔 질문이었다. 나는 진심이 담긴 영어(그런 게 있다면)로 답하고자 최선을 다했다. 그와는 월드시리즈 중계를 함께 즐긴 사이였으니까. 나는 (외국에 나가면 한순간도 긴장을 늦출 수 없는 탓에) 잔뜩 굳은 얼굴로 역시 짧게 대답했다. "견디기 위해서." 목적어는 없었다. 다행히 그는 묵묵히 (포수의 어설픈 사인을 너그럽게 받아들이는 마음씨 좋은 투수처럼) 고개를 끄덕여주었다.

가끔 스스로에게 묻는다. 무엇을 견디기 위해 쓰는지. 그럴 때면 끝없이 반복해서 바위를 밀어 올리는 시시포스가 떠오른다. 소설 쓰기에 '마일리지'는 없다. 매번 바닥부터 시작해야 한다. 열두 권의 책을 냈든, 120권의 책을 냈든 마찬가지. 이것이야말로 소설 쓰기의 매력이 아닐까. 한 편의 소설을 완성하는 순간, 겨우 터득한 소설 쓰는 법을 까맣게 잊어버린다는 것. 어김없이 작가 지망생으로 돌아간다는 것. 막막함에도 불구하고, 막막하기 때문에 또다시 쓰게 된다는 것. 그리하여 언제나 첫 소설, 첫 문장을 쓸 수 있다는 것.

열세번째 책이다. 아니, 열세번째 '첫' 책이다.

2014년 가을
김경욱

수록 작품 발표 지면

스프레이 〈문장 웹진〉 2011년 5월

개의 맛 『21세기문학』 2013년 봄호

빅브라더 『현대문학』 2010년 10월호

소년은 늙지 않는다 『한국문학』 2010년 여름호

인생은 아름다워 『문학사상』 2011년 11월호

승강기 『현대문학』 2012년 12월호

아홉번째 아이 『문예중앙』 2010년 가을호

염소의 주사위 『문학동네』 2012년 봄호

지구공정(地球工程) 『문학과사회』 2011년 봄호